NILS HEINRICH
FRANK SORGE
ROBERT RESCUE
VOLKER SURMANN
HEIKO WERNING

PROVINZ BERLIN

GESCHICHTEN

SATYR VERLAG

1. Auflage: September 2005

Veröffentlicht im Satyr-Verlag,
einem Unternehmen der BlueCat Print & Music GmbH & Co. KG
Berlin, Graefestr. 71, 10967 Berlin, www.satyr-records.de

Lektorat: Heiko Werning
Titelgestaltung: Camici & Tappe, Gesellschaft für visuelle Kommunikation mbH
Titel- und Backcoverfotos: Volker Surmann
Satz: Volker Surmann
Druck & Bindung: Agit-Druck, Berlin
ISBN: 3-938625-04-X

Inhalt

PROLOG

Standortbestimmung

»Provinz ist, wo ich bin«, steht auf der Postkarte. Ich habe sie mir selbst gekauft und sie selbst an eine Tür in meiner Wohnung geklebt. Seitdem frage ich mich, ob mir das irgendetwas sagen soll. *(Volker Surmann)*

Das Mittelrheintal ist jetzt Weltkulturerbe

Ich sitze im Auto und bin unterwegs im Rheintal zwischen Burg Stolzenfels und den Burgen der beiden feindlichen Brüder. Mit Erstaunen stelle ich fest, dass die Berghänge teilweise abgeforstet sind und erstmals seit Jahrzehnten den Blick freigeben auf die Bergfriede und Palase der Rheintal-Burgen, die früher im Auftrag der Erzbischöfe von Mainz, Köln und Chicago Handelsreisende um Geld in Form von Zöllen erleichterten. Sogar der Binger Mäuseturm ist baustellenmäßig eingezäunt.

Mensch, denke ich und schaue rüber, der Binger Mäuseturm, der Quell diverser deutscher Sagen. Der Binger Mäuseturm und ich, Gott, nee, was für eine Story, ich und der Binger Mäuseturm, na, du alter Scheißturm, lange nicht mehr gesehen.

»Was ist hier los?«, frage ich. »Kommt der Kanzler, oder was?«

»Nein«, antwortet der Fahrer, »der ganze Mittelrhein ist zum Weltkulturerbe erklärt worden.«

»Auch der Binger Mäuseturm?«

»Ja, der auch.«

»Und die Frittenbude, an der wir gerade vorbeifahren?«

»Ja, die auch.« *(Robert Rescue)*

Wie früher

Wenn man einfach mal wissen will, wie es damals gerochen hat im Unrechtsstaat DDR, diesem lebensfeindlichen Schinkenspeckgürtel rund um Bitterfeld, diesem mausgrauen Konstrukt aus Plaste- und Elastekombinaten, Schulküchen und Stasi-Folterkellern, in denen vietnamesische Putzkolonnen morgens die krustigen Blutlachen der in der Nacht verhörten Bürgerrechtler wegwischen mussten, wenn man einfach mal wissen will, wie dieses Land gerochen hat, dann sollte man, wie ich eben gerade, seine Küche mit *Sagrotan*-Allzweckreiniger, Duftnote »Meeresfrisch«, auswischen. Riecht genau so! Echt! *(Nils Heinrich)*

Altern

Ich bin nach längerer Zeit mal wieder in der alten westfälischen Heimat zu Besuch. Zur Begrüßung beschließe ich einen kurzen Gang durch die Nachbarschaft. Erstaunt registriere ich, dass die Postfiliale in Gremmendorf verschwunden ist. Vor mir auf dem Bürgersteig spaziert eine Oma mit wahrscheinlich ihrer Enkelin, einem sechsjährigen Mädchen, das gemeinhin wohl als aufgeweckt bezeichnet werden würde. Es zeigt auf das leere Ladenlokal und plärrt der alten Dame ins Ohr: »Früher war hier die Post, aber jetzt muss man dafür nach Wolbeck!« Früher? Früher, denke ich da so für mich, früher warst du noch gar nicht geboren, du kleine Kröte. Mensch, ich glaube, ich werde doch langsam alt. *(Heiko Werning)*

Ein echter Fan

Hertha lag 0 : 1 zurück
und wir saßen im Olympiastadion
30.000 Besucher grummelten
unruhig auf den Hartschalensitzen.
Da.
Freude und Jubel. Der Ausgleich.
3 Minuten später steht es wieder
2 : 1 für Frankfurt,
woran sich auch nichts mehr ändert.
Ein echter Fan hinter uns
erläutert enttäuscht die ganze Dramatik der Situation:
»Weißte, da führste 1 : 1 und dann kriegste son Ding rein ...
Ärgerlich! Ärgerlich!«
(Frank Sorge)

Wedding-Neukölln Völkerfreundschaft

Frank Sorge

Der Wedding und Neukölln sind die Berliner Stadtteile, wo der physiognomisch-ethnisch eindeutig originale Berliner Phänotyp wohnt: kleine stämmige Flachgesichter mit schlesischem Einschlag, die Bolle heißen. Oder Hoppe.

In meiner Kindheit wohnten wir neben Frau Hoppe, unter uns wohnte noch eine Familie Hoppe. Alles kleine stämmige, schlesische Flachgesichter, die aber nicht miteinander verwandt waren. Wir waren Familie Sorge, dann gab es noch die Beckers und Bockschs, Zanders und Schalupkas.

Jetzt, viele Jahre später, wenn ich mal meine Eltern zum Kartoffelpufferessen am längeren Ende der Sonnenallee besuche, haben sich die Namensschilder verändert. Jetzt heißen die Nachbarn der Sorges Gül, darunter wohnt Familie Yilmaz, dann noch die el-Fahradis, Familie Hok und eine urberliner Sozialhilfeempfängergeburtengemeinschaft mit acht verzogenen, später kriminellen Kindern mit dem Namen Schmidtbauer. Die Menschen, die sich über diese Entschlesisierung Berliner Stadtteile aufregen, möglicherweise gleich für die ganze Rückschlesisierung bis zur Memel stimmen würden, sind zum Glück längst in kleine Einfamilienhäuser am Stadtrand gezogen, um sich auf der anderen Seite eines Vorurteils wiederzufinden. Umringt von Zonenkindern und Datschakommunisten werden sie als arrogante Wessiarschlöcher beschimpft – oft zu Recht.

Viele ziehen wieder weg und werden im schwach türkischen Süden Berlins, in Rudow und Lichtenrade, gettoisiert, wo man sie in einigen Jahren effektiv einzäunen und z. B. mit Napalm entsorgen kann. Wenn jemand Probleme mit dem roten Knopf hat ... ich mach das. Denn 1995, als viele der Art noch bei uns wohnten, gab es – ich war schockiert – in meinem Wahlbezirk, meiner alten Grundschule, sogar in dieser speziellen Kabine in meinem alten Klassenraum, wo ich ein hübsches grünes Kreuz gesetzt hatte, das berlinweit höchste Wahlergebnis der Republikaner. Über 20 %.

Wir legten mit Familie Gül, Yilmaz und el-Fahradi zusammen, schoben das Bündel Geldscheine an Familie Hok im ersten Stock durch den Briefschlitz, und nach ein paar ungeklärten Morden und Wegzügen war die Gegend endlich wieder freundlich Multi-Kulti.

Der Wedding lässt sich für Außenstehende exemplarisch an einer einzigen Wohnung beschreiben, der Wohnung des Vaters meines Jugendfreundes am Gesundbrunnen.

Günther Hoppe wohnte im Altbau, Vorderhaus, 1. Stock, Belle Etage. Er war stämmig, flachgesichtig mit schlesischem Einschlag und hatte Knasttätowierungen an den Unterarmen. Wieder in Freiheit arbeitete und verdiente er gut bei der Berliner Stadtreinigung als Müllmann und machte nebenbei in Schmuckhandel und -verkauf. Ich nehme an, er kannte sich damit schon länger aus.

Seine mit Totenköpfen und Goldringen übersäten Pranken tätschelten unsere Kindsköpfe, wenn wir Horror- und Pornovideos aus seinem Schrank am Nachmittag nach der Schule bei ihm guckten. Die ofengeheizten Räume waren dick verraucht, denn Vater Hoppe hatte in jedem der drei Zimmer aktuell qualmende HB-Zigaretten in großen Kristallglas-Aschenbechern stecken.

Seine Freundin, klein, stämmig, flachgesichtig mit schlesischem Einschlag, hatte ihre schwarzlila gefärbten Haare auf 500 % Volumen auftoupiert, ihre Plastikfingernägel waren länger als ihre Unterarme, und sie wurde ständig von zwei Yorkshire-Terriern abgeschleckt. Sie hatte ein Faible für Glasfigürchen, und so war jeder Meter Wand der drei dunklen Zimmer mit Setzkästen »Eiche rustikal« bedeckt, in denen ganze Zoologien verschiedenster klimatischer Räume in glitzernd geschliffenem Glas verdinglicht waren. Fernseher, Videorekorder und eine mittlerweile antike *Sega-Mega-Drive* Konsole für Sohnemann waren irgendwo zwischen Biedermeierstühle, -schränke und -kommoden gedrückt, die in den Zimmern wie Geschwüre wucherten. In den Staub konnte man Botschaften für die nächste Generation reinschreiben und die der letzten nachlesen.

Wir Kinder waren begeistert – nicht nur wegen Zombies und Monstertitten –, und wir begründeten feierlich mit einer HB-Schachtel, jungfräulich und 12-jährig, den Wedding-Neukölln-Freundschaftsbund. Zwei Bezirke, die sich so ähnlich sind, dass man gegenseitig der Meinung ist, im anderen würden nur Spinner wohnen. Außerdem sei es da gefährlich!

Ist es aber nicht. Nicht gefährlicher als allein mit einem Sankt-Martins-Licht singend durch brandenburgische Wälder zu wandern, wenn Serienmörder Schmökel mal wieder geflohen ist.

Allerdings sind Neuköllner und Weddinger besser auf viele Lebenslagen vorbereitet, und meine Eltern wussten genau, warum sie mich mit sechs Jahren in einem Kampfsportverein anmeldeten.

Wenn ich heute die Müllerstraße, die Aorta Weddings, entlang laufe, gucke ich speziell Türken sauertöpfisch an, bis einer anspringt: »Ey Alter, was guckst du misch an, willst du misch anmachen oder was?« Ich zeige ihm dann meinen alten Neuköllner Schlagring, auf dem »Von und für Wedding-Fressen« eingraviert ist. Wir tätscheln uns liebevoll die Wangen, geben uns einen Döner und Caj aus, feiern Völkerfreundschaft und freuen uns an der inhaltlichen Not der Neuen Mitte, die gelegentlich schon draußen am Imbissfenster vorbeiläuft.

Mein Freund ist Ausländer

Heiko Werning

Ich wuchs auf in den Achtziger-Jahren im bürgerlich geprägten Vorort Gremmendorf der bürgerlich geprägten Stadt Münster. Dort gab man sich weltoffen. Man war zwar konservativ, jedoch in vernünftigem – sagen wir mal: CDU-konformem – Rahmen liberal. Man hatte also nichts gegen Ausländer. Das sind nämlich oft ganz ordentliche Leute. Sehr fleißig. Die Pizzabäcker zum Beispiel. Allerdings gab es damals keine Pizzeria in Gremmendorf. Aber in Hiltrup, und die sind da sehr anständig, sagten die Richters jedenfalls. Rassismus, Ausländerfeindlichkeit, all die fiesen Sachen aus dem Fernsehen waren in Gremmendorf nicht wohl gelitten. So etwas gab es dort nicht. Ausländer allerdings auch nicht. Außer den Engländern. Davon gab es massenhaft, denn Gremmendorf war besetzt. Im Grunde war ja ganz Münster, um nicht zu sagen ganz Nordrhein-Westfalen besetzt von den Engländern, nach dem Krieg nämlich, aber inzwischen waren das ja gar keine richtigen Besatzer mehr, und sie fielen auch kaum auf. Die »Tommys«, wie mein Vater sie im vertraulichen Kreis manchmal nannte, das aber sicher nicht böse meinte, sollte es überhaupt irgendetwas Böses bedeuten, hatten hinter ihren hohen Mauern mit dem aufgesetzten Stacheldraht angeblich alles: Schulen und Läden und sogar eine Videothek, munkelte man. In Gremmendorf gab es keine Videothek. Etwas geheimnisvoll war es also schon, und fasziniert blickte ich auf die Abgrenzungen des Kasernengeländes, das zwischen meinem Stadtteil und der *City* lag, wann immer wir in die Innenstadt fuhren. Wohnen allerdings taten die Engländer dort nicht, sondern ein paar Straßen entfernt von unserem Haus, in einem Viertel, dessen Straßennamen ausgerechnet die abhanden gekommenen Ostgebiete in Erinnerung hielten. Die englischen Wohnhäuser standen in der Pommernstraße, der Schlesienstraße, auf der Ostpreußenstraße. Von der Anwesenheit der Engländer in der direkten Nachbarschaft bekamen wir Kinder aber nicht mehr mit, als dass zweimal jährlich die Scheiben klirrten, der Erdboden erzitterte und infernalischer Lärm vom Albersloher Weg drang. Dann fuhren sie mit ihren Panzern über die Straße, zum Manöver, wie Mutter erklärte, und Vater kam nach der Arbeit fluchend zu spät nach Hause, weil deswegen die Ausfahrtsstraße verstopft war und er im Stau stand. Alle Kinder in Gremmendorf sind so aufgewachsen. Nachdem sie in ihrem ersten Lebensjahr zweimal ordentlich durchgeschüttelt worden sind, haben sie sich daran gewöhnt, und später nahmen sie kaum noch Notiz von dem Ereignis; nur die Hausfrauen wussten dann, dass sie noch etwas Zeit hatten, bis sie die Kartoffeln aufsetzen mussten.

Abgesehen von den Panzerkolonnen auf der Straße bekamen wir die Engländer eigentlich nie zu Gesicht. In der Schule nicht, denn sie hatten ihre eigenen Schulen, im Supermarkt nicht, denn sie hatten ihre eigenen Supermärkte, und in der Kirche auch nicht, denn sie hatten überhaupt keine richtige Kirche, wie Pfarrer Ording erklärte, aber trotzdem seien sie ganz anständige Menschen. Nur ihre Kinder spielten gelegentlich wie wir draußen, aber auf ihren Straßen, drüben in den Ostgebieten, nicht bei uns auf dem Otto-Hersing-Weg (laut Straßenschild: »Berühmter U-Boot-Kommandant im 1. Weltkrieg, Retter der Dardanellen«). Pommern und die Engländer waren für uns gleichermaßen weit entfernt. Etwas, von dem man wusste, dass es existierte, mehr nicht. Wir blieben in unserer Straße, die mir zehn Jahre später völlig überraschend eine gelbe Ecke im *Trivial Pursuit* bescheren sollten, obwohl ich keine Ahnung hatte, wer die Dardanellen überhaupt waren. Als Kind hatte ich mir unter ihnen so etwas wie ein wildes Reitervolk vorgestellt, die Nachbarn der Tartaren und der Mongolen sozusagen, die vom tapferen Namenspatron unserer Straße vermutlich vor den bösen Russen beschützt worden waren.

Denn obwohl Ausländern insgesamt nichts vorzuwerfen war, verhielt sich das beim Russen doch deutlich anders. Als kleiner Junge, als sich allmählich herausstellte, dass die Welt insgesamt doch erheblich unübersichtlicher war, als zunächst angenommen, bemerkte ich eines Tages plötzlich, dass der Eiserne Vorhang direkt entlang unserem Vorgarten verlief, zwischen uns und unseren Nachbarn, mit deren einige Jahre älteren Kindern ich groß geworden war, naja, so groß wie man als Zehnjähriger eben ist. Es war 1980, die Geschwister von nebenan trugen seit neustem Strickpullover und lange Haare, was meine Eltern für hinnehmbar hielten, solange diese gepflegt seien, aber ich wurde dennoch zum Frisör gezwungen. Jedenfalls erfuhr ich von den Nachbarskindern Schreckliches über Atomwaffen: dass die uns alle umbringen würden, wenn die Amerikaner durchdrehten. Ich bekam Angst und begann hysterisch zu heulen. Wir würden alle sterben! Offenbar etwas verunsichert über die Wirkung ihrer politischen Mission versuchten sie, mich zu trösten. Sie würden bald nach Bonn fahren, um gegen irgendeinen Doppelbeschluss zu demonstrieren, das sei ganz wichtig, und außerdem könnten die Eltern bei der Bundestagswahl demnächst ja jetzt auch die Grünen wählen, die seien dagegen, dass wir an Atomstrahlen stürben. Ich beruhigte mich allmählich wieder. Es gab also Hoffnung.

Zu Hause fragte ich meine Eltern gleich, wann wir nach Bonn fahren würden. Mein Vater war entgeistert. Wir würden überhaupt nicht nach Bonn fahren, und schon gar nicht an einer Demonstration teilnehmen, das seien doch alles nur langhaarige Chaoten, die von Moskau gesteuert würden. Ich fing an zu kreischen. Ich wusste zwar, dass meine Eltern CDU waren – alle waren entweder CDU oder SPD, die meisten aber CDU, und ansonsten sprach man da nicht drüber –, mir war aber irgendwie nicht klar, was das eigentlich bedeutete. Daher schöpfte ich noch Hoffnung und fragte, ob sie denn wenigstens die Grünen wählen würden? Mein Vater verneinte schockiert, ich schrie wie am Spieß und warf ihm vor, dass er Schuld sei, dass wir jetzt alle an Atomen sterben müssten. Er schickte mich aufs Zimmer, ich heulte weiter, und später setzte er sich zu mir ans Bett und erklärte mir, dass die russischen Menschen sicher auch irgendwie ganz nett seien, nur ihre Regierung, die würde uns überfallen und ausrauben, wenn man sie ließe, aber die Amerikaner und die Engländer beschützten uns, und dafür brauchten sie die Atomraketen. Ich beruhigte mich allmählich wieder, hatte aber in der folgenden Zeit nachts ständig Alpträume, in denen gemeine Strahlen sich durch mein Herz bohrten, und ein tief sitzender Zweifel wuchs allmählich in mir heran, denn es war ja ganz offensichtlich, dass hier eine meiner beiden wichtigsten Bezugsgruppen – nämlich die Nachbarskinder oder meine Eltern – sehenden Auges unser aller Tod riskierten, und dass es offenbar auch gar nicht stimmte, dass alle Ausländer anständig waren, denn entweder waren ja nun die Russen oder die Amerikaner und die Engländer mindestens zweifelhaft, ja, irgendwie schien überhaupt vieles nicht zu stimmen.

Das wurde mir noch um einiges klarer, als ich ein Jahr später tatsächlich meinen ersten richtigen Engländer traf. Mitten auf dem Otto-Hersing-Weg. Er war ungefähr so alt wie ich und konnte ein paar Brocken Deutsch. Ich war unglaublich aufgeregt und so freundlich zu ihm wie möglich, um zu beweisen, dass ich ganz bestimmt nichts gegen Ausländer hatte. Er bestaunte mein neues Fahrrad und wollte damit mal eine Runde drehen. Begeistert gab ich es ihm. Ich sah ihn nie wieder. Mein Fahrrad natürlich auch nicht. Mein Weltbild erzitterte, als sei schon wieder Manöver. Und als schließlich zwei Tommys vor der Kasernenmauer in Gremmendorf aus einem fahrenden Auto heraus von der IRA erschossen worden waren und ich einige Tage darauf mit meinen Kumpels ehrfurchtsvoll die Einschusslöcher in den Ziegelsteinen betrachtete, da hatte ich endgültig begriffen, dass die Welt größer und komplexer war, als mein Stadtteil dies ursprünglich vermuten ließ.

Mein peinlichstes Erlebnis

Volker Surmann

In der Schule bin ich nur selten durchgefallen, wenn überhaupt, dann bei meinen Mitschülern.

September 1990: Die ersten gesamtdeutschen Wahlen standen bald bevor. Ich stand kurz vor meinem 18. Geburtstag und im Kreisgymnasium Halle (Westfalen) stand Jens Petershagen auf der Bühne der Aula und schrieb Zahlen an eine Tafel: hinter »Carina Schwarz« eine »101«, hinter »Jan Kölkebrink« eine »98«. Das war keine Überraschung, Carina war stellvertretende Schülersprecherin und Jan gut aussehender Leichtathlet. Mit Abstand folgten Nadine Diekötter (67) und Marko Bergmann (56 Stimmen). Vier von fünf Jahrgangsstufenvertretern waren gewählt. Das wurde eng für mich! Doch dann endlich beugte sich Jens Petershagen zur untersten Zeile auf der Tafel, in der mein Name stand.

Ich war der letzte auf der Vorschlagsliste. Ich hatte mir tatsächlich die Blöße geben müssen, mich selbst vorzuschlagen, nachdem schon die bekanntesten Deppen der Stufe, selbst der Hausmeister ins Spiel gebracht, und all meine reichlich gestreuten Andeutungen der Art »Ach, zur Not würd ich's wohl auch noch mal machen ...« offenbar spontan vergessen worden waren.

Doch das war jetzt Vergangenheit. Jens schrieb eine »53« hinter meinen Namen. Ich triumphierte leise, stand auf und rief mit sonorer Stimme in den Saal: »Danke! Ich nehme die Wahl an!«. Doch statt des erwarteten Applauses erntete ich nur trauriges Kopfschütteln, ein paar mitleidige Blicke und vereinzeltes Kichern. Ich guckte wieder zur Tafel, wo Jens Petershagen einen Kasten um die »53« gezogen hatte und den Namen, der die gesamte Zeile über meinem ausfüllte: »Sylvia Nollkämper-Lammerschmidt«. Ausgerechnet die Frau, deren einzige Begabung sie tagtäglich gut einsehbar im Doppelpack vor sich her trug. Offensichtlich war meine Stufe noch nicht reif für freie Wahlen. Lediglich sieben Stimmen hatte ich bekommen. Dabei war ich es doch, der die gesamte Schülerschaft, immerhin knapp tausend Menschen, ein ganzes Jahr lang würdevoll vertreten hatte – nicht nur im Schülerrat, sondern auch in der *Fachkonferenz evangelische Religion*! Die hatte zwar nie getagt, aber Mitwirkung ist Mitwirkung! Doch Kompetenz war nicht gefragt, Sylvia Nollkämper-Lammerschmidt hatte einfach dickere Titten als ich. Mein einziger Trost war, dass die meisten meiner Mitschüler erst nach der Bundestagswahl im Dezember 1990 18 werden würden. Ich war zutiefst verletzt und gekränkt.

Nun sind persönliche Kränkungen und verletzte Eitelkeit bekanntlich der beste Nährboden, auf dem prächtige Peinlichkeit gedeiht. Meine hatte mindestens vier üppige Blüten:

Die erste Peinlichkeit war, dass ich mich meiner Wahlniederlage nicht fügen, sondern unbedingt am nächstfolgenden Schülerrat teilnehmen wollte. Ich liebte dieses Parlament aller Klassensprecher und Jahrgangsstufenvertreter. Ich liebte es, mich mit dem Hinweis auf wichtige schulpolitische Arbeit aus dem Unterricht verabschieden zu können. Kurzum, ich liebte die Demokratie so sehr, dass es mir scheißegal war, ob ich gewählt war oder nicht.

Die zweite Peinlichkeit folgte auf dem Fuße. Um legitim am Schülerrat teilnehmen zu dürfen, musste ich mich vom Direktor freistellen lassen. Also passte ich ihn ab. Er zögerte: »Eigentlich geht das nicht, du bist ja gar nicht gewählt.«

Ich begründete meinen Wunsch mit wichtigen Entscheidungen, die ich vorbereitet hätte, und als ich dann immer noch Unwillen in seinen Augen sah, entblödete ich mich nicht, mein allerschwerstes argumentatives Geschütz aufzufahren: »Außerdem habe ich heute Geburtstag.« Das stimmte zwar, aber um das als Argument einzusetzen, musste man schon sehr verzweifelt sein.

Dass ich einen fatalen Fehler gemacht haben könnte, hätte mir spätestens klar sein müssen, als unser Direktor die konstituierende Sitzung des Schülerrats eröffnete und schloss mit: »Übrigens haben wir heute einen Gast dabei. Volker Surmann, ehemaliger Stufenvertreter aus der Zwölf. Ich konnte ihm die Bitte, hier dabei zu sein nicht abschlagen, da er heute 18 wird. Herzlichen Glückwunsch, Volker.« – Peinlichkeit Nummer 3.

Lächelnd verließ der Direx den Raum. Fünfzig Augenpaare musterten mich eindringlich. Mich focht das nicht an. Schon bald gefiel ich mir in meiner Rolle der Politeminenz ohne Geschäftsbereich und sonnte mich in der selbstgewählten Position des Elder Statesman. Hatte Jimmy Carter seine größten Erfolge nicht auch erst erzielt, nachdem er abgewählt worden war? Hörte man nicht auf Helmut Schmidt erst, seit er gelegentliche Pfeifenrauchzeichen aus Schleswig-Holstein aufsteigen ließ?

Bei den Schülersprecherwahlen drängte ich mich als Stimmzähler auf. Prompt saß ich vorne, zählte Wahlzettel, machte der – wie ich fand heillos überforderten – Versammlungsleitung laufend Vorschläge für Wahlverfahren und Quorumsbildung. Ich hatte zwar keine Ahnung, aber Demokratie ist, wenn man's trotzdem wagt. Zu wirklich allem gab ich meinen Senf dazu, riss das Verfahren an mich; wenn ich schon nicht gewählt worden war, würde ich den Leuten hier wenigstens mal zeigen, wie man richtig wählt! – Peinlichkeit Nummer vier.

Bald darauf war große Pause, nach der der Schülerrat fortgesetzt werden sollte. Während ich selbstzufrieden über den Schulhof schlenderte und mein traditionelles Leberwurstbrot verzehrte, kam Carina Schwarz eilig auf mich zugelaufen, baute sich vor mir auf und sagte: »Volker, du bist total peinlich.«

Zwei quälende Sekunden der absoluten Stille und Leere. Dann schossen mir schlagartig verschiedene Dinge in den Kopf, zuallererst jede Menge Blut ins Gesicht. Doch ich reagierte mit einer souveränen Gegenfrage: »Äh, was meinst du konkret?«

»Denk mal drüber nach«, sagte Carina, drehte sich um und ging.

»Denk mal drüber nach«. Das war so ein Mutter-Satz. So etwas sagten Mitschüler nicht! Ich versuchte, wütend zu werden. Ging nicht. Wo war dieses verfickte ES, dieses Schwein in mir, von dem Herr Kasper in Philosophie immer sprach? Das könnte ich nun gut gebrauchen, um es dieser blöden Pute mal so richtig zu zeigen!

Doch das ES kam nur kurz hoch gekrochen ins Bewusstsein, sagte einmal leise: »Wo sie recht hat, hat sie recht« – noch so ein Mutter-Satz! –, und Über-Ich, Gefühl, Verstand, Gewissen, Anstand und Moral pflichteten innerlich bei: »Ja. Ja. Jaja. Ja. Jau, bist voll peinlich heute.«

In diesem Moment spürte ich, wie sich mein Selbst auflöste, aus dem Kopf herausdampfte, hoch auf das Dach der Schule flatterte und sich keckernd auf der Regenrinne niederließ. Unten auf der Weite des Schulhofs stand ein einsamer Junge, seinen hochroten Kopf zum Pausenhofasphalt gesenkt. Niemand stand bei ihm. Nur sein Geltungsbedürfnis warf einen langen Schatten, auf den nun Carina Schwarz trat, während sie erhobenen Hauptes die Raucherecke ansteuerte, während Volker seinen Blick wendete zum Eingang der Schule, in der irrsinnigen Hoffnung, Robert Steinhäuser würde genau jetzt den Schulhof betreten und der ganzen Sache ein Ende bereiten, oder der Haller Laibach möge sich zu einer Flutwelle ungeahnten Ausmaßes aufstauen und Kreisgymnasium, Schülerrat, Carina und ihn in strudelnde Abgründe ziehen. Jedenfalls hoffte Volker, es möge irgendetwas passieren, das ihn sofort aus seinem Leben löschte und ihm einen halbwegs würdevollen Abgang vom Schulhof als Märtyrer oder unschuldiges Opfer ermöglichte. Doch Robert Steinhäuser spielte noch in der DDR mit Wasserpistolen, der Laibach war nur ein handbreites Rinnsal, und statt der erhofften Boing 747 traf Volker nur ein Tennisball von kickenden Siebtklässlern am Unterarm und schlug ihm das angebissene Leberwurstbrot aus der Hand.

Ich kehrte nicht in den Schülerrat zurück, sondern ging nach der Pause lieber in den Unterricht: »Ergänzungskurs Sozialwissenschaften«.

Ausbildung: Konditor

Nils Heinrich

Sangerhausen heißt meine Heimatstadt. Gelegen unterhalb von Pölsfeld, einem Dorf, in dem jede zweite Familie Siebenhühner heißt und auch so aussieht. Westlich von Sangerhausen gibt es dann noch Hackpfüffel und dahinter den Kyffhäuser. Zu DDR-Zeiten lag Sangerhausen im Bezirk Halle, dann hat es wie alle anderen auch rüber gemacht und liegt jetzt im Bundesland Sachsen-Anhalt. In Sangerhausen laufen Menschen rum, die ganz entsetzlich doof sind. Ja, sie sind doof, zu doof zum Wegziehen. Die Menschen in Sangerhausen sind alle ehemalige Bergleute und sprechen den Mansfelder Wackenschäddel-Dialekt. Mit dem bringen die Sangerhäuser zum Ausdruck, dass sie sich vom Westen verarscht fühlen. Zu Recht. Denn der letzte Betrieb, der in Sangerhausen aufgemacht hat, war eine Abfüllanlage für Dosenbier. Das ist jetzt blöd gelaufen. Denn Dosenbier trinkt keiner mehr, und nun ist auch der vorletzte Sangerhäuser arbeitslos und fährt wie alle anderen am Morgen mit dem Auto zum Laden namens »Allerletzter Laden«, Flaschenbier holen. Mit dem gesellschaftlichen Leben in Sangerhausen ist es auch nicht weit her. Einer der größten Reinfälle in letzter Zeit fand in der Kneipe *George* statt: Dort sollte eine »After Work Party« mit DJ Örny steigen. Nur musste man schon beim ersten Mal feststellen, dass niemand erschien. Wie auch, hat ja keiner Arbeit. Und der wirklich letzte Sangerhäuser, der nun keine Arbeit mehr hat, ist DJ Örny.

Sangerhausen ist total tot und langweilig. Die Menschen in den umliegenden Dörfern sind froh, dass im Süden von Sangerhausen eine Autobahn gebaut wird. Wenn die fertig ist, können sie endlich einen Bogen um Sangerhausen machen. Das lebensfeindliche Sangerhausen und seine widerstandsfähigen Insassen sind der Beweis dafür, dass es auf dem Mars Leben geben muss. In Sangerhausen gibt's ja auch welches.

In Sangerhausen habe ich für dieses Leben gelernt. Nämlich als ich Lehrling war. In der zehnten Klasse fragte man uns, welchen Beruf wir ergreifen wollen. Auf das »Beruf ergreifen wollen«-Formular schrieben alle Jungs »KFZ-Schlosser« und alle Mädchen »Friseuse« oder »Krankenschwester«. Ich schrieb »Konditor« drauf. Denn ich wollte was Künstlerisches machen. Und dann fing ich an, Konditor zu werden – in der *HO Backwarenproduktion*.

Meine Ausbildung zum Konditor sah so aus: Ich holte jeden Morgen um halb neun für die Gesellen Bier im *Konsum* nebenan und musste danach Frau Klaus beim Tortenherstellen zugucken. Es gab nur zwei Sorten Torten, die Frau Klaus herstellte. Ersatz-Schokoladenbuttercreme-Rollentorte mit zentimeterdicken Ersatz-Schokoladenbuttercreme-Rollenscheiben unter Aspik und zweimal im Jahr Bananentorte. Immer dann, wenn die Grenzmarine der DDR in der Ostsee einen Bananenfrachter gekapert und zum Anlegen im Rostocker Hafen gezwungen hatte, gab es wenige Tage später in der DDR Bananen zu kaufen und bei Frau Klaus wurden Bananentorten hergestellt. Mit in der Mitte halbierten Bananen unter Aspik. Diese Torten waren immer ganz schnell ausverkauft. Die Sangerhäuser schafften sie nach Hause, kratzten das Aspik von der Torte, bauten die Bananen wieder zusammen und aßen sie auf.

Manchmal durfte ich Frau Klaus aber auch helfen. Wenn sie neuen Biskuitteig für die Torten herstellen wollte, durfte ich ihr die dazu benötigten Eier aufschlagen. Dazu hielt ich mich von morgens um sieben Uhr bis abends um fünf im Eieraufschlagraum zum Eieraufschlagen auf. Beim Eieraufschlagen musste ich höllisch aufpassen. Denn es war nicht alles gut in der DDR, es gab zum Beispiel faule Eier. Mit faulen Eiern meine ich Eier, aus denen nach dem Aufschlagen der Schale dünnflüssiges, Giftgas freisetzendes grünes Wasser spritzt, in dem eine schwarze Kugel schwimmt, die früher mal das Eigelb war. Hat man so ein Ei erwischt und versehentlich mit in die bis dahin aufgeschlagenen Eier reintropfen lassen, konnte man alles in den Ausguss kippen. Und von vorn mit dem Eieraufschlagen anfangen. Ich habe oft von vorn mit dem Eieraufschlagen angefangen. Das war nicht schön. Schön hingegen waren die Frühstückspausen. Zum Frühstücken durfte ich mich zu den anderen Gesellen auf die Ofenbank setzen, die mitgebrachten Butterbrote essen und Bier trinken. Damals habe ich Biertrinken gelernt. Ich habe auch gelernt, Bier zu verstecken. Wenn ich nämlich mit einem Stoffbeutel voller Bierflaschen zurück in den Betrieb kam, durfte ich mich damit nicht vom Chef erwischen lassen. Der hatte was gegen Bier bei der Arbeit. Mein Chef war Herr Rudolf und hatte eine Fistelstimme. Alle Männer, die in der DDR leitende Positionen hatten, hatten Fistelstimmen. Und wenn ich beim Bierholen unachtsam und leichtsinnig gewesen war, ertönte hinter mir die Fistelstimme von Herrn Rudolf: »Kollege Heinrich! Isch hobe doch jesacht, du sollst kein Bier für die holen! Die solln hier nisch rumsaufen! Gucke mal, der Maier hat sisch schon wieder um sein Nudelholz jewickelt!« Der Geselle Maier war jeden Tag stramm. An seinen wagenradartigen Augen, die mit jedem getrunkenen Bier größer wurden, konnte man sehen, wie spät es schon war. Ganz schlimm wurde es immer dann, wenn einer der Kollegen Geburtstag feierte. Dann musste ich nicht nur Bier besorgen, sondern auch Schnaps und für die weiblichen Kollegen, also Frau Klaus, eine Packung *Gold Mocca*. Den Schnaps trank Maier meistens alleine, wickelte sich dann um sein Nudelholz und lag regelmäßig auf den Backblechen mit dem ausgerollten Hefeteig auf seinem Tisch. Einmal war er so betrunken, ich glaube, es war sein eigener Geburtstag, dass ihm ein 20-Liter-Topf mit für Eierschecke bestimmten kochendem Pudding aus den Händen fiel. Der Pudding verteilte sich auf dem Steinfußboden der Backstube und wurde vom extrem breiten Maier wieder zusammengekratzt und in den Topf zurück geschaufelt, wobei Maier mehrmals im Pudding ausrutschte und hinknallte. Der Pudding landete danach dort, wo er hingehörte: auf dem Kuchen. Ich habe mir alle Leute, die an diesem Tag Eierschecke kauften, genau angeguckt und ihnen wissend hinterher gelächelt. Dann war eines Tages meine Ausbildung zu Ende.

Und heute weiß ich, wie es zugeht hinter den Kulissen des Konditorhandwerks. Man kann mich privat engagieren, damit ich darüber referiere, wie Eier aufgeschlagen werden, oder ich erzähle, dass der DDR-Marzipanersatz Legupan aus Erbsen hergestellt wurde. Quasi Falafel mit Zucker. Legupan und das DDR-Orangeat namens Kandinat, das aus halb gekochten Möhren bestand, kamen in den Weihnachtsstollen rein. Und letztlich mussten das die Wessis fressen. Denn es gibt ja wohl fast keine westdeutsche Familie, die von den Ostverwandten keinen Weihnachtsstollen bekommen hat. Das war die Rache dafür, dass die Wessis nur *Aldi*-Kram in die Pakete reingetan haben! Ich komme zu jedem nach Hause, der das wissen will. Und gegen Aufpreis stelle ich auch eine Bananentorte her.

Gespräch auf der Straße

Robert Rescue

Gespräch zwischen einem 38-jährigen Fahrlehrer und seinem 18-jährigen Fahrschüler auf der Strecke zwischen Lahnstein und Bad Ems (Rheinland-Pfalz):

Fahrschüler: Meine Freundin wohnt jetzt in Berlin im Trendbezirk Friedrichshain und arbeitet dort in einer verantwortungsvollen Position bei einer großen Werbeagentur.

Fahrlehrer: Ach ja, wie interessant. Berlin, ja? Mein kleiner Bruder Robert lebt auch dort. Allerdings schon seit über zehn Jahren.

Fahrschüler: Aha, und was macht er so? Arbeitet er auch in einer verantwortungsvollen Position? Bei einer großen Werbeagentur womöglich? Noch größer und verantwortungsvoller als meine Freundin? Ist er womöglich der Chef von Sandra?

Fahrlehrer: Nein, das nicht. Mein Bruder ist Künstler. Er ist nach Berlin gegangen, um sich zu entfalten, wie er das nennt. Hier gibt es ja nicht so viele Möglichkeiten dazu. Er tritt jeden Abend in einer Starshow auf. In dem, Moment, der Name fällt mir gleich ein, ist nämlich ganz berühmt, Moment, ach ja, *Estrel Convention Center.*

Fahrschüler: Davon hat meine Freundin mal erzählt. Das ist doch so eine Imitatenshow, nicht wahr? Wo so Leute auftreten, die aussehen, als wären sie berühmt, aber es eigentlich gar nicht sind. Also sich, was weiß ich, Elton John nennen, aber eigentlich so heißen wie ich.

Fahrlehrer: Ja, genau. Mein Bruder Robert ist da der Superstar und ganz weltberühmt in Berlin.

Fahrschüler: Wen imitiert er denn? Etwa Elton John?

Fahrlehrer: Nein, er ist Michael Jackson.

Fahrschüler: Echt wahr, Michael Jackson? Und er sieht haargenau so aus wie der?

Fahrlehrer: Eh, nicht ganz genauso. Also, um ehrlich zu sein, man erkennt ihn erst, wenn er vorne ans Mikrophon tritt und sagt: »Hello people. I'm Michael Jackson.« Aber dann rastet das Publikum vor Begeisterung aus.

Fahrschüler: Also, die Sandra könnte so was auch machen. Die sieht nämlich genauso aus wie Britney Spears, nur heißt die nicht so.

Längere Gesprächspause. Der Fahrschüler muss eine Überhollektion ausführen, die seine Konzentration beansprucht. Der Fahrlehrer überwacht die Überhollektion, was seine Konzentration beansprucht.

Drei Minuten später.

Fahrschüler: Na gut, ich gebe es zu. Meine Freundin arbeitet nur als Praktikantin bei einer kleinen Werbeagentur.

Fahrlehrer: Hmm, und mein Bruder tritt nicht im *Estrel Convention Center* auf, sondern in einem Theater, dessen Name ich vergessen habe. Er ist dort nicht das Double von Michael Jackson, sondern spielt einen gewissen Gregorian Eschefanski, einen berühmten usbekisch-tadschikischen Komponisten.

Fahrschüler: Noch nie gehört. Muss man den kennen?

Fahrlehrer: Ehrlich gesagt, ich glaube nicht. Aber ich bin zuversichtlich, dass es mein Bruder irgendwann doch noch als Michael Jackson ins *Estrel* schafft.

Fahrschüler: Ja, und die Sandra hat nach dem Praktikum Berufserfahrung und kann sich was Größeres suchen.

PROVINZ
BERLIN

Exotik

Von Zeit zu Zeit versucht meine Stammsupermarktkette *Reichelt,* ihrer Kundschaft etwas Abwechslung zu bieten, und ruft zu diesem Zweck »Aktionswochen« aus. Dem ungehobelten Berliner Publikum dabei die Köstlichkeiten der weiten Welt näher bringen zu wollen, ist sicherlich sehr löblich, und deshalb war ich auch hoch erfreut, jetzt einen Prospekt mit den »Products of the United States« unter dem schönen Motto »Enjoy America's Best« im Briefkasten zu finden. Darin stieß ich auf eigens importierte landestypische Highlights aus Übersee wie »Kellog's Cerealien, verschiedene Sorten, Corn Flakes, Smacks u. a.« oder »Jim Beam Bourbon Whiskey« oder gar »Coca Cola, Fanta und Sprite, je 10 x 1,5-l-Flasche«. Ob das für die Berliner Kundschaft nicht doch etwas zu exotisch ist? Oder dürfen wir demnächst auf eine Fortsetzung hoffen, etwa die »großen Südamerika-Wochen« mit »Kartoffeln, abgepackt im Netz« und »Feines Nackensteak vom Rind«? Oder die große Fernost-Aktion mit asiatischen Spezialitäten wie »Reis, im Kochbeutel« oder »Nudeln, verschiedene Sorten«? Da läuft mir ja jetzt schon das Wasser im Munde zusammen. *(Heiko Werning)*

Wen Shui Lin Shi oder Die Globalisierung ist unter uns

Neulich habe ich mich über Chinesen unterhalten. Die sind ja zurzeit überall präsent an jedem Stammtisch, in jeder Parteiversammlung und jeder Werkhalle, sofern es die überhaupt noch gibt. Wenn man sich über Chinesen unterhält, dann schimpft man meist über sie. Ich schimpfe über den Arbeiter Wen Shui Lin Shi aus der Provinz Jiangsu, der ehemals deutsche Gebrauchsgüter für 1,30 Euro die Stunde zusammenbaut, während Karl-Heinz Müller, der unter 13 Euro die Stunde keinen Finger rührt, seine Bedarfsgemeinschafts-Nummer in das Hartz-IV-Formular einträgt.

Mein Bruder, der ja Ökonom ist, beruhigt meinen Zorn ob der Globalisierung mit der Aussicht, dass die Chinesen über kurz oder lang ihren eigenen Binnenmarkt schaffen werden, diesen dann befriedigen wollen und deshalb die Exporte in die EU massiv zurückgehen. Wenn die Wanderarbeiter in China, in der Annahme, dass sie keine Kleiderbügel besitzen, was theoretisch eine Unterstellung ist, also wenn Wen Shui Lin Shi, was übrigens auf Deutsch »Gebackener Lockenwickler auf Traubeneis« heißt, wenn der also den Konsumanreiz entwickelt, Kleiderbügel kaufen zu wollen, dann wird die gesamte Kleiderbügelindustrie Chinas, sofern es die KP zulässt, Kleiderbügel für den einheimischen Markt produzieren und nur noch wenige für den Export in die restliche Welt. Das wird die Chance sein für die deutsche Kleiderbügelindustrie, verlorene Marktanteile zurückzuerobern. Ich sehe schon Werbespots vor mir.

»Werte Kundschaft! An diesen lieblos produzierten Plastikkleiderbügel aus postkommunistischer Fertigung hänge ich jetzt mal ein 250 Kilogramm schweres Jackett. Sehen Sie, was passiert? Jetzt hänge ich dasselbe Kleidungsstück an einen Kruppstahl-Kleiderbügel aus deutscher Produktion. Sehen Sie, was passiert?« *(Robert Rescue)*

Wintergedicht

Es ist schweinekalt,
Schafe haben wenigstens Fell.
Die Heizung ist kaputt
und plötzlich gibt es die
Hausverwaltung nicht mehr.
Kollektiv kuscheln sich Nachbarn
aneinander wie Nagetiere im
Winterschlaf. Im Falafel-
laden werden nur noch Teigtaschen
am Stiel mit dem
Slogan: So schmeckt der Winter
verkauft.
(Frank Sorge)

Vom Glauben abfallen

Freitagnachmittag im *Obi*-Markt Wedding. Es gibt vieles, über das man sich in diesem Moment in diesem Markt aufregen könnte: extralange Kassenschlangen, die bereits geschlossene Warenausgabe für größere Posten oder die Busse, die draußen nicht mehr fahren, weil nun an ganz anderen Haltestellen Metrolinien nach irgendwohin starten. All dies lässt einen älteren Herrn mit Hut kalt. Seine Empörung gilt etwas anderem: »Stell dir vor«, schimpft er in Richtung seiner Frau, »der Führer hat Steuern hinterzogen! Ist das nicht eine Frechheit?!« Ob da spätestens jetzt einer vom Glauben abgefallen ist? *(Nils Heinrich)*

Freakhain (I)

Bevor ich nach Berlin-Friedrichshain zog, warnte mich ein Kollege: In Friedrichshain, da lebten nur Freaks. In der Tat: Es gibt hier Frisöre mit Dreadlockangeboten, viele Leute tragen Kleidungsstücke, von denen ich weder vermutet habe, dass es sie geben könnte, geschweige denn, dass es Menschen gäbe, die sie tatsächlich auch trügen. Jeans in Anti-Form um den Po, eine Anti-Frisur auf dem Kopf und im Kopf auch irgendwie anti. Das ist Friedrichshain. Ein Bekannter schwärmte unlängst, es sei geil, wie unkonventionell und cool alle Leute in Friedrichshain seien: »Wenn du da über die Straße läufst, siehste echt keinen, der konventionell oder angepasst rumläuft.« Früher sei er auch immer total spießig und konventionell rumgelaufen, aber seit er in Friedrichshain wohne, sei er gleich angefangen, unangepasst herumzulaufen. Anders würde er sich gar nicht mehr auf die Straße trauen. Nur sein Piercing, sagte er, entzünde sich ständig. *(Volker Surmann)*

An der Tür

Heiko Werning

Es klingelt. Die machen mich völlig fertig mit ihrem ganzen Privatisierungswahnsinn. Wenn das so weitergeht, werde ich bald einen Pförtner einstellen müssen, der diese ganzen Zusteller abfertigt. Mein Gott, früher war das doch so einfach. Ein Postbote kam einmal am Tag vorbei und brachte einem die Post. Ich werde melancholisch, als ich daran zurückdenke, wie das noch war, damals, vor 15 Jahren, als ich hierher gezogen bin. Oft kam unser Briefträger zwar erst um 17 Uhr oder den ein oder anderen Tag auch mal gar nicht, weil er wieder bei *Getränke Hoffmann* am Stehtischchen kleben geblieben war, aber dafür gab es dann am nächsten Tag halt einen größeren Stapel. Oder, wenn es ganz eilig war, ging man einfach zu *Hoffmann* rüber, trank einen Jägermeister mit dem Zusteller und klaubte sich seine Briefe selbst aus der Satteltasche des Postfahrrads. Dafür hatte man den Rest des Tages seine Ruhe. Heute klingelt in aller Herrgottsfrühe alle paar Minuten irgendein Irrer von irgendeinem Zustellunternehmen und überschwallt einen mit diesem Höflichkeits-Gute-Laune-Terror, den sie ihm wahrscheinlich in monatelangem Drill unauslöschlich in einem brandenburgischen Internierungslager unter die Großhirnlappen gebrannt haben. Floskelzombies mit eingebauten Sprachfragmenten, die wie kleine Aufziehhäschen vor meiner Tür herumspringen und von mir verlangen, dass ich freundlicherweise den Empfang quittieren solle, mit einem Plastikstift, der überhaupt nicht schreiben kann, auf einem Glasbildschirm, auf dem man gar nicht schreiben kann, und so hinterlässt man irgendetwas, dass niemand lesen kann und was auch niemand je wieder für irgendetwas gebrauchen wird, und kaum hat man die Tür hinter sich zugemacht, klingelt der nächste Mitbewerber mit seinem debilen, festgetackerten Grinsen und hält mir den nächsten Brief unter die Nase. Wenn's nach mir ginge: Alle verstaatlichen! Sofort! Kein Mensch braucht mehrere Posts, Posten, Posti, wasweißich, es gibt nicht mal einen Plural dafür, so tief drin ist es im Menschen, dass er nur eine einzige Post braucht, *die* Post eben, nicht zwei dutzend Paketdienstleister in lächerlichen Uniformen. Mir doch egal, ob das Arbeitsplätze sind. In der *Zwitscherklause* sind noch Plätze am Tresen frei. Oder meinetwegen, wenn sie denn unbedingt wollen, alle einstellen und wie früher hinter den Schaltern absetzen. Da sind sie genau so sinnlos, aber müssen wenigstens nicht mit Panzerwagen durch die Straßen tuckern und die Radwege zustellen, sondern können einfach schön missmutig hinter ihrem Schreibtisch sitzen und Briefmarken nach einem einzigen Gebührensystem verkaufen, mein Gott, wer will denn hundert Tarife vergleichen, bevor er ein Päckchen verschickt? Ich will meinen alten, griesgrämigen, schlurfigen Briefträger wieder haben, keine hyperaktiven Fröhlichkeitsbolde in Grün oder Weinrot.

Derart eingestimmt gehe ich also zur Tür, denn, wir erinnern uns, es hat ja geklingelt, und ganz allmählich sollte ich vielleicht mal beginnen, die eigentliche Geschichte zu erzählen, denn von Post und Privatisierung soll dieser Text nämlich überhaupt nicht handeln, weil überraschend keineswegs so ein PIN-Heini oder UPS-Troll vor der Tür steht, sondern ein junges Paar Anfang 20, das mich freundich anstrahlt und verkündet: »Guten Tag! Wir sind deine neuen Nachbarn und dachten, wir stellen uns mal kurz vor!« Fassungslos starre ich sie an. Oha, denke ich mir, die müssen aber noch ganz schön was dazu lernen, wenn sie wirklich hier wohnen wollen. Haben die denn gar kein Feingefühl für die Bräuche der Einheimischen? Ich erwäge kurz, ortsüblich zu reagieren, also die Tür vor der Nase zuschlagen und vielleicht noch ein herzliches »Fickt euch ins Knie« hinterherzurufen, aber naja, andererseits soll man fremden Kulturen gegenüber ja auch etwas Milde walten lassen und ihnen Zeit geben, sich einzufinden, also entschließe ich mich zu einer moderat entgegenkommenden Reaktion und sage: »Tach.« Der Typ schaut mich ein wenig ratlos an, offenbar entsprach mein durchaus freundlicher Gruß nicht ganz seiner Erwartungshaltung, aber er setzt unverdrossen nach: »Ich bin der Julian, und das ist die Birthe. Wir sind gerade aus Karlsruhe hierher gezogen, um hier zu studieren.« Erwartungsvoll blicken sie mich an. Jetzt nur keinen Fehler machen. Ich habe mir in langen Jahren einen guten Ruf hier im Haus aufgebaut, den ich ganz sicher nicht durch eine unbedachte Freundlichkeit gefährden werde. Andererseits habe ich auch ein wenig Mitleid, sie sind noch so jung, so hoffnungsfroh, irgendwie anrührend. Also gilt es, eine feinsinnige diplomatische Sprachregelung zu finden, die einerseits der hiesigen Leitkultur nicht völlig zuwiderläuft, andererseits aber diese jungen hilflosen Geschöpfe nicht komplett vor den Kopf stößt und an der Welt verzweifeln lässt, kurzum, höchstes Fingerspitzengefühl ist gefragt, aber zum Glück ist das ganz mein Metier, nicht umsonst nennen sie mich den Kofi Annan der Seestraße, wohl überlegt und in genau austariertem Tonfall antworte ich also: »Aha.« Seltsam, sie scheinen die Zeichen nicht richtig deuten zu können, sie wirken jetzt doch ein wenig verstört, vermutlich dachten sie, ich würde jetzt auch meinen Namen nennen, aber ich finde, bei der ersten Begegnung sollte man nicht immer gleich schon intim werden, deshalb lasse ich die Tür auch weiterhin nur einen Spalt breit geöffnet, und immerhin, jetzt scheinen sie zu verstehen: »Äh, ah ja, nun, wir müssen weiter, wir wollen auch noch bei den anderen Nachbarn vorbei.« Jetzt entschließe ich mich doch noch zu einer wohlmeinenden, freundlichen Geste und hauche durch den Türspalt: »Viel Glück!« Verwirrt stapfen sie ein Stockwerk höher. Da werden sie es wohl als Nächstes bei Kaloppke versuchen. Na, den Moment kann ich jetzt auch noch abwarten. Interessiert lausche ich nach oben. Alles verläuft erwartungsgemäß: Kaloppkes Schlurfen über mir, Klinkengeräusche, leises Gemurmel, lautes »Hä?«, sehr lautes Türenschlagen, zögerliche Schritte weiter nach oben. Als Nächstes müssten sie bei Robert Rescue klingeln – naja, der wird sich sicherlich nicht mal zur Tür aufraffen. Na also, da haben sie doch für den ersten Tag schon richtig was kennen gelernt, das ist doch ein schöner Erfolg für den Anfang.

Hinterhofzirkus

Frank Sorge

Morgens eröffne ich unseren Hinterhofzirkus, und man kann durch mein Küchenfenster eine Mischung aus Jonglage und indischem Kohlenlauf beobachten, wenn ich die heißen Aufbackbrötchen möglichst schnell und schmerzfrei vom Ofen zu Tisch befördern will. Wie beim Rennen durch glühende Kohlen ist hierbei entscheidend, dass man möglichst kurz mit den heißen Sachen in Berührung kommt. Vom Rausfischen, Hochwerfen, Hin- und Herbalancieren der heißen Frischbackware war es zum Jonglieren nicht mehr weit. Regelmäßig bequemen sich ein paar zerzauste Nachbarn an ihre Fensterlogen, schauen mir zu, und nach meiner Nummer schließe ich mich ihnen an.

Eine Wohnung gegenüber hat drei große Wohnfenster nebeneinander und ein Küchenfenster schräg am Seitenflügel. Die ansässigen Dompteure haben drei Katzenakrobaten, die täglich ein anderes Fenster-Rein-Raus-Programm abspulen. Sie klettern durch ein offenes Oberlicht, balancieren und – ich klappere einen Tusch mit dem Buttermesser an die Kaffeetasse – lassen sich auf das erste Fensterbrett fallen. Dann gilt es, die einen Meter breiten Abgründe zwischen den schmalen Vorsprüngen zu überwinden: Tusch, Sprung, geschafft! Tusch, Sprung, geschafft! Tusch, Sprung, ah abgerutscht, Trommelwirbel, und wieder hochgezogen, geschafft, Tusch! Dann wieder hoch auf einen freien Fenstersteg am Oberlicht, kurze Verbeugung, und schon ist die nächste Katze dran.

Ein anderer unerschrockener Nachbar demonstriert seine Unempfindlichkeit gegenüber Fliehkräften und dreht sich in seinem Computer-Chefsessel, bis 5–6 G auf seinen Körper drücken und seine Gesichtshaut Wellen schlägt. Oben im Dach wohnt eine Künstlerin, Performancekünstlerin, die in der Hauptsache irgendwas kreativ kaputt macht. Seit ein verbranntes Klavier im Hof steht, fragen wir uns alle, wie sie sich noch steigern könnte. Heute fliegen gestärkte, wie Papierflugzeuge gefaltete weiße Unterhosen kreisend zu Boden. Der Hinterhof klatscht.

Als Nächstes die übliche Fahrradparade: drei Studenten auf Drahteseln drehen Kreise, knien sich auf die Sitze und fahren Formationen. Dann balancieren »*Robben und Wientjes*«-Umzugdienste Bücherkisten auf den Nasen mit den Berlin-Mitte-Klassikern: »20 Wege zum Erfolg und warum sie nie funktionieren«, »Kreativ in Kunst & Kommerz«, »Liebe in Zeiten der Rezession«, »Ehe, ehe es zu spät ist« und »Russendisko«.

Der Falafelimbiss im Haus hat jetzt auch zum Hof den Verkauf geöffnet und wirft Shawarmapäckchen und süße Baklawas zu den Fenstern hoch. Ausgelassene Stimmung, die Sonne scheint. Aus zwanzig Fenstern moderiert Marion Brasch das lässige, musikalische Beiprogramm aus den Radios, bis es dämmert.

Die verbleibenden männlichen Tagvertrödelkünstler sehen sich noch die »Acht Stellungen ungehemmter Lust« der polyglott-flotten Nachbarin im ersten Stock an, dann widmen sie sich wieder ihren Audio-CD-Sprachkursen: »Schwäbisch für Bewerbungsgespräche und Berufseinsteiger.«

Der Zirkusdirektor aus den neuen Bundesländern grabbelt derweil die paar Euro Miete zusammen und träumt vom Sanieren. So lange das nicht passiert, hat unser Hinterhofzirkus noch die Zelte aufgeschlagen. Und wenn es sein muss, ziehen wir alle weiter, wie Schausteller oder fahrendes Volk.

Arne Friedrich und ich

Volker Surmann

»Alter, was fürn pisseliges Stadion, ey!«

Es ist Sonntag und Zweite Liga. *FC Union Berlin* gegen *DSC Arminia Bielefeld*. Es ist kalt, es regnet in Strömen, und der Tabellenführer aus Bielefeld liegt 0 : 1 gegen den Tabellenletzten zurück. Die Union-Fans feiern, die angereisten Ostwestfalen gucken bedröppelt aus ihrer Wäsche, die gerade vom Regen kalt gespült wird.

»Alter, haste so'n scheiß Stadion schon mal gesehen?!«

Zwei 13-jährige Jungs hinter mir nörgeln seit Anpfiff im Dreiminutentakt ihr Entsetzen über die manuelle Anzeigetafel des Köpenicker Stadions *Alte Försterei* in meine Ohren: »Alter, guck mal die Anzeigetafel. Hängt die Tussi da noch Zahlen ausm Fenster! Voll peinlich! Ey, was fürn pisseliges Stadion Alter ...«

Meine Füße sind nass, vom Schirm neben mir fließt der Regen in meinen Kragen; auf der einen Seite die pickeligen Teenager, auf der anderen Seite Ingolf Lück; ich frage mich, wie es so weit mit mir kommen konnte.

Es muss etwas mit ostwestfälischer Identität zu tun haben, denn richtiger *Arminia-Bielefeld*-Fan bin ich erst seit meinem Umzug nach Berlin.

Solange ich noch inmitten des Teutoburger Waldes in einer kleinen Bauernschaft namens Ascheloh lebte – die ich auch nur erwähne, damit sie überhaupt einmal irgendwo erwähnt wird –, war mir Fußball egal. Ich fand ihn zeitweise sogar richtig doof. Erst als ein Mitbewohner meiner ersten Bielefelder WG, seines Zeichens Doktor der Mathematik, alle zwei Wochen eine verratzte Jeansjacke aus dem Kleiderschrank kramte und seinen Hals selbst im Hochsommer mit einem stinkenden schwarzweißblauen Schal zuschnürte

– vermutlich damit das Bier nicht oben wieder rauslief –, begann ich den Sportteil der *Neuen Westfälischen* gelegentlich zu überfliegen, sofern ihn mein Mitbewohner nicht aus Wut über die »unfaire Berichterstattung« frühmorgendlich aufgegessen hatte.

Ärger wurde es, als mich meine neue Mitbewohnerin nötigte, in ein Haus in direkter Nachbarschaft des Bielefelder Fußballstadions *Alm* zu ziehen. Unsere Vermieter hielten 18 Kaninchen, 12 Katzen und eine Dogge, sodass es im Treppenhaus wahlweise nach Doggensabber, Katzenpisse oder Kaninchenscheiße stank. Interessanterweise störte es unsere Vermieter dennoch, wenn Fußballfans in ihren Vorgarten pinkelten. Ich hielt das jedoch für ausgleichende Gerechtigkeit und begann mich im Gegenzug, über Tabellenstände, Spielertransfers, die regelmäßigen Aufstiege, die regelmäßigen Abstiege und die regelmäßigen Trainerentlassungen zu informieren. Bei Spielen hörte ich heimlich die Live-Übertragungen auf *Radio Bielefeld*. Der Reporter hieß Uli Zweetz, und seine Moderation beschränkte sich darauf, bei jeder Handbewegung des Torwartes, und sei es, dass der nur eine Fliege wegscheuchte, »Glaaaanzparadeeeeee!« ins Mikrophon zu brüllen. Damit waren dreißig Sekunden Reportagezeit um, und er gab wieder ins Studio für die besten Lokalwerbungen der 70er-, 80er- und 90er-Jahre.

»Alter, was für'n pisseliges Stadion! Ey Alter, guck mal die Anzeigetafel! Alter, was für'n pisseliges Stadion; voll peinlich, wa!«, holen mich die pubertierenden Motzbuben zurück ins regnerische Hier und Jetzt. Ich finde die Anzeigetafel längst nicht so schlimm wie das, was sie anzeigt: 0:1 gegen den Tabellenletzen. Voll peinlich, ey!

Ich krame in meiner Umhängetasche nach Taschentüchern. Alle vollgesogen mit Regenwasser. Egal, wer will hier noch differenzieren, ob mir nun Schnodder oder Regen von der Nasenspitze tropft. Aber ich sehe, Herrn Lück geht's auch nicht besser, und bei dessen Nase fällt es noch viel mehr auf.

Besagte Umhängetasche ist übrigens eine *Arminia-Bielefeld*-Tasche. Ich hab sie mir zum Abschied aus Bielefeld geschenkt:

schwarz mit blauweißem Reißverschluss und Vereinswappen drauf. Später erstand ich noch ein *Arminia-Bielefeld*-Baseball-Käppi. Becher vom ostwestfälischen Bundesligaclub gab's im letzten Sommer im *REAL*-Markt Treptow im Sonderangebot: für 1 Euro das Stück. Ich habe mir gleich elf gekauft.

Als bei der *Alm* eine neue Stadiontribüne eröffnet wurde, schenkte man den Anliegern Freikarten – für ein Spiel gegen Wolfsburg. Der *DSC Arminia Bielefeld e.V.* hatte für seine Nachbarn nie sehr viel übrig. Doch meine Mitbewohnerin und ich wollten dem geschenkten Gaul ins Maul schauen. Er war zahn- und torlos.

Beim zweiten Besuch auf der *Alm* war das Ergebnis besser: fünf Flaschen Bier und ein One-Night-Stand. Ja, ich gebe zu: Mein erster richtiger One-Night-Stand ist einem Spiel von *Arminia Bielefeld* und fünf Flaschen *Herforder Pils* zu verdanken. (Aber das ist eine andere Geschichte.)

Meine Mitbewohnerin und ich nahmen das zum Anlass, nicht nur über Fußball zu fachsimpeln, sondern auch über Fußballer. Bruna Labbadia war uns zu alt, Arthur Wichinarek hatte das schönste Lächeln, Georg Koch die größte Klappe, Ansgar Brinkmann die stärkste Klatsche, und dem iranischen Stürmer Ali Daei fehlten die meisten Konsonanten. In unserem Badezimmer hing Ernst Middendorp unter dem Klodeckel und später ein Bild von Arne Friedrich neben dem Spiegel.

»Alter, was für'n pisseliges Stadion! Alter, guck mal die Anzeigetafel …« Jaja, ich weiß, voll peinlich. Schön, dass sich die heutige Jugend noch begeistern kann.

Arne Friedrich und ich sind mit der Saison 2002/03 nach Berlin gewechselt. Er ist jetzt bei *Hertha* und ich bin so etwas wie ein Fan von *Arminia*. Er ist großer Hoffnungsträger in Berlin. Ich trage mich in Berlin mit Hoffnung. Er ist Nationalspieler. Ich arbeite dran. Ein Jahr später ist auch Arthur Wichinarek nachgezogen. Ich hätte ihm sagen können, dass das erste Jahr in dieser Stadt schwer ist.

Hertha BSC und *DSC Arminia* – zwei Frauen, die Schwestern sein könnten: Wappen mit Fähnchen als Emblem und ähnliche Farben (hauptsächlich blau und weiß; *Arminia* hat vorsorglich den schwarzen Trauerflor in die Vereinsfarben eingewoben). *Hertha* hat das *Olympiastadion, Arminia* hatte die *Alm*. So ist das mit Stadt und Land. Eigentlich müsste *Arminia* Gerda heißen.

»Alter, diese Anzeigetafel, voll peinlich ...«, die Klageknaben beweisen fußballerischen Sachverstand, »hoffentlich steigen die ab deswegen.« Ist *Union Berlin* dann auch. Bielefeld ist hingegen in die erste Liga aufgestiegen. Ich freue mich schon auf jedes Aufeinandertreffen der ungleichen Schwestern *Arminia* und *Hertha*. Ich werde dann ins Olympiastadion pilgern, meinen Hals mit meinem neuen schwarzweißblauen Schal zubinden, »Glaanzparadeeee« brüllen, und wenn *Arminia* verliert, pinkle ich meinen ganzen Frust in einen Charlottenburger Vorgarten.

Wenn ich hingegen nach Bielefeld reise, werde ich die *Alm* suchen, aber nur noch eine *Schüco-Arena* vorfinden. Dort sehe ich mich dann im Berliner Block stehen und laufend brüllen: »Wat is'n dis fürn pisselija Stadionname!? Voll peinlich, wa!«

Die Kampfreserve der Partei

Nils Heinrich

Bisher habe ich geschwiegen. Meinen Verwandten gegenüber, meinen Freunden und Bekannten gegenüber. Seit mehr als 13 Jahren nun wohne ich in Westdeutschland beziehungsweise West-Berlin, ich kenne dort mittlerweile mehr Leute als in meiner Heimatstadt Sangerhausen in Sachsen-Anhalt. Und diesen lieben Menschen muss ich nun gestehen: Ich habe zu DDR-Zeiten trainiert, euch mit militärischen Mitteln zu bekämpfen. Denn es gab im Osten ein Unterrichtsfach namens »Wehrerziehung«, in dessen Rahmen sich Schulklassen, Schulen, ja, alle DDR-Schüler in paramilitärische Einheiten verwandelten. Rechnet man dann noch die unter Waffen stehenden Einheiten der Betriebskampfgruppen, Volkspolizei, Sportschützen und natürlich die NVA hinzu, ergibt dies ein Furcht erregendes Bild einer lückenlos bis an die Zähne bewaffneten DDR-Gesamtbevölkerung. Der Westen hat zu keiner Sekunde geahnt, wie bedroht er in Wirklichkeit war.

Na ja, fast ...

Die Jugend im Osten, das hieß zum einen Junger Pionier, Thälmannpionier und dann FDJodler zu sein. Zum anderen aber hatte ein Ost-Jugendlicher montags im ZDF-Vorabendprogramm Colt Sievers zu gucken, um am nächsten Tag in der Schule mitreden zu können. Ein Jugendlicher am Westrand von Sachsen-Anhalt, so wie ich, der hörte dann donnerstagabends die HR-3-Hitparade mit Werner Reincke, den Finger zuckend über der Aufnahmetaste des Kassettenrecorders, darin eine *ORWO*-Chromdioxid-Kassette, für die man 20 Mark hingeblättert hatte. Und freitags wurde manchmal die Schule geschwänzt, denn der Plattenladen hatte Ware bekommen, vielleicht ja auch Lizenz-LPs, »... oh, ja, wir haben Nana

Mouskouri da!« Wird gekauft, ist Westmusik! »Und dann haben wir noch die Neue von den *Puhdys*!« Ach, nee, so was will ich nicht. Man hörte keine Ostmusik als Ost-Jugendlicher, es sei denn, man wollte was zu lachen haben. Die Wände unserer Kinderzimmer waren zutapeziert mit abfotografierten *Bravo*-Postern der *Pet Shop Boys* und von *Depeche Mode*. Und in der neunten Klasse überkam einen die schlimmste Phase der Pubertät. Der Wettbewerb »Wer hat als erster Schamhaar?« war in unserer Klasse voll am Laufen. Der Sieger war Mirko Laimhausen, das Tier, der hatte vermutlich schon so richtig dunkle Schambehaarung, so einen richtigen finsteren Dschungel in der Feinripp mit Linkseingriff. Die kleinen Nacktmulche von uns anderen konnten sich höchstens mal in einen zarten Flaum zurückziehen, über dessen Wachstumserfolge man bei jedem Duschen wieder aus dem Häuschen war. Mirko Laimhausen hingegen wuchsen sogar schon Haare auf der Brust. Seitdem die eines Morgens da waren, machte er seine Hemden oben nicht mehr zu. Mirko Laimhausen war auch der Erste, der eine Quarz-Uhr hatte. Mit Digitalanzeige. Aus dem Westen! Mirko Laimhausen war der König von uns Ostjugendlichen in der sachsen-anhaltinischen Provinz.

Wir hatten den Westen und Mopeds und Sehnsucht nach Schambehaarung in unseren pickligen Köpfen, nur nicht den Sozialismus. Und schon gar nicht dessen Verteidigung mit militärischen Mitteln. Doch gerade die sollten wir üben. Ein Befehl von Erich Honecker verfrachtete uns 15-jährige für zwei Wochen in ein Wehrerziehungslager. Es lag mitten im Wald, irgendwo im Harz, und diente im Sommer als Kinderferienlager »Soja Kosmodemjanskaja« schmalen und blassen Großstadtkindern dazu, sich von den Stärkeren in der Ferienlagerbaracke zwei Wochen lang vertrimmen zu lassen. Nun waren wir hier, 15-jährige Hoffnungsträger des Sozialismus, die schmächtige, schamhaarlose Kampfreserve der Partei.

Wir trugen die grünen Uniformen der GST, der Gesellschaft für Sport und Technik. Nun gut, sie nannten es Uniform. Es war aber keine Uniform, es war eine Zumutung. Grüne Stoffbahnen, konfektioniert für Einbauschränke aus dem *VEB Möbelkombinat* und offensichtlich von besoffenen Schimpansen im Zoo von Halle/Saale zusammengenäht. Die Dinger standen eckig und sperrig vom Körper ab. Der Stoff dieser Uniformimitate hatte den gleichen Grünton, wie er einem spritzigen Durchfall nach dem Verzehr von verdorbenem Spinat eigen ist, und es war höchstwahrscheinlich derselbe Stoff, in dem Jahre zuvor die Wehrmachtsfeldpost von der Ostfront heim ins Reich geschickt wurde. In unseren deutschen demokratischen Kindersoldatenuniformen sahen wir richtig scheiße aus. Scheiße im Wald. Sämtliche Tiere waren noch scheuer als sonst. Und wären sie nicht abgehauen, dann hätten sie gekotzt. Den ganzen Wald hätten sie voll gekotzt. Und wir hätten durchrobben müssen. Die Krönung unserer paramilitärischen Verpackung aber war das Schiffchen. Jeder von uns musste auf dem Kopf ein albernes Schiffchen tragen, in derselben Farbe wie die Uniform. Wir sahen aus wie hilfsschwule Leichtmatrosen mit einem Faible für den Modeschöpfer Fidel Castro. Keiner von uns hatte Lust, einen Staat zu verteidigen, der einen so scheiße aussehen ließ.

Aber alle haben mitgemacht, jeden Tag diese idiotischen Übungen in Wald und Wiese.

Morgens wurden wir von irgendeiner erwachsenen gescheiterten Existenz aus den Betten gebrüllt und mussten draußen Frühsport machen! Im nassen Gras! Bei Regen. Im Osten hat's doch 40 Jahre lang nur geregnet! Kniebeugen, Fleischerhaken, Rumpfbeugen und dann noch dreimal durch den Schlamm um die Baracke laufen. Anziehen und im Laufschritt ab zum Frühstück! Kalter Tee und die so genannten Fettbrötchen. In der *Konsum*-Bäckerei gab es immer Fettbrötchen. Und die *Konsum*-Bäckerei belieferte das Wehrwald-Lager. Fettbrötchen mit Marmelade drauf, damit Kraft in die Knochen der Kampfreserve kommt.

Dann ab zum Fahnenappell. Schon wieder stehen! Jugendlicher in der DDR zu sein, das hieß eigentlich nur: irgendwo rumstehen. In der Freizeit mit der ganzen Familie vorm Obst- und Gemüseladen anstehen, damit jeder sein zugeteiltes Kilo Südfrüchte kriegt, abends mit den Kumpels im Park um eine Bank rumstehen und die neuesten Mitschnitte der HR-3-Hitparade mit Werner Reincke anhören. Und jetzt im Wehrlager beim Fahnenappell rumstehen, um zu erfahren, dass wir Schießen und Handgranatenweitwurf üben.

Unsere Ausbilder waren dickbäuchige, bockwurstgeschwängerte Männer, die im normalen Leben Produktionsleiter von volkseigenen Betrieben waren. Sie konnten hier mal so richtig die alte Sau rauslassen und Halbwüchsige runterputzen. Sie unterrichteten uns im Schießen. Mit halbautomatischen KK-MPs aus Suhl und scharfer Munition schossen wir auf Pappkameraden, die Westdeutsche darstellten. Wir schossen quasi auf unsere eigenen Westverwandten. Da braucht es schon einen kurzen Augenblick der Überwindung. Wenn man allerdings solche Westverwandten hatte wie ich, die nie zu Besuch kamen, nie Westgeld schenkten und in den Westpaketen höchstens getragene *Jinglers*-Jeans schickten, mit denen man auch im Osten uncool war, dann überlegte man nicht lang, sondern hielt drauf und drückte ab. Nachdem man den Maschinengewehrmodus eingestellt hatte.

Wenn jemand daneben schoss oder anderweitig versagte, wurde er drillseargeantmäßig zusammengeschissen und mit dem Runterbeten der Beschlüsse des 10. Parteitages der SED bestraft. Das Wehrlager war die Hölle. Obwohl man pubertär war und Mutti und Vati als natürliche Feinde betrachtete, wollte jeder nur noch nach Hause. Zumal wilde Gerüchte im Umlauf waren, Gerüchte von Medikamenten im Tee, die verhindern sollten, dass wir im Lager eine Erektion kriegen. Die meisten von uns hatten zwar noch nie eine gehabt, waren aber trotzdem empört.

»Wir verteidigen hier den Scheiß-Sozialismus, und die Schweine machen uns impotent!«

Zwei harte Wochen später dann die Heimfahrt in einem Sonderzug der *Deutschen Reichsbahn*. Wenn bei der Durchfahrt durch einen Bahnhof der Ruf erschallte: »Gugge mal, 'ne Frau!«, dann lehnte sich die komplette Zugbesatzung auf der Seite des Bahnsteiges aus den Fenstern und freute sich mit dumpfen Lauten, die eigentlich nur Tollwütige im Endstadium von sich geben, über den Anblick eines weiblichen Wesens. Dann war man am Ziel, gab im Magazin die Uniform ab und lief befreit nach Hause, auf den Lippen den ehrlichen und tief empfundenen Befreiungsschrei: »Eins, zwei, drei, die Scheiße ist vorbei!«

So und nicht anders war sie drauf, die Kampfreserve der Partei.

Ich, ein Praktikant

Robert Rescue

So, dann bin ich also mal wieder Praktikant. Ist ja nicht das erste Mal in meinem Leben. Ich glaube, ich habe schon so viele Praktika hinter mir wie Geschlechtsakte. Moment, besser ist, ich lasse das eine wie das andere mal Revue passieren.

In Sachen Praktika komme ich, über den Daumen gepeilt, auf 12. Das bedeutet, ich muss die Aussage bezüglich Geschlechtsakte im Verhältnis zu Praktika wieder zurücknehmen, sonst entsteht ein falscher Eindruck von mir. Ich glaube, es wird ohnehin ein falscher Eindruck von mir entstehen, also behaupte ich einfach mal, es entsteht ein falscher falscher Eindruck von mir.

Mein erstes Praktikum erlebte ich mit 15 Jahren, also vor einer Menge von gottverdammten Jahren. Meine Güte, ist das lange her. Herrje, ich kenne Leute, die haben gehen gelernt oder wurden gerade geboren, als ich mein erstes Praktikum absolvierte.

Damals besuchte ich die Hauptschule, und eines Tages kam unser Lehrer, das war übrigens Herr Vogt, zur Tür herein und verkündete, nächste Woche fange das Berufspraktikum an.

Er verteilte dann die Angebote, und die männlichen Klassenkameraden, alles muskulöse, handwerklich begabte Nachwuchsbauern aus den umliegenden Dörfern, griffen sich die Angebote, die geradezu für sie gemacht waren – Autoreparaturwerkstätten, Malermeister, Schlossereien und Heizungsinstallateure. Eben richtige Berufe für richtige Männer. Die Mädchen rissen sich um die Stellen bei den Friseuren meiner Heimatstadt. Eine hatte Pech und bekam die Stelle als Bürofachkraft bei der Stadtverwaltung ab.

Das letzte Angebot blieb liegen und gehörte damit mir – eine dreiwöchige Hospitanz in einer Drogerie. Mich hat das ganze damals ziemlich überrascht, denn ich hatte bis dahin geglaubt, Schule gehe ein ganzes Leben lang.

Eine Woche später fand ich mich in der Obhut von Frau Meurer wieder. Unglaublich, ich weiß sogar noch ihren Namen. Ja, und dann lernte ich die nächste Zeit, was Parfüms, Feuchtigkeitscremes, Tampons und Badezusätze sind und wozu sie verwendet werden.

Meine Klassenkameraden, die ja allesamt »richtige« Praktika hatten, machten sich über mich lustig. Sie nannten mich »verweichlicht«, gar »weibisch«, was ja bei der Arbeit in einer Drogerie fast zwangsläufig war, und schnitten mich. In jener Zeit keimte in mir so eine Ahnung, dass mein Leben in Zukunft anders verlaufen würde als das meiner Klassenkameraden. Genauer gesagt, meine Mitschüler wussten alle schon, was vor ihnen lag, während ich der Zukunft gegenüber unschlüssig dastand.

Als das Praktikum zu Ende ging, bekam ich als Abschiedsgeschenk eine Nachbildung der Totenmaske des Pharaos Tut-Ench-Amun geschenkt, weil ich mich doch so für altägyptische Geschichte interessierte und die Dynastien und ihre Könige fast auswendig konnte. (Detailkenntnisse um die Dynastien der Pharaonen als Hobby und Besuch der Hauptschule als Tagesbeschäftigung, das hätte mir damals zu denken geben sollen, tat es aber nicht.)

Die Nachbildung der Totenmaske war natürlich nicht echt, sondern ein Werbegeschenk von *4711*, die seinerzeit trendgerecht ein Parfüm mit Namen *Amun* auf den Markt gebracht hatten. Zu der Zeit gab es gerade eine Wanderausstellung mit den Grabbeigaben von »Tutti«, wie er damals in Westdeutschland genannt wurde. Ich hatte die Ausstellung in Köln gesehen und der »Tutti«-Hype mitsamt meinem Wissen über das Alte Ägypten und der Besitz der Totenmaske hätte mir bei den Mädchen viel Aufmerksamkeit eingebracht. Aber erst jetzt, wo ich das niederschreibe, wird mir das klar.

Tut-Ench-Amun war übrigens der Schwiegersohn und Nachfolger von Echnaton. Der ist in die Geschichte eingegangen, weil er, als er Pharao wurde, die lange Zeit der Anbetung des Reichsgottes Amun für nichtig erklärte und stattdessen meinte, die Sonne anzubeten wäre doch viel toller. Als Echnaton nicht mehr war, wurde fast alles, was von ihm Zeugnis gab, gelöscht. Zu den wenigen Dingen, die den »Bildersturm« überstanden, gehört eine Büste seiner Ehefrau Nofretete, die man heute im Ägyptischen Museum zu Berlin besichtigen kann. Ach so, Tutti hat übrigens den Sonnenkult wieder abgeschafft und ist wieder zu Amun gewechselt, hat nie wirklich regiert, verstarb mit 16 oder 17 Jahren, sein Grab wurde nie geplündert und Mitte der Achtziger-Jahre war er in Westdeutschland so populär wie Modern Talking.

Okay, okay, ich bin etwas vom Thema abgekommen. Die nächsten Praktika überspringe ich dann einfach. Vor zwölf Jahren bin ich nach Berlin gezogen, weil mir die Sache mit dem Praktikum in der Drogerie und mein Interesse für das Alte Ägypten noch immer anhafteten. Mein jetziges Praktikum hat mit Franzosen zu tun. Ich mache ein Praktikum bei der größten französischen Nachrichtenagentur, in der Technikabteilung, weil ich doch inzwischen IT-Fachkraft bin.

Wenn ich Leuten erzähle, wo ich mein Praktikum mache und dabei die Abkürzung für die größte französische Nachrichtenagentur nenne, dann ernte ich Unverständnis. Dabei habe ich es meist mit Studenten zu tun, die Makulatur, Rasenkunde oder Dingsdongs studieren, und die sollten doch eigentlich die Bezeichnung *AFP* kennen!

Franzosen haben übrigens immer wieder eine große Rolle in meinem Leben gespielt. Angefangen von den deutsch-französischen Menschenaustauschungen, die man »Städtepartnerschaften« nennt und die letztlich nur verhindern sollen, dass sich die Erbfeinde irgendwann wieder die Köpfe einschlagen, bis hin zu der Frau, die in mir das Schreiben erweckte und damit die Saat legte zu dem, was ich heute als Schriftsteller bin. Ich war in sie verliebt gewesen. An ihren Namen kann ich mich, im Gegensatz zu Frau Meurer, nicht mehr erinnern. Vielleicht liegt es daran, dass ich in Frau Meurer nie verliebt war. Man vergisst allzu leicht die Namen von Menschen, die man mal mehr als mochte. Ich schrieb ihr einen Brief und gestand ihr meine Liebe, damals, als es noch kein E-Mail gab und ich noch gezwungen war, auf Papier das in vollster Inbrunst, in aller Offenheit und damit Verletzlichkeit bloßzulegen, was ich ihr verbal nicht mitteilen konnte.

Wie so oft, sie teilte meine Gefühle nicht, gab mir das unmissverständlich zu verstehen, merkte aber an, dass der Brief sie als Französin, der deutschen Sprache zwar ziemlich, doch nicht ganz mächtig, aufgrund der Wortwahl und der Gewandtheit der Formulierung innerlich tief berührt hätte und ermunterte mich, weiter zu schreiben. Ich habe ihren Rat aufgegriffen und weiter Liebesbriefe geschrieben. Bis heute. Alle meine Texte sind eigentlich Liebesbriefe an irgendeine Frau, präsente oder solche, welche die Bühne meines Lebens längst wieder verlassen haben.

Na egal, ich denke gerade an Miriam, eine weitere unerwiderte Liebe zu einer Französin. Um mich zu vergewissern, dass zwischen uns nichts war, fuhr ich einmal 1000 Kilometer von Koblenz nach Nantes. Danach hatte ich die Gewissheit.

Ich denke gerade, dass ich vielleicht mit dem Schreiben aufhören sollte, wenn ich noch einmal eine solch unglückliche Liebe erleben sollte. Dann aber hätte ich schon letztes Jahr aufhören müssen.

Ich gebe es zu, ich bin wieder vom Thema abgekommen. Wo war ich gewesen? Ach ja, Praktikum. Also wieder mal das, jetzt überspitzt ausgedrückt, »Setz dich mal da hin und dann sehen wir weiter.« Ich bekam einen Rechner, nicht schlecht von der Ausstattung her, und prompt ging mit einem KLACK-KLACK die Festplatte kaputt. Also merkt euch, wenn ihr irgendwann an eurem Rechner sitzt und gerade das wichtigste Dokument eures bisherigen Lebens bearbeitet und ihr plötzlich ein Geräusch hört, das klingt, als würden zwei Stahlkugeln gegeneinander schlagen, dann schaltet den Rechner aus, besorgt euch 'ne neue Festplatte und betet, dass ihr wen findet, der euch die Daten von der kaputten rettet.

Zugegeben, über das Praktikum heute habe ich noch nicht viele Worte verloren. Mir fällt gerade Pierre ein, das ist der Chef von den Franzosen, die in Berlin arbeiten, und er selbst ist meist in der Außenstelle oder Zweigniederlassung in Neuss, und eigentlich ist er überall und nirgends und sein Büro ist immer verwaist und ich habe ihn bisher nur einmal gesehen. Aber er ist der Chef der Franzosen, während es auch einen Chef der Deutschen gibt, das ist, vermutete ich mal, ohnehin der Chef überhaupt von Berlin, also von Berlin im Sinne einer Niederlassung von *AFP* insgesamt. Puh, das ist alles schwer zu erklären. Der Chef der Franzosen ist für die Franzosen zuständig, während der Chef der Deutschen für die Deutschen zuständig ist, also auch für die Niederlassung insgesamt und damit auch für die Franzosen, während der Chef der Franzosen sich oft so aufspielt, als wäre er auch für die Deutschen und für die ganze Niederlassung zuständig.

Geordneter geht es in der Technik zu. Die beiden dort Verantwortlichen, ich nenne sie einfach mal Harald und Rene, sind ziemlich erfahren. Sie wissen einfach alles, und was sie nicht wissen, das erfahren sie sich dann halt. Der Personalchef nennt sie so etwas wie die »heiligen Finger« oder so ähnlich, aber wie Heilige sehen sie gar nicht aus. Sie sind für alles zuständig, was in irgendeiner Weise mit Mechanik, Mikrobiologie, Toiletten, Türen und natürlich Computern zu tun hat. Sie kaufen sogar den Kaffee für die Kaffeemaschinen ein, weil sich sonst niemand dafür zuständig fühlt.

Ein weiteres Interesse meines Praktikums bei *AFP*, ich gebe es unverhohlen zu, war der Versuch, weibliche studentische Hilfskräfte kennen zu lernen. Die ohnehin bei mir kärglich vorhandene Fähigkeit zur Kommunikation mit Absicht dahinter war durch die Weiterbildung zum beziehungsgestörten Nerd weitgehend korrumpiert. Trotzdem versuchte ich mein Bestes.

An einem der ersten Tage lernte ich Bea kennen. Ich kam in die Küche, um dort zu rauchen, und sah sie dort stehen. Wir begrüßten uns und sie meinte, sie »würde am Empfang rumhängen«. Ich mag Menschen, die ihre Arbeit auf eine unkonventionelle Weise zu beschreiben in der Lage sind. Nach etwas Konversation darüber, welche Funktion wir gegenseitig hier ausführen, wo wir herkommen, was wir von Winterdepressionen halten, die Frage erörterten, ob Polen nationalstolzer sind als Deutsche, ging ich in die Offensive. Als Erstes musste ich klären, ob sie einen Freund hat. Ich musste sie also danach fragen.

»Sag mal, Bea, hast du eigentlich schnöck sill schmurk?«

»Wie bitte?«

Verdammt, es war immer dasselbe. Da lernte ich mal eine Frau kennen, und wenn der entscheidende Punkt kam, zu klären, ob sie einen Freund hat, erhielt ich stets die gleiche Antwort. Sie hatte einen Freund. Trotzdem entschied ich, weiter mit Bea zu kommunizieren, denn vielleicht hatte sie irgendwann mal keinen Freund und dann brach womöglich unsere gemeinsame Zeit an.

Wenn einer von den Redakteurinnen in die Küche kam, um zu rauchen, dann brachte er oder sie sich meist Arbeit in Form einer Pressemitteilung mit, um diese dann während des Rauchens mit einem Markerstift zu bearbeiten. Ich glaube, die Redakteure bei *AFP* kriegen jeden Tag so viele Nachrichten und damit Informationen übergebügelt, dass sie abends nach Feierabend ein Testbild schauen, um zu entspannen.

So viele Praktika habe ich bereits hinter mir. Bin gespannt, was als Nächstes auf mich zukommt. Wer weiß, vielleicht lande ich mal wieder in einer Drogerie, aber dazu müsste ich erst mal eine Weiterbildung als Drogeriefachverkäufer oder wie das heißen mag absolvieren.

Soviel ist auf jeden Fall sicher – im Leben ist alles möglich, auch so etwas.

Nützlich sein

Heiko Werning

Der alte Herr Schuster – Onkel Schuster, wie wir ihn nannten, ohne dass es irgendeine verwandtschaftliche Beziehung gegeben hätte – war recht beliebt bei den Kindern der Pommernstraße. Er verbrachte sein Leben im Wesentlichen in einem zum Hobbyraum umgebauten Schuppen. Tagein, tagaus stand er da und bastelte und werkelte und sägte. Wir hatten keine Ahnung, was er da eigentlich tat, wir haben auch nie darüber nachgedacht, es war einfach so. Immer, wenn das Fahrrad einen Platten hatte oder irgendetwas kaputt gegangen war, konnte man zu ihm kommen. Mit großer Begeisterung nahm er den betroffenen Federballschläger – damals hießen die Dinger noch so, hätte man das Wort Badminton gebraucht, hätte er einen sicher nur verständnislos angeguckt –, musterte ihn kritisch, wog zweifelnd den Kopf hin und her, sagte mit ernster Stimme, dass das aber gar nicht gut aussehe und er mal gucken müsse, ob er da noch was machen könne, man solle am nächsten Nachmittag wieder vorbeikommen. Aber das war nur Ritual, das wussten wir, er bekam alles wieder hin, er liebte nur das dramatische Moment. Bei der Rückgabe freute er sich dann am allermeisten über das wiederhergestellte Teil. Ja, er sei zwar schon seit Jahren im Ruhestand, sagte er dann stets, aber wer raste, der roste, und das wolle er noch lange nicht, man müsse sich immer nützlich machen, das sollten wir uns gut merken, es gebe immer etwas Hilfreiches zu erledigen. Wir waren alle sehr zufrieden. Rolfs Vater meinte zu uns zwar, der Alte spinne, der solle doch froh sein, dass er endlich mal die Füße hoch legen könne. Wenn er selbst mal pensioniert sei, dann würde er garantiert nicht den ganzen Tag an irgendwas herumschrauben. Aber wir freuten uns über den verlässlichen Reperaturservice, und Bernd Schuster war immer sehr stolz auf seinen prominenten Opa.

In den folgenden Jahren waren wir seltener auf der Pommernstraße unterwegs. Wir spielten Fußball beim *TSV Angelmodde* oder saßen mit den anderen an der Bushaltestelle am Blaukreuzwäldchen und jagten den Erstklässlern Angst ein. Zu Onkel Schuster gingen wir nicht mehr so gerne. Es hatte herbe Enttäuschungen gegeben. Er war nicht in der Lage gewesen, Jörgs Telespielkonsole zu reparieren.

Jörg war der Erste, der so ein Telespiel hatte, und er war damit für einige Wochen der Star. Alle wollten immer zu ihm kommen, und er genoss den plötzlichen Ruhm sehr und verteilte wichtig Gutscheine mit Sprechzeiten, die er auf kleine Zettel malte. Sogar der coole Gregor aus der 7b, der sonst nie etwas mit uns zu tun haben wollte, ließ sich so einen Zettel geben und kam zur angegebenen Zeit bei Jörg vorbei, um bei ihm Tele-Tennis zu spielen: zwei weiße Striche, die man mit einem Drehknopf am Bildschirmrand auf- und abbewegen konnte und mit denen man einen Ball treffen musste, der, wenn man ihn erwischte, »*pong*« machte, und dessen Geschwindigkeit man einstellen konnte. Tempo 1 war was für Kleinkinder, und auch Tempo 2 und 3 langweilten uns schnell. Bei 4 konnte man ganz gut spielen, und 5 war nur was für die total Guten und für den im Dauertraining befindlichen Jörg, das wollte kaum einer mit ihm spielen. Dann konnte man den rechten Strich nicht mehr nach unten drehen, und jetzt wollte überhaupt niemand mehr mit Jörg spielen. Gregor war dort gewesen, als es geschah, und er hatte es mir sofort erzählt. Ich hatte einen Gutschein für den nächsten Nachmittag, aber natürlich wollte ich nicht kommen, wenn es kein Telespiel gab. »Aber wir können doch auch was anderes bei mir spielen!«, flehte Jörg, aber da ging ich lieber zu den anderen an die Bushaltestelle. Verzweifelt ob seines Absturzes in die gesellschaftliche Bedeutungslosigkeit rannte Jörg zu Onkel Schuster, aber der schüttelte nur den Kopf; mit dieser modernen Technik könne er nichts anfangen, er wollte es trotz inständigen Flehens von Jörg nicht einmal versuchen. Verbittert zertrat Jörg die Krokusse in Schusters Vorgarten.

Wir sahen den alten Schuster nur noch selten. Es war uns auch unangenehm geworden, wenn wir ihn trafen, schon allein, weil wir nicht wussten, wie wir ihn ansprechen sollten. »Onkel Schuster«, das war uns irgendwie zu kindisch, da waren wir zu alt für, aber einfach auf »Herr Schuster« wechseln ging natürlich auch nicht, das wäre ja komisch gewesen, also versuchten wir, jede Anrede zu vermeiden, oder besser noch jeden Kontakt, zumal er mit der Nabenschaltung meines neuen Fahrrads auch nicht klarkam, dass war ihm alles zu modern. Später bekamen wir dann nur noch am Rande mit, dass er immer seltener in seinem Schuppen war.

Eines Tages kam Bernd Schuster zu uns und fragte, ob wir nicht Äpfel oder Kartoffeln zum Schälen für sie hätten. Sein Opa wollte unbedingt irgendwas Nützliches tun, aber das Einzige, was er noch hinbekäme, wäre Schälen. Meine Mutter war hoch erfreut über das Angebot, und ich half Bernd, einen Sack Kartoffeln rüberzutragen. Onkel Schuster saß in der Küche, vor ihm auf dem Tisch ein großer Berg Kartoffeln, neben ihm zwei riesige Eimer, einer mit Wasser für die Kartoffeln und einer für die Schalen. Er erkannte mich nicht mehr. Wir hievten unsere Kartoffeln auf den Tisch, und erst jetzt schaute er kurz auf, dann aber gleich wieder auf sein Schälmesser. »Man muss sich nützlich machen«, murmelte er, »wer rastet, der rostet. Merkt euch das. Es gibt immer etwas zu tun.« Mit zitternden Händen schälte er weiter.

Er konnte gar nicht mehr davon lassen. Zunehmend verzweifelt durchstreiften Bernd Schuster und seine Mutter die gesamte Nachbarschaft und erbettelten Äpfel und Kartoffeln. »Es wird immer schlimmer«, jammerte Frau Schuster, »je älter er wird. Früher hat er sich ja auch mal ausgeruht oder Fernsehn geguckt oder Kreuzworträtsel gelöst, aber das wird immer weniger. Jetzt fängt er schon vor dem Frühstück an zu schälen.« Anfangs waren wir begeistert. Es gab jetzt mindestens einmal die Woche Reibekuchen, die meine Mutter früher nur ganz selten gemacht hatte, weil ihr das zu viel Arbeit war. Dann aber wurde es immer schwieriger, die Unmengen geschälter Produkte sinnvoll weiterzuverarbeiten. Ich glaube, im ganzen Erdelbachtal gab es bald keine Nudeln oder Reis mehr. Zu jedem Essen gab es Kartoffeln als Beilage, Kartoffelpüree oder Bratkartoffeln, manchmal gab es auch gleich Kartoffelauflauf. Jörg hatte es gut. Dessen Eltern hatte eine Fritteuse, da gab es auch oft Pommes. Erstaunt starrte mein Vater eines Abends auf seinen Teller. »Was ist das denn?«, fragte er meine Mutter und deutete auf kleine, bräunliche Scheiben. »Rösti«, antwortete sie, »ich dachte, ich versuche mal irgendwas anderes mit den Kartoffeln.« Und zum Nachtisch gab es Apfelmus. Oder Apfelkuchen.

Onkel Schuster schälte und schälte. »Manchmal steht er mitten in der Nacht auf, setzt sich im Schlafanzug in die Küche und fängt an zu schälen. Und wenn wir mal nichts zum Schälen da haben, wird er ganz komisch, brabbelt seltsames Zeug und irrt durch die ganze Wohnung.« Dabei ist er sogar mal die Treppe runtergefallen und musste für ein paar Tage ins Krankenhaus. Wahrscheinlich nach Intervention des dortigen Küchenchefs haben sie ihn aber schnell wieder rausgeschmissen.

Allmählich brachen alle Dämme. Onkel Schuster schien immer weniger Schlaf zu brauchen. Die Rohstoffe wurden knapp in Gremmendorf. Ich half Bernd hin und wieder, die ganzen Schalen zu Bauer Hoffschulte zu bringen, für die Schweine. Die fraßen unglaubliche Mengen davon. »Nicht mehr lange«, meinte Bernd, »dann schmeckt das Fleisch auch nur noch nach Kartoffeln.« Wir stellten uns vor, was das bedeuten würde. Kartoffelsalami. Kartoffelwurst. Currykartoffel. Womöglich Brötchen mit Kartoffelhack.

Wann immer meine Eltern und ich am Wochenende unterwegs waren, um Verwandte zu besuchen, kamen wir mit dem ganzen Kofferraum voll zu schälender Objekte zurück. Ich musste die dann immer noch zu Schusters rüberbringen. Deren Küche glich inzwischen einer Lagerhalle. Überall standen Kisten, aus denen Erd- und richtige Äpfel quollen. Onkel Schuster blickte nicht einmal auf, wenn man herein kam, er würdigte seine Lieferanten keines Blickes. Zitternd hielt er in der einen Hand das Messer, in der anderen den aktuell in Bearbeitung befindlichen Fruchttorso, und dabei murmelte er vor sich hin: »Nützlich machen. Wer rastet, der rostet. Es gibt immer was zu tun.«

Es überraschte niemand, dass er schließlich beim Kartoffelschälen tot vom Stuhl fiel. Dass er sich beim Sturz das Schälmesser so unglücklich an den Schädel rammte, dass er sich dabei noch großflächige Hautabschürfungen zufügte, muss man wohl als Willen zur Formvollendung interpretieren. Die letzte Schälung eben.

Bei der Beerdigung standen wir im zweiten Glied und murmelten die Gebete mit. Ich beobachtete, wie die Angehörigen nacheinander ans offene Grab vortraten und ein Schäufelchen Erde auf den Sarg kippten. Stillos, dachte ich. Passender wäre es gewesen, jeder hätte eine Kartoffel geworfen.

Die blasphemische Bärbel

Nils Heinrich

Als ich 15 oder 16 war, gab es noch die DDR, und den Freitagabend in der Sangerhäuser Provinz verbrachte ich regelmäßig in der Jungen Gemeinde. Beten, Tee trinken, Tischtennis spielen. Zur Gitarre singen, im Kreis sitzen, gegenseitig aus der Bibel vorlesen. Und alle lächeln. So lieb, so heilig, so langweilig.

Nur nicht an jenem Abend. Es muss der erste Freitag nach Ostern gewesen sein, als mitten durch die Gebetsgemeinschaft ein Tornado tobte und alles platt machte, woran Minuten vorher noch tief geglaubt wurde.

Zunächst war alles an dieser Gebetsgemeinschaft wie sonst an jedem anderen langweiligen Freitag auch: Jeder hält den Kopf gesenkt und betet. Manche haben dabei die Finger seemannsknotenartig ineinander verhakt, andere halten die geöffneten Handflächen nach oben, als seien sie bereit zum Ballspiel und wollten den Basketball fangen, den Gott jeden Augenblick runter wirft. Es ist ruhig im Raum. Alle schweigen und atmen flach, bis der Erste was vorbetet. Das ist Justus, Sohn eines Parteisekretärs und einer Staatsbürgerkundelehrerin und komplett anders drauf als die Eltern. Justus ist 300 % frommer als zum Beispiel Wibke, die Pfarrerstochter mit den engen Jeans, von der man munkelt, dass sie es schon getan hat, das, was man selbst gerne schon mal hätte, aber noch nicht hat, aber die Pfarrerstochter schon, ja, bestimmt, die soll schon mal *gefickt* haben! Ist ja schließlich Pfarrerstochter. Oh, diese Pfarrerstöchter! Die sind ja alle ganz wilde Dinger. Was ja auch logisch ist, denn wenn Söhne von Parteisekretären an Gott glauben, dann sind junge Pfarrerstöchter auch willig! Von Wibke, die ja auch kein Blatt vor den Mund nahm, kam übrigens die Äußerung, dass Justus die Heiligkeit mit Löffeln gefressen habe. Mit Esslöffeln. Ach was, mit Suppenkellen hat er sie gefressen, hat Wibke gesagt! Wer so was sagt, hat doch garantiert schon mal ...

Justus sächselt jetzt laut sein Gebet in die Runde und alle hören zu: »Lieber Heiliger Vater im Himmel, ich danke dir für den schönen Tag, den ich heute erleben durfte. Ich danke dir vielmals, dass ich nicht böse krank geworden bin, dass ich genug zu essen hatte, auch wenn es heute wieder keine Bananen gab. Ich danke dir, dass ich nicht vom Auto überfahren wurde. Ich danke dir, dass es nicht so viele Autos in der DDR gibt. Ich weiß genau, du hast mich gut behütet, ja ich bin sehr gut bei dir, oh Herr, aufgehoben. Du sorgst für mich wie meine Mutter nie für mich gesorgt hat und leitest mich wie ein Wegweiser. Ich danke dir für meine Eltern, auch wenn sie Arschlöcher sind. Ich weiß, Vater, dass du das eines Tages einrenken wirst, wie nur du das kannst. Ich liebe dich von ganzem Herzen. Danke, lieber Vater, dass du immer für mich da bist. Du best echt supi! Amen.«

Und alle: »Amen.«

Dann Stille. Fünfundvierzig Sekunden lang Stille. Jemand versucht, ganz leise seinen Rotz in der Nase hoch zu ziehen. Alle können es hören. Auch Gott. Und wie der Handrücken schmatzend die schleimende Nase abreibt, können auch alle hören. Und auch wie die Hand an der Hose abgewischt wird. Ich blinzle nach oben: Bernhard ist das. Ich beschließe, ihm später nicht die Hand zu geben.

Jemand flüstert: »Brauchst du ein Taschentuch?«

»Ja.« Es raschelt, dann bläst Bernhard leise alles, was er hat, da rein. Er hat viel. Es klingt, als würde ein ganz kleiner Elefant lange gurgeln. Alle hören zu. Dann ist wieder Stille, bis zu Bärbel: »Lieber Herrgott, ich bin dir echt dankbar, dass du mir den Tag heute relativ leicht gemacht hast. Ich mache gerade eine sehr miese Phase durch, du weißt warum. Aber weißt du, heute habe ich mich im Spiegel betrachtet und habe gesehen, dass ich wieder lächeln kann. Glaube jedenfalls, dass das ein Lächeln war. Sollte es eins gewesen sein, war das eine extrem schöne Erfahrung. Dafür danke ich dir, lieber Herrgott. Amen.«

Und alle: »Amen.«

Schweigen. Alle kennen Bärbel, alle wissen, warum Bärbel eine schwere Zeit hat. Bärbels Mann, der Jugendpfarrer Thomas, mit dem sie seit zehn Jahren verheiratet ist und zwei Kinder hat, ist letzten Monat ausgezogen. Thomas wohnt jetzt bei seinem Freund, der ihm gezeigt hat, was seine wahre Sexualität ist. Und in diesem Moment sitzen beide Bärbel genau gegenüber. Hand in Hand. Und schweigen zusammen mit Bärbel und den anderen. Irgendwer hat vor kurzem erzählt, dass Bärbel gesagt hätte, sie käme sich extrem verarscht vor. Die ganze Stadt lacht über Bärbel. Nur hier lacht keiner, nicht laut jedenfalls.

Bärbel noch mal: »Weißt du, lieber Herrgott, bitte verzeih, dass ich zurzeit richtig schlechte Gedanken habe. Dass ich manchmal meine, ich komme mir verarscht vor. Und dass ich meine, dass *verarscht* genau das richtige Wort ist dafür, wie ich mir vorkomme. Lieber Herrgott, ich weiß, dass du unfehlbar bist. Aber manchmal denke ich, du hast echt den Arsch offen. Ja! Manchmal denke ich wirklich, du bist ein Arsch. Der größte Arsch der Welt, bist ja schließlich Gott. Entschuldige bitte. Aber das musste mal raus. Ich meine, der andere Mist, den du verbockst, also Hunger und Krieg und so, das ist mir egal, ich habe keinen Hunger, und Krieg gibt's hier auch nicht. Aber *das*, ich meine, wie kannst du mir so was antun? Nach zehn Jahren Ehe? Bin ich hässlicher als 'n Mann? Ist es das? Ist das deine Art, ›April, April!‹ zu sagen?«

Justus sagt leise und schnell: »Bärbel! Bärbel! Psscht, psscht!! Bärbel!«

Doch Bärbel macht weiter. Sie hat nur kurz Luft geholt, ihr Magazin nachgefüllt und mäht jetzt alles nieder, was sich ihr in den Weg stellt: »Und hast *du* meiner Schwester eingeredet, dass sie mir sagen soll, dass das alles vielleicht an meiner Unterwäsche liegt? Was geht meine Schwester meine Unterwäsche an? Kann der doch egal sein, dass Lila und Grün meine Lieblingsfarben sind! Hast du mir vielleicht dann auch meine Mutter auf den Hals gehetzt, die mir jetzt Kochen beibringen will, weil ich das ihrer Meinung nach nicht kann, weshalb mein lieber Herr Gemahl gleich schwul geworden ist? Wird man jetzt schon von Spagetti mit Ketchup schwul? Das ist doch Scheiße, nein, es ist ja von dir, von Gott, also isses heilige Scheiße! Warum soll ich noch an dich glauben, hä? Kriegst doch eh nichts auf die Reihe! Guck dir doch einfach mal deine so genannte Schöpfung an. Ey, was da für Arschlöcher rumlaufen. Ich sag dir was, Gott: Du bist ein Versager auf der ganzen Linie!«

Sie pausiert kurz, hat einen Einfall und tut ihn umgehend kund: »Nee, bist du nicht, weil, weil, dich gibt's gar nicht! Wenn's dich gäbe, hätte ich nicht mit einem Schwulen schlafen müssen, um schwanger zu werden. Du hättest es mir besorgt! Und zwar göttlich! Wahrscheinlich wäre ich dann auch mal gekommen! Hätte, wäre, sollte, is aber nicht! Weil du nicht bist! Ja, genau, ihr Pappnasen, hört her, eure Bärbel erzählt euch jetzt mal die Wahrheit. Gott ist tot! Gott war nie da! Ihr betet hier jeden Freitag die Raufasertapete an, haha, ihr macht Tapetenbeten! Tapetengebetsgemeinschaft! Und ihr seid doch nur hier, weil's zur Weihnachtsfeier hier im Gemeindehaus immer *Duplo* und *Ferrero Küsschen* gibt, die euch eure Westverwandten nie mitbringen! Weil ihr keine habt! Weil dieser angebliche Gott euer einziger Westverwandter ist! So sieht's doch aus!«

Angstgeweitete Augen blicken in Richtung der Zeternden, die soeben vom Glauben abgefallen ist. Uta, Dagmar, Birgit und Jaqueline halten sich die Ohren zu, Mario befühlt die Tapete, flüstert fassungslos: »Das ist nicht wahr!« Daniela und Viola umklammern sich und weinen laut, Gunnar sitzt apathisch auf der Kante seines Stuhles, murmelt: »Ich habe es immer geahnt!«, und steckt sich eine Zigarette an. Und Justus schießt aus dem Zimmer in den Flur, wo die Tische mit den Teekannen stehen, und er kommt zurück mit einer Tasse voller Tee und sagt leise, aber sehr deutlich: »Bärbel, nach all den vielen Worten hast du dir eine kleine Pause verdient. Der Tee hier ist für dich, der ist auch nicht mehr so heiß, den kannst du gleich so wegtrinken.«

Bärbels Verhängnis in diesem Augenblick ist, dass sie zwar nicht mehr an Gott, wohl aber an Justus glaubt. Sie nimmt einen großen

Schluck Tee, der frisch aus einer Thermoskanne in die Tasse geschüttet worden war, und man kann förmlich hören, wie es auf ihrer Zunge knistert, weil die kleinen Geschmacksknospen zu kochen anfangen. Bärbel kreischt auf, wovon aber nur die taub werden, die sich nicht schon vorher die Ohren zugehalten haben, um sich gegen Bärbels Gotteslästerungen zu schützen. Die Teetasse fliegt im hohen Bogen davon, zerschellt am Kruzifix an der Wand, der restliche Tee tränkt die Raufasertapete. Bärbels Oberkörper schaukelt apathisch vor und zurück, während sie sich mit beiden Händen versucht, Luft in den Mund zu fächern. Dabei gurgelt sie ihre Schmerzlaute in den Raum und klingt dabei wie das kleine Mädchen aus *Der Exorzist*, das gerade den Pfarrer mit grünem Schleim angekotzt hat.

Justus fragt, ob noch jemand Tee will. Alle schütteln heftig den Kopf, woraufhin er die Gebetsgemeinschaft beendet mit den Worten: »Wer Gott lästert, verbrennt sich den Mund.«

Silvester, Bielefeld.
Oder macht Alkohol schwul?

Volker Surmann

In meiner Wohnung liegt ein Schläfer. Wie genau er dahingekommen ist, weiß ich nicht. Er war heute morgen einfach da und schläft auf dem Sofa. Eigentlich schläft dort nämlich Tom, ein Freund von mir, der zum »Warmen Winter« in der Stadt ist – einem schwulen Jungmenschentreffen über Silvester, organisiert von einem kleinen Kulturverein in Kreuzberg, dem ich gelegentlich Arbeitskraft oder Gästebetten zur Verfügung stelle.

Hinter meinem Schreibtischstuhl neben dem Regal mit den Akten schläft Martin, ein BWL-Student aus Koblenz, der seinen Kopf neben meinen Finanzunterlagen bettet, allerdings alle Hoffnungen auf Prüfung derselben bislang enttäuschte.

Heute Nacht waren meine Gäste noch aus, irgendwo auf Party, und als ich sie verabredungemäß um 11 weckte, waren aus meinen zwei Gästen vier geworden. Zwei kannte ich ja schon: Martin und Tom, und neben Tom lagen zwei unbekannte Schläfer auf dem Klappsofa.

»Hallo, ich bin Yannik«, sagte Yannik und wischte sich den Schlaf aus den Augen.

»Aha. Freut mich, dich kennen zu lernen.«

Der zweite Schläfer indes schlief weiter. Ich bin mir nicht sicher, ob Yannik und Tom ihn kennen. Sie machen nicht den Anschein als ob, jedenfalls unternimmt niemand Anstrengungen, den Unbekannten zu wecken.

Ich frage Tom, wer der Schläfer ist: »Keine Ahnung. Der ist uns irgendwie zugelaufen.«

Na gut, hab ich eben einen Schläfer in meiner Wohnung. Sicherheitshalber werfe ich noch einen kurzen Blick in mein eigenes

Schlafzimmer. Vielleicht liegt ja auch noch einer in meinem Bett. Nein, liegt keiner. Schade eigentlich.

Wir gehen frühstücken und lassen den Schläfer in meiner Wohnung schlafend zurück. Als ich drei Stunden später allein zurückkomme, schläft er noch immer. Man hat ein schönes Leben als Schläfer. Ich werde ein bisschen neidisch, denn ich bin auch müde, darf aber nicht schlafen, da ich für meine Vorlesebühne noch eine Geschichte schreiben muss: Eine Silvestergeschichte, denn morgen ist Silvester, und es gibt eine Geschichte, die nur zu Silvester passt, weil sie Silvester passiert ist. Frohgemut setze ich mich an den PC und schreibe.

Silvester, Kenner der Surmanistik wissen das, ist für mich alljährlich ein einschneidendes Erlebnis. Ich habe mich Silvester das erste Mal in einen Mann verliebt, habe Silvester erstmals einen Mann geküsst, hatte über Silvester meinen ersten Freund und kurz nach Silvester keinen mehr und so weiter. Silvester ging das also alles los bei mir, tippe ich in den PC, das mit den Männern. Und das war so:

Wir feierten Silvester in Bielefeld bei Lucie, meiner besten Freundin, und hatten uns in ihrer Wohnung mit einer Handvoll Leute verabredet zum silvesterüblichen Durcheinandertrinken – einer Tätigkeit, der wir auch umgehend nachkamen. Später torkelten wir dann in den Ravensberger Park, weil man das in Bielefeld so machte, denn im Ravensberger Park stieg jedes Jahr das Feuerwerk der Firma *Flash Art.* Die durfte auch schon mal in Hollywood ein Tischfeuerwerk zünden, und deshalb durfte sie auch Jahr für Jahr im Ravensberger Park zündeln. Und so ein »Ohh«- und »Ahh«-Feuerwerk ist ja schon etwas Feines, vor allem wenn sich das Himmelsschauspiel vor dem inneren Auge wie von selbst vervielfältigt.

Kurz vorm Park trafen wir auf Moritz, einem Freund von Lucie, den ich seit unserem ersten Zusammentreffen fürchtete, war er doch schwul. Lucie hatte ihn mir in einer Phase vorgestellt, in der ich nach neuen Freunden suchte; ich fand ihn sympathisch und war bestürzt gewesen, als sie mir mitteilte: »Ach, der ist übrigens schwul.« – Da lernte ich mal nette Leute kennen und dann waren die gleich schwul, das ging nun wirklich nicht. Wieso, ist mir irgendwie entfallen.

Besagter Moritz strauchelte nun mit einer anderen Partygesellschaft in den Park. Dann ging alles recht schnell. Begrüßungen, Umarmungen, zehn-neun-acht-undsofort, knallbummzisch, schaumalhier und guckmalda, Sektkorken, Prost Neujahr!, Küsschen, Gib mal die Flasche her!, Wie, is alle?— Und so wurde über »Oh!« und »Ah!« ein neues Jahr.

Irgendwer aus der anderen Partygesellschaft meinte, er kannte noch wen, der jemanden kannte, der noch auf eine WG-Party in die Herrmannstraße ginge. Der Vorschlag wurde vielstimmig angenommen und so zogen wir alle in die Hermannstraße.

Ich habe mich oft bemüht, meine Erinnerungsfragmente ab diesem Zeitpunkt zu rekonstruieren. Das ist nicht einfach. Mehr als einmal habe ich versucht, dieses Haus in der Hermannstraße wiederzufinden, aber das ist mir nie gelungen. Von der Wohnung sind mir lediglich die Küchenzeile, der Küchenfußboden, die ungefähren Abmessungen des Flurs und alle Teile der Toilette bis Hüfthöhe erinnerlich geblieben. Sonst weiß ich nur noch, dass die Wohnung brechend voll war und es überhaupt nicht auffiel, dass fremde Leute im Haus waren—

Was macht eigentlich der Schläfer?

Vom Sofa aus beobachtet mich der Schläfer mit ausgeschlafenen Augen. »Guten Morgen!«, begrüßt er mich: »Du musst Volker sein.«

»Ja, bin ich, gut geschlafen?«

»Geht so. – Wie spät ist es denn?«, fragt der Schläfer.

»Kurz vor drei.«

»Na ja, dann steh ich mal besser auf«, sagt der Schläfer und trollt auf den Flur und findet auf Anhieb das Bad.

Man könnte sagen, es war Schicksal, dass Moritz und ich in der Hermannstraße plötzlich nebeneinander an der Küchenzeile lehnten.

Mit mehr Berechtigung könnte man darauf verweisen, dass dort die Weinvorräte lagerten. Über die machten Moritz und ich uns her, und nach jedem Glas rutschten wir weiter am Schrank hinab, sodass wir am Ende mehr auf dem Fußboden in einer Rotweinpfütze lagen, als dass wir noch rittlings gegen die Spüle gelehnt saßen. Wir haben uns prächtig verstanden, gut unterhalten, viel gelacht und noch viel mehr gelallt. Bald forderte die übermäßige Flüssigkeitszufuhr ihren Tribut, und ich stellte mich in der Schlange vor dem Klo an. Kurz darauf hechtete Moritz an mir vorbei, die Hand vorm Mund: »Mrrrmimukodddnnnnm!«, was so viel geheißen haben dürfte wie: »Verzeihung, meine Damen und Herren, würden Sie mich bitte freundlicherweise vorlassen? Ich fühle mich gerade unpässlich.« Doch wie die Bielefelder so sind, erwiderten sie nur: »Jaja, das müssen wir alle. Hinten anstellen!« Moritz stürzte wieder in die Küche und kam einen Moment später gut gelaunt mit einem roten Plastikeimer zurück, hielt ihn mir vor die Brust und sagte stolz: »Guck mal Volker! Ich hab gekotzt!«

In diesem Augenblick war mir klar: Ich hatte mich verliebt.

»Waaas, du hast dich in einen Mann verliebt, weil er dir seine Kotze gezeigt hat?«

Der Schläfer steht hinter mir, liest die Zeilen an meinem Bildschirm und klingt entrüstet: »Das ist ja widerlich!«

»Nein!«, sag ich: »So war das nicht. Lies mal weiter!«

»Aber da steht noch nichts,« beschwert sich der Schläfer: »Außerdem heiße ich Philipp.«

»Pech gehabt, Philipp, das ändere ich nicht mehr. Da hättest du früher aufstehen müssen!«

»Schreib weiter! Ich will wissen, wie es ausgeht«, mault der Schläfer, »außerdem möchte ich gleich mal ins Internet!«

Ich guckte Moritz an, ich guckte den Eimer an und ich guckte an, was Moritz im Eimer hinterlassen hatte. Es machte mir nichts aus. Und wenn einem so etwas nichts ausmachte, musste das wohl Liebe sein. Der Eimer war das Symbol dieser Liebe. Bis heute haben Sätze wie »Ach, unsere Beziehung ist voll im Eimer!« oder »Weißt du, ich find ihn nur zum Kotzen« für mich eine andere als die landläufig bekannte Bedeutung.

Das Bild des Eimers ist meine letzte Erinnerung an die WG in der Hermannstraße. Mein Gedächtnis setzt erst wieder in den nächtlichen Straßen Bielefelds ein, wo Lucie sich das ehrgeizige Ziel gesteckt hatte, erst Moritz nach Hause zu geleiten und dann mich zurück in ihre Wohnung zu bugsieren. Zu diesem Zweck hatten wir uns zu dritt eingehakt: Moritz links, ich rechts, Lucie in der Mitte, sodass ihr die schwierige Aufgabe zukam, unsere gegenläufigen Torkelbewegungen auszugleichen und uns gleichzeitig um Hindernisse wie Straßenlaternen, Hundehaufen oder vorbei donnernde Schneepflüge herumzulotsen.

In Moritz' WG tranken wir, um uns von dieser Strapaze zu erholen, gemeinsam noch eine Flasche Sekt, Lucie rauchte, ich schaute Moritz an, und Moritz versuchte, eine Schwimmkerze anzuzünden, und tauchte Lucies Feuerzeug ein ums andere Mal neben die Kerze ins Wasser. Nebenbei erzählten wir von uns, und es kam heraus, dass Moritz und ich gleich alt sind und fast am selben Tag Geburtstag haben. Stolz sagte Moritz: »Ich bin Jungfrau!«, und ich rief aus: »Ich auch!« und verkniff mir den Zusatz: »Und wie!« Danach gab er mir den letzten Stoß direkt ins Herz: »Jungfrauen passen sehr gut zusammen.« – Hmpf. Ich war still, schaute weiterhin Moritz an, und Moritz klatschte eine Hand vors Auge und reduzierte die Zahl der Schwimmkerzen damit um mindestens die Hälfte. Nach drei weiteren Anläufen brannte die Kerze endlich.

Lucie und ich applaudierten, verabschiedeten uns und torkelten in ihre Wohnung. Dort war von unserer Silvestergesellschaft nur noch ihr Exfreund übrig. Gemeinsam drängten mich die beiden, einen Joint zu rauchen – wie sich später herausstellte, nur aus dem einzigen Grund, mich garantiert auszuschalten, um nebenan ungestört das beliebte Sex-mit-dem-Ex-Spiel zu spielen. Der Joint verflog ohne Wirkung, aber ich kriegte von meiner Umwelt sowieso nichts mehr mit, weil in meinem Kopf eh gerade alles Karussell fuhr – ein Zustand, an dem sich ein paar Monate lang nichts mehr ändern sollte.

»Ja und?«, fragt der Schläfer.

»Nichts ›na und‹. Das war's.«

»Aus dir und Moritz ist nichts geworden?«

»Nö, ich hatte zu dem Zeitpunkt zwar noch gedacht, mit Schwulen wär es wie mit Kakapos ...«

»Was für Pos?«

»Kakapos. Das sind seltene flugunfähige Papageien, von denen es nur noch ganz wenige gibt. Jahrelang ziehen sie über Neuseeland, und sobald sie ein anderes Tier treffen, das halbwegs attraktiv ist, wird nicht lang gefackelt.«

»Was für'n Quatsch«, sagt der Schläfer: »Also endet die Geschichte nicht mit einem Happy End?«

»Nein, leider nicht. Die meisten meiner Geschichten enden irgendwie im Nichts«, seufze ich und füge hinzu: »Aber das muss ja nicht so bleiben, Philipp.«

Ich drehe mich um zum Schläfer, doch der hört schon nicht mehr zu: »Gibt's hier irgendwo günstig Pizza?«

Totale Kontrolle

Robert Rescue

Die Erinnerung kam Norbert beim abendlichen Kneipengang. Zwischen dem Schluck Bier und dem Anzünden der Zigarette stand sie ihm im Kopf und verdrängte mit einem Schlag alle anderen Gedanken. Zuerst erzählte er Paule davon, der links von ihm saß. Doch Paule stierte auf sein halbleeres Glas und nickte nur. Dann wandte er sich nach rechts, wo dieser Typ mit der Basecap hockte und gelangweilt ein Feuerzeug von der einen in die andere Hand warf. Aber der sah ihn nur kurz an, sprang dann auf und verschwand in Richtung Toilette.

Also schwieg Norbert und schwärmte besoffen von der Vergangenheit. Natascha war ihm eingefallen. Ihre weiche Stimme, ihr lang dauerndes Lachen glaubte er zu hören, den Duft ihres Parfums meinte er durch die Rauchschwaden der Kneipe hindurch zu riechen, und den schlanken Leib hielt er wieder in den Händen. Die vergangene Zeit war derart präsent, dass er einen Augenblick glaubte, er wäre durch einen Art Zeitsprung wieder in ihr. Sieben Jahre waren sie nun schon auseinander, sieben Jahre war es her, seit er aus Westdeutschland abgehauen war, um in Berlin ein neues Leben anzufangen. Was war aus Natascha geworden? Diese Frage beschäftigte ihn mehr und mehr und zog hinter sich eine weitere, geradezu selbstverständliche: Was machte sie heute?

Er kam sich nach kurzer Weile recht verloren vor, vor ihm ein Bier und der überquellende Ascher, das trunkene Stimmengewirr um ihn herum und sich daraus erhebend die dröhnenden Klänge irgendeiner Rockband.

Norbert holte seine Brieftasche hervor und legte den letzten Zwanziger hin, in der Hoffnung, richtig mitgezählt zu haben, um keine Schulden zu machen. Der Barmann nickte stumm, als er auf den Schein blickte. Norbert stand auf und ging, ohne sich von irgendjemand zu verabschieden.

Als er draußen war, ging er ein paar Schritte, bevor er sich auf eine Bank setzte. Sieben Jahre, so glaubte er, hatte er nicht mehr an Natascha gedacht. Die Zeit in Berlin war ein anderes Leben. Neue Beziehungen und neue Menschen hatten die Vergangenheit verblassen lassen. Die ständige Sorge, kein Geld mehr für Kohlen, Strom und Miete auftreiben zu können, hatte ihm keinen Raum für sentimentales Nachsinnen über vergangene Lieben gelassen. 22 waren beide damals gewesen, in Rohrscha bei Trier, einem Provinzkaff, in dem seit hundert Jahren nicht Wesentliches mehr geschehen war, sah man von den beiden Weltkriegen ab. Getrennt hatten sie sich '89, kurz vor dem Mauerfall. Diesen und die verkorkste Beziehung hatte Norbert zum Anlass genommen, hierher zu kommen.

Er baute sich einen Joint und inhalierte den süßlichen Rauch tief, während er mit starren Augen in eine andere Zeit blickte. Natascha stand vor ihm, quicklebendig, so als sei kein Tag vergangen seit ihrer ersten Begegnung und ebenso keiner seit dem Tag ihrer Trennung. Ihre langen Beine im Weizenfeld unter der sengenden Hitze eines verliebten Sommers. Ihr hüpfender Busen im Lauf, den nichts hielt, und ihr Lachen, so lebendig, so kräftig, so oft und lange.

Norbert drückte den Joint aus. Er stand auf und ging in Richtung U-Bahn, wo er dann über eine halbe Stunde schweigend und mit sich allein durch die Stadt fuhr, bis er schließlich zu Fuß seine Wohnung erreichte. Er legte sich gleich hin und suchte den Schlaf. Morgen wollte er weiter darüber nachdenken, was er nun tun sollte. Verdrängen oder irgendetwas unternehmen? Ihre Eltern anrufen? Nein, die hatten ihn nie gemocht. Alte Freunde in Rohrscha? Nein, seit '89 kannte er dort niemanden mehr. Bei diesem Gedanken schlief er ein.

Irgendwann am Vormittag stand Norbert auf und wankte verkatert zur Anrichte in der Küche. Zwischen unsauberen Gläsern und halb aufgebrauchten Nudelpackungen fand er die betagte Kaffeedose. In dieser bewahrte Norbert einen gewissen Betrag auf, seine Höhe war ihm entfallen, den er für außergewöhnliche Zwecke oder auch nur so angespart hatte. Gespannt öffnete er die Dose, blickte hinein und entdeckte einen zusammengerollten 50-Euro-Schein, den er sofort gierig heraus pulte. Er wusste nicht mehr, woher dieser kam, aber das war auch egal. Einen kurzen Augenblick lang kam ihm der Gedanke, ihn wieder zurückzustecken in die Dose, aber dann war wieder Natascha bei ihm und die Idee, die sich im Halbschlaf eingestellt hatte. Er wollte unbedingt herausfinden, was aus seiner Ex-Freundin geworden war, egal, ob es ihn etwas kosten würde oder nicht. Norbert ging zu dem Telefon, das sich irgendwo unter einem Haufen von Tageszeitungen und Illustrierten befinden musste. Daneben die Telefonbücher und gelben Seiten, allesamt vom unzähligen Gebrauch zerfleddert und am Auseinanderfallen.

Er nahm das Branchenverzeichnis, suchte bei A wie Auskunfteien und fand nach kurzem Suchen eine Agentur in Kreuzberg mit dem sinnigen Namen *Find out*.

Es tutete nur ein einziges Mal in der Leitung.

»*Find out*-Agentur, guten Tag.« Eine ernste, geschäftsmäßige Stimme wie von einem Band. Sie sprach nicht weiter, schien abzuwarten, was Norbert wollte.

»Ja, guten Tag, mein Name ist Norbert Heine. Ich rufe wegen einer Auskunft an, die ich haben möchte ...«

»Handelt es sich um eine private oder geschäftliche Aufklärung?«, unterbrach ihn die Stimme schnell.

»Eher privat«, antwortete Norbert. »Es geht halt darum, dass ich herausfinden will, was meine Ex-Freundin in Westdeutschland die letzten Jahre so gemacht hat. Ich habe keine Verbindung mehr zu ihr und würde gerne etwas erfahren, verstehen Sie?«

»Wünschen Sie Ihre Informationen dahingehend, was Familienstand, Wohnort, Beruf und so weiter angeht?«

»Ja ... ja natürlich. Was sie arbeitet, wo sie wohnt, ob sie Kinder hat. So was habe ich mir gedacht.«

»Wie ist der Name ihrer Ex-Freundin und wo wohnt sie?«

»Sie heißt ... oder hieß Natascha Grube. In Rohrscha bei Trier müsste sie wohnen, vielleicht.«

»Und ihr Name war ...?«

»Heine. Norbert Heine.«

»Bitte warten sie einen Moment.« Der Hörer wurde auf den Tisch gelegt. Warum sagte man ihm nicht, wieviel es kosten würde? Musste er jemanden fragen, ob sie seinen Auftrag übernehmen würden? War es ungesetzlich?

Er hörte leise das Klackern einer Tastatur. Prüften sie irgendwelche Daten über ihn? Vorbestraft war er nicht, und in der Schufa stand er auch nicht.

Es vergingen keine zehn Sekunden, bis die Stimme an den Hörer zurückkehrte.

»Hören Sie?«

»Ja.«

»Also, Ihre Ex-Freundin zieht sich gerade an. In ihrer ... warten Sie ... Gartenweg 4 in Rohrscha bei Trier. Sie lebt geschieden von ihrem Ehemann, der als gewalttätig gilt.

Sie hat keine Kinder und arbeitet ab 11 Uhr als Kassiererin im *Holza*-Supermarkt Ecke Trierer- und Meisenstraße. Sie gilt bei ihren Kollegen als nett und humorvoll. Sie leidet unter gelegentlichen Angstattacken, die ihre Ursache in der Kindheit haben. Ihr Hobby sind Bücher. Sie liest gerade ein Sachbuch mit dem Titel ›Mit Leiden umgehen‹ und ist bei Kapitel 11 auf Seite 122. Vor genau 11 Minuten ging ihre beste Freundin Martha Stihl, geborene Hansen, 23.04.1967, um noch den Zug nach Trier zu bekommen. Eine innige Freundschaft, die vom Ehemann unter anderem als Scheidungsgrund angegeben wurde. Reichen Ihnen diese Angaben fürs Erste? Weitere liefern wir Ihnen nur gegen Bezahlung.«

Dino Park

Frank Sorge

Es war so weit. Menschen, die nach mir das Abitur gemacht haben, beendeten ihr Studium. Theoretisch konnten das schon sehr viele sein, aber ich sah einen ersten Beweis: Auf der Rückseite eines roten Golf stand in großen weißen Buchstaben »DIPLOM 2002«! Auf meiner Abiturfeier redeten manche, sie hätten so was, also ABI und Jahreszahl in die Rückfenster zu kleben, außerhalb Berlins schon mal gesehen. Ein oder zwei ahmten es nach. ABI 96 muss die Sitte so langsam nach der Hauptstadt gegriffen haben. Aber das hier konnte nur die nächste Generation sein, die ihr Studium beendete und in gleicher Weise ihr Auto beklebte.

Heute war mein erster Tag nach meinen Semesterferien, die circa zwei Jahre gedauert hatten. Es war die zweite Woche, Montag musste ich arbeiten, und heute wurde ich gegen Mittag wach und konnte mich kaum rühren. Innerlich strich ich die Seminare, die ich für den Dienstag markiert hatte, dann versuchte ich mich, an gestern Abend zu erinnern: Erst im *Krüger* mit Konrad Endler, viel Bier mit Konrad, später noch mehr Bier mit Konrad Krüger im Endler, noch eine Runde Krüger im Konrad, dann rausgeendlert vom Personal, schließlich mit Konrad zum Kurden und noch mehr Bier aus Dosen. So um drei war ich nach Hause gewankt, und neben mir auf der Kastanienallee brach ein Halbstarker durch ein Ladenfenster. Der zweite schlenderte mitten auf der Straße.

»Ey komm doch mal«, rief der eine und verschwand im Laden. »Ey echt, keinen Bock!«, antwortete der Zweite von der Straße. Es war eine Galerie, wo sie einstiegen, und die Schlussfolgerung lag nah: Ich hatte es mit Kunsträubern zu tun. Also lief ich schnell zwischen ihnen durch, und ich hoffte, sie hatten mich nicht bemerkt, denn meine Zivilcourage lag auf dem Boden einer Bierdose, klapperte dort auffällig und wollte partout nicht durch die Öffnung passen.

So um 13 Uhr ging ich doch aus dem Haus und fuhr nach Dahlem zur Freien Universität. Auf dem Weg sah ich das beklebte Auto. »DIPLOM 2002«! Im S-Bahn-Fenster wirkte ich noch abgekämpfter als sonst. Vielleicht hätte ich was essen sollen in der letzten Woche? Ich hätte auch noch durch die schließende Mensatür flitzen können, aber seit einem halben Jahr konnte man hier nur noch mit Chipkarte bezahlen, und die lag bei mir zu Hause und zeigte noch DM an.

An der FU hatte sich sonst wenig verändert, nur mein Philosophieprüfer hielt plötzlich seine Vorlesung als *Powerpoint*-Präsentation vom Laptop. Ich hatte auch nichts zum Schreiben bei, nur eine Bohrmaschine und fünf Kilo *Molto Füllspachtel*.

Im Studentencafé traf ich eine Handvoll Dinosaurier, die mindestens so lange studierten wie ich, und wir verständigten uns gegenseitig, dass wir dachten, der andere sei bereits ausgestorben. Dann hielt ein Professor der Philosophie drei Stunden einen rätselhaften Monolog in seinem Seminar, er hatte keine Sprechstunde und er wollte seine Telefonnummer nicht verraten. »Ich habe zwar eine Telefonnummer«, sagte er zu der Referentin der nächsten Sitzung, »aber Ihnen gebe ich sie nicht! Ich bin ja alle zwei Wochen für das Seminar in Berlin, das muss reichen.«

»Und wie können wir Sie dann erreichen?«, fragte die Referentin hartnäckig, »E-Mail?« Der Professor stockte, überlegte, dann bellte er belustigt: »Ich bin ein Dinosaurier, ich weiß gar nicht, was das ist!« Sein Doktorand und Mitarbeiter hatte auch weder Büro- noch E-Mail-Adresse.

»Platon hat doch so was auch nicht gebraucht!«, setzte der Professor nach. Dann rückte der Mitarbeiter zögerlich mit seiner Privatnummer heraus. Das Seminar war voller Mitfünfziger, die ihn ermutigten, dass das doch wichtig sei. Ich war zu spät gekommen, daher wollte ich mich nach dem Seminar in die Teilnehmerliste eintragen.

»Oh, die haben wir vergessen!«, sagte der Mitarbeiter. »Na, machen wir nächstes Mal. Mal sehen, ob dann noch jemand da ist!«

Ich beschloss, auf jeden Fall da zu sein. Alle Verdrossenheit über mein Studium war wie fortgeflogen. Die FU Berlin hatte einen sensationellen *Jurassic Park* voller Relikte zu bestaunen, und der Eintritt war frei!

Aber lange hielt die Begeisterung nicht. Einmal bin ich tatsächlich noch da gewesen, dann hatte ich wieder genug, exmatrikulierte mich endgültig und schrieb mich für Klassische Archäologie ein, um endlich in Ruhe schriftstellern zu können.

Erst mal aber fuhr ich vom ersten Studientag nach meinen Ferien, die zwei Jahre gedauert hatten, zu einem schwulen Freund, der gerade promovierte, spachtelte die Wand, die die Gasinstallateure zerklopft hatten, und baute seine Küchenarbeitsfläche wieder ein, ohne dass sie kippelte. Es ist nämlich ein verbreitetes Missverständnis, dass Langzeitstudenten nichts lernen. Viele werden gute Handwerker! Suchte nun ein Gasthermendebakel den befreundeten Doktoranden heim, der generell Schwierigkeiten hat, einen Hammer richtig herum zu halten, und den Schraubenzieher nur als Cocktail kennt, brauchte er nicht erst durch die *Gelben Seiten* zu blättern, es reichte das Notizbuch »Universitäre Kontakte«. Mit einiger Wahrscheinlichkeit pinkelte dieser »Handwerker« sogar im Sitzen oder konnte mal einen kritischen Blick auf die Doktorarbeit werfen und ließ sich mit Mixgetränken bezahlen.

Ich packte die Bohrmaschine ein, klopfte mir den Spachtelstaub von der Hose und erzählte beim ersten »Zombie« zur allgemeinen Belustigung vom Philosophieseminar vorhin. Mein Freund lachte herzlich und selbstzufrieden, denn im Gegensatz zu mir hatte er das Studium bereits hinter sich, und ich fühlte mich immer noch, als würde ich gerade erst bei den Dinosauriern anfangen.

McDonald's & ich

Heiko Werning

Berlin, Bahnhof Zoo. Vor mir läuft ein Mittzwanziger-Pärchen entlang. »Ich hab Hunger«, nörgelt er, findet bei ihr aber keine Gnade: »Wir sind doch bald zu Hause.« »Ach komm, lass uns doch einfach zu *McDonald's* gehen.« Sie daraufhin aufrichtig entrüstet: »Bist du irre? Wo doch die Amerikaner den Irak angegriffen haben?«

Ich bin bezaubert. So etwas hatte ich ja schon seit Jahren nicht mehr gehört! Ich dachte, solche Weltanschauungen seien mit den 80ern allmählich ausgestorben. Oder hätten sich bis heute transformiert in: »Bei *Burger King* sind aber gerade mexikanische Wochen, lass uns lieber dahin gehen«.

Ich denke an meine frühe Jugend zurück. Erstmals von *McDonald's* erfahren – in Münster gab es so was in den frühen 80ern noch gar nicht! – hatte ich mit 13 im Zeltlager der katholischen Gemeinde. Die Betreuer waren natürlich alle, wie damals noch üblich, total alternativ und wollten bei ihren Schützlingen das richtige Bewusstsein entwickeln. So mussten wir denn auf einer schnitzeljagdähnlichen Veranstaltung, bei der es diverse Aufgaben zu bewältigen gab, unter anderem laut Zettel »eine große amerikanische Abfütterungsanstalt« finden und dort möglichst viele Argumente *gegen* diese aufschreiben. Ich war natürlich der Einzige, der keinen Schimmer hatte, was da überhaupt gemeint sein könnte, und vermutlich wäre ich noch bis zum Ende der Sommerferien durch Coburg geirrt, wären meine Mitstreiter nicht besser informiert gewesen. Als wir das »etwas andere Restaurant« gefunden hatten, waren wir schon ganz schön hungrig, und ich wollte mal gucken. Ein Altersgenosse aus meiner Gruppe beschied aber bestimmt: »Da kann man nicht essen!« Meine späteren Versuche, die Gründe dahinter zu erfragen, waren lange Zeit nicht richtig von Erfolg gekrönt. Ich stieß auf eine Wand eisigen Schweigens, die Statements beschränkten sich auf kurze Ablehnung oder wenig erhellende Erläuterungen wie »Das ist total eklig« oder »Das ist völlig ungesund«. »Ja, aber sonst gehen wir doch auch immer zum *Dorf-Grill* ...« Es half nichts. Wahrscheinlich wussten sie es wirklich nicht. Klar war nur: Irgendwie waren alle dagegen: die Eltern und Lehrer wegen Kulturverlust und ungesund, die – für unsere damaligen Begriffe – coolen älteren friedensbewegten Jugendlichen mit ihren Strickpullovern und Langhaartrachten wegen der bösen Amis und überhaupt.

Wie auch immer, die Indoktrination hatte gesessen. Als ich später in Münster den ersten *McDonald's* entdeckte, war ich zwar sehr neugierig, traute mich aber nicht rein, weil ich Angst hatte, jemand könnte mich sehen. Ein bisschen wie beim Sex-Shop.

Erst viel später war ich souverän genug, die Sache mit ein paar Bestellungen zu erkunden. Ich fand's ganz okay, ein bisschen teuer im Vergleich zur normalen Pommesbude und etwas weniger lecker, weil nicht so schön fettig. Und sie hätten Ronald McDonald meinetwegen mal ein längeres Bad in einer der Fritteusen gönnen können. Schon damals ging mir dieser ganze Gute-Laune-Terror erheblich auf die Nerven. Vielleicht wäre *das* der richtige Grund gewesen, die Läden einfach alle platt zu machen, vielleicht hätte man damals alles Weitere noch verhindern können. Aber nun ist es, wie es ist, wir haben die Spaßgesellschaft und den »Quatsch Comedy Club«, jetzt müssen wir sehen, wie wir damit fertig werden.

Was *McDonald's* anging, blieb aber die etwas mystische Aura des Verbotenen, erst recht als ich nach Berlin umzog. In meinem ökologisch orientierten Studiengang, wo ich mir schon heftige Rüffel einfing, wenn ich mal irgendwo mit einer Plastiktüte auftauchte, wäre das Bekenntnis, dass man den Laden soooo schlimm eigentlich gar nicht findet, Rufselbstmord gewesen.

Die ersten Monate in der neuen Stadt und an der Uni waren für mich eine in jeder Hinsicht aufgewühlte Zeit. Mein Bewusstsein wurde um einige Dimensionen erweitert, ich lernte die geschlechtsneutrale Sprache – einzig: Ich kam nicht recht zum Vögeln. Also beschloss ich, mich politisch zu engagieren.

Eines Abends landete ich mit einer Mit-Aktivistin in der Kneipe. Sie war immer eine der Selbstbewusstesten und Radikalsten, ungefähr 15 Jahre älter als ich, und hatte eine wüste Prä-Studiums-Biographie aufzuweisen. Es wurde ein schöner Abend. Und irgendwann nachts, als die Stühle hoch gestellt wurden, sagte sie: »Ich habe noch Hunger. Kommst du noch mit zu *McDonald's*?« Das war der Moment, in dem ich mich sofort Hals über Kopf in sie verliebte. Sie berichtete, dass sie mal, kurz bevor sie als Kaffee-Ernte-Helferin nach Nicaragua gegangen sei, ein Jahr in Detroit gelebt hätte, zum Aufbau besserer Gewerkschaftsstrukturen dort, und dass sie Fast Food aus dieser Zeit noch sehr schätzte und ihr das ganze ideologische Gebrabbel auf die Eierstöcke ging – ganz echt, so wurde damals geredet. Anschließend fragte sie mich, ob ich mit zu ihr kommen wollte. Ich war quasi gelähmt und torkelte willenlos mit weichen, zitternden Knien hinter ihr her.

Bei ihr angekommen, tranken wir noch ein Bier, dann knutschten wir ein wenig. Schließlich sagte sie, dass es Zeit sei, ins Bett zu gehen. Sie zog sich aus und legte sich auf ihren 2x2-Meter-Futon. Ich war schreckstarr. »Was'n los? Komm schon«, forderte sie mich auf, im normalsten Tonfall der Welt. Zögernd zog ich mich auch aus und legte mich zu ihr, und als sie bemerkte, dass ich natürlich ziemlich erregt war, musste sie kurz lachen und meinte zu meiner völligen Verwirrung: »Ach so, na das!« Dann hockte sie sich neben mich und holte mir einen runter. Danach meinte sie: »Du bist wirklich süß. Manchmal tut's mir fast leid, dass ich lesbisch bin.« Ich schaute sie fassungslos an. Sie küsste mich, schmiegte sich in meinen Arm und schlief ein. Ich wagte es die ganze Nacht kaum zu atmen und tat kein Auge zu. Das war es also: mein erster Sex in Berlin. Ich wusste nicht so recht, was ich davon halten sollte. Und bis heute haben *Big Mac* & Co. einen seltsamen Beigeschmack für mich.

Zerquetschen, aber erst mal finden

Nils Heinrich

Friedlich liege ich seitlich auf der Matratze, oder ich liege auf dem Bauch auf der Matratze. Niemals jedoch liege ich auf dem Rücken auf der Matratze, in dieser Lage fände ich keinen Schlaf. Ich schlafe jedoch, beziehungsweise schlief, auf dem Bauch oder auf der Seite, als ich von dem fiesesten leisen Geräusch dieser Welt aus meinem schönen gerechten Schlaf gerissen werde: »Tsssssss…« Eine Mücke! An meinem Ohr!

Mit einem Satz schnellt mein Oberkörper in nur zwei Zehntelsekunden nach oben. Eine kleine Bewegung meines Zeigefingers lässt überall im Zimmer die *Ikea*-Suchscheinwerfer aufflammen. Ich bin putzmunter. Meine scharfen Augen scannen die Wand ab. Wo ist das Drecksvieh? Zur Panzerfaust geballt wartet meine Hand auf ihren Einsatz, danach gierend, den kleinen Schmarotzer am soliden Mauerwerk zu zerquetschen, ihm die Beinchen zu brechen und den verdammten Saugrüssel mehrfach zu knicken, um schließlich den kümmerlichen Rest dieser kleinen Flatterleiche, das Mückenmus, auf der Wandfarbe zu zerreiben, auf das von der Bluttankerin nichts weiter bleibt als ein armseliger Fleck, eine tödliche Mahnung an all ihre Kollegen. Aber erstmal muss ich diese flatternde Blutegelin finden. Sie muss doch irgendwo sitzen. Eben flog sie noch durch die Gänge meiner Ohrmuschel wie ein obertouriger Hubschrauber durch den Grand Canyon, und jetzt ist nichts von ihr zu sehen! Das kann doch nicht sein! Diese feige Lebenssaftsäuferin traut sich wohl nur im Dunkeln raus, was? Soll sie doch, soll sie ruhig kommen. Ich werde hier liegen und auf sie warten, jawohl!

Ich lösche das Licht und lege mich auf den Rücken auf die Lauer. Meine Ohren peilen jedes verdächtige Geräusch an, ich bin hellwach wie ein entsicherter Schäferhund, Fledermäuse sind taub gegen mich. Ich höre, wie auf dem Hof eine Ameise aufstöhnt, weil sie sich gerade an einem Kaugummipapier verhoben hat. Im sieben Kilometer entfernten Mauerpark trommelt jemand. Seine rechte Hand schlägt mit verminderter Kraft auf die Trommelmembran, offenbar plagt den Trommler eine Verletzung. Eine Sehnenscheidenentzündung vom unablässigen Trommeln womöglich. In 10000 Metern Höhe vernehme ich Geräusche aus einer dreistrahligen *Tupolew 154M*. Diese Maschine entspricht den europäischen Bestimmungen zum Schutz vor Fluglärm so weit, dass sie heute noch Ziele in Westeuropa, insbesondere auch in Deutschland, anfliegen darf. Mit ca. 900 km/h ist die *Tupolew* da oben in Richtung Westen unterwegs. Deutlich höre ich die Durchsage des Kapitäns, dass die Maschine jetzt gerade die deutsche Hauptstadt Berlin überfliegt, die große Metropole, in der nachts niemand schläft. Nach der Durchsage weist der Käpten eine Stewardess an, ihm ein Einmachglas Wodka nach vorn ins Cockpit zu bringen. Wenige Minuten später vernehme ich, wie an Bord das Unterhaltungsprogramm startet. Gezeigt wird der Stummfilm *Panzerkreuzer Potemkin*, sogar den kann ich hören! Dann ist die Maschine außer Reichweite. Alles ist ruhig. Nichts ist mehr zu hören. Erst recht keine Mücke. Vielleicht ist sie ja jetzt weg.

Lauschen ist sehr anstrengend. Ich werde müde und drehe mich auf die Seite, die Mücke ist jetzt im Moment eigentlich auch nicht mehr so wichtig. Aber spätestens morgen werde ich sie finden und ihr die Scheiße aus dem Bauch prügeln, wie wir Insektenjäger sagen. Aber jetzt werde ich erst mal schlafen. Sinke ins Kissen, Kopf wird schwer, drifte ab, verliere das Bewusstsein, das heißt, ich bin dabei, so richtig schön einzuschlafen.

»Tssss…«, ein heftiger Schlag trifft mein Ohr, ausgeführt von meiner eigenen Hand. Ich stöhne »Aua« und kann es nicht hören. Noch einmal schalte ich das Licht an. Bei Draculas Rüssel, wo treibt sich dieses kleine Drecksvieh rum? Dieses Ballermann-Insekt, das seinen Trinkhalm stets bei sich führt. Die ganze Nacht unterwegs, um irgendwo noch was zu saufen zu kriegen. Mein Blut ist doch kein

Sangria, verdammt, und ich bin kein Eimer. Einfach maßlos sind diese Viecher, wie sie ihren Rüsselhalm gierig reinrammen in die Haut, wie sie noch gieriger am Menschen zutschen, tschschsch, als würden sie gerade eine große, leckere *Capri-Sonne* aussaugen, eine *Capri-Sonne* »Blutorange«! Wie viel aber auch in diese Flugzombies reinpasst, ein Exemplar von denen ist saugfähiger als ein handelsüblicher Tampon! Und dann wacht man morgens auf, ist blass wie Kochwäsche und wird vom Kaffee nicht munter, weil man kein Blut mehr übrig hat, welches das Koffein transportieren könnte! Wenn man sich jetzt die Pulsadern aufschnitte, erblickte man nurmehr das Innere von dünnen, leeren Fahrradschläuchen, aus denen sich leise röchelnder Lebensodem verflüchtigt. Der Badezimmerspiegel zeigt ein kalkgraues Gesicht, dessen Augen wie Energiesparlampen kraftlos glimmen. Die gewaltigen Bohrlöcher in der von den Terror-Insekten zerstochenen Haut gemahnen an grauenhaft geweitete Poren, man sieht ebenso erbärmlich aus wie einer dieser halb verhungerten Lesebühnenkünstler aus Berlin. Verdammte Mücken!

Epilog

Draußen ist es jetzt hell. Erfahrungsgemäß wird die Mücke ihre Tätigkeiten nun erst mal einstellen und bis zur nächsten Nacht in den Untergrund gehen. Dieses feige Biest hält sich bei Tageslicht versteckt wie ein bärtiger Taliban in seiner Höhle. Ich mache den Computer aus. Jetzt kann ich beruhigt schlafen gehen, denn ich habe für den Abend wieder eine Geschichte fertig bekommen. Und wenn ich heimkomme, gibt's Tote. Eine Tote mindestens!

Die dreibeinigen Herrscher

Volker Surmann

Die Sonne scheint, ein sanfter Maiwind streichelt meinen Rücken, ich liege im Park und genieße das Lesen, das Leben und Dösen ... – dämmere weg in einen fantasievollen Sonntagnachmittagstraum von sommerwarmen Umarmungen, Liebe unter blauem Himmel, Sex auf Blumenwiesen, endlosen Küssen und atemlosen Lippenspielen mit der staubbedeckten Zunge eines Kohlekumpels ... – Moment mal! Was ist denn das hier für'n komischer Traum? Hallo Mai, kann ich den reklamieren?

Ich beschließe aufzuwachen; gelingt mir auch. Die Sonne über dem Volkspark Friedrichshain hat sich verdunkelt. Schwarz geschwängerte Winde wehen über meine Decke hinweg und überziehen meine schweißbenetzte Haut mit dem einer gräulichen Patina aus Kohlestaub. Ich beschließe, noch mal aufzuwachen, weil ich mich noch albträumend in den Bergwerksrevieren von Ruhrgebiet oder Niederlausitz wähne; gelingt mir nicht, denn ich bin schon wach, und nebenan schüttelt man noch einen zweiten Sack Kohle auf den Grill, der dort, kaum zwei Meter von meiner Decke entfernt, gerade aus dem Rasen gesprossen sein muss.

Ich beschließe, den Kohlestaub zu ignorieren. Auch in Bottrop scheint die Sonne, sollen sie doch grillen, vielleicht geben sie mir ja was ab, döse wieder ein, und als ich das nächste Mal aufwache, hat sich meine ehemals weinrote Decke vor Kohlestaub schwarz gefärbt. Nicht nur die Decke. Auch ich könnte es mit jedem Schwarzafrikaner aufnehmen, zumindest meine gesamte Rückseite. Alles, was von mir auf der Decke liegt, sieht noch mitteleuropäisch hellhäutig rosa aus; wie man eben nach sieben Monaten Berliner Winter aussieht. Meine Decke dürfte, wenn ich aufstehe, an Popart von Keith Haring erinnern oder an die etwas surrealen Umrisse einer Leiche im nächsten *Tatort*: »Hier also hat er gelegen …«

»Genau, Herr Kommissar.«

»Todesursache?«

»Wahrscheinlich verstaubt.«

Als ich das nächste Mal erwache, hätte ich es lieber bleiben lassen sollen, fühle ich mich doch inzwischen, als läge ich inmitten einer der Aschewüsten des Landes Mordor, in dem die Schatten ziehen. Um mich herum sind weitere Grills gewachsen, die von Heerscharen männlicher Experten bewacht, begutachtet und befeuert werden.

Wo im Lande Mordor Kriegstrommeln trommeln und Orks sich abscheuliche Befehle zubrüllen, werden hier Lappen rohen Fleisches durch die Gegend geworfen; Blasebälge und ausgelaugte Lungen röcheln um die Wette, und die gefürchtete Rasse der Grill-Oger brüllt sich Expertisen über Feuer- und Kohlequalität zu, während ihre Weibchen Tupperdöschen mit Radieschen auspäckchen. Nebenan kippt ein Mensch, der zwar nicht so aussieht wie ein arabischer Terrorist, aber entsprechende Handlungen ausführt, eine halbe Flasche hochprozentigen Brennspiritus auf zwei oder drei Holzkohlen.

»Ey Alda, wie viel muss man denn davon nehmen?«

»Schon ordentlich!«, rät sein Artgenosse, und ein weiterer Halbliter Spiritus nimmt seinen Weg in den Grill, in welchem einige hilflos rudernde Holzkohlen in der gefährlichen Brennspiritusflut jämmerlich ersaufen.

Ich stelle mir schon die Schlagzeile in der Boulevardpresse vor: »Volkspark Friedrichshain explodiert. War es El-Kaida?«, ducke mich flach auf den Boden und erwarte nicht ohne eine gewisse Vorfreude das Feuerwerk. Leider werde ich vorher von den Brennspiritusdämpfen ohnmächtig.

Ich erwache erst wieder, als jemand, der zwar nicht so aussieht wie ein arabischer Terrorist, aber mindestens so schnell rennt wie ein Hamas-Anhänger, der einen vollbesetzten Linienbus verpasst hat, sich aber schon mal vorsorglich angezündet hatte, die Böschung hinabstürzt, und zwar lichterloh in Flammen, und sich dann wie ein räudiger Hund im Sand wälzt, während sein Polyester-T-Shirt gerade glühender Verehrer seiner Haut wird.

Neben dem Grill, der durch die heftige Hitzeentwicklung nicht nur seinen kompletten Lack, sondern auch etwas von seiner Form eingebüßt hat, stehen einige Mädels mit angekokeltem Pony und einem Blick, der mit einer Mischung aus Verwunderung und namenlosem Entsetzen auf die in Sekundenschnelle durchgebratenen Würstchen in ihren Händen gerichtet ist. Nur dass ihre Hände gleichfalls durchgebraten sind.

Gut, denke ich, ein Grill weniger. Doch für jeden Grill, der explodiert und seine Barbecue-Gesellschaft mit in den Abgrund zieht, wachsen mindestens zwei neue nach. Ich werde von Grills umzingelt. Aus meiner bodennahen Perspektive sehe ich um mich herum hundertfach die Beine der einfachen Tankstellen-Grills. Ich muss an die britische Jugend-Science-Fiction-Serie *Die dreibeinigen Herrscher* denken, die ich in den frühen 80er-Jahren geliebt hatte, geliebt und gefürchtet bis hinein in meine düstersten Albträume. Mit einem durch die Grillexplosionen vernebelten Gehirn döse ich wieder weg und träume von dreibeinigen Herrschern, die mich gefangen nehmen, mich greifen, fesseln, knebeln und nackt ausziehen, um mich grauenhaften Experimenten zu unterziehen.

Ich wache auf, weil ich brennende Schmerzen an meinem Arsch verspüre. Schnell wird mir auch klar, warum: Mein Arsch brennt nämlich.

Ich höre eine Männerstimme: »Vorsicht, brennt schon wieder. Alda, lösch mal ab!«

Jemand kippt eine halbe Flasche Bier über mir aus. Es zischt, mein Arsch brennt nicht mehr. Ich unterziehe meine Situation einer kurzen Analyse: Ich bin gefesselt, geknebelt, nackt ausgezogen und werde grauenhaften Experimenten unterzogen.

»Du musst es etwas anstechen, Alda!«

Offenbar sind einige Grillgrüppchen dazu übergegangen, den Sonnenbadenden beim Bräunen nachzuhelfen.

»Wieso anstechen?«

»Is doch klar, Mann, weil Würstchen in Eigenhaut schnell platzen.«

Man wendet mich, der heiße Grillrost brennt sich direkt in meine Haut ein.

»Wer will nachher das Bauchfleisch?«

»Ich will lieber Rippchen.«

Ich rufe etwas, aber man hört mich nicht. Kein Wunder, denn ich bin geknebelt. Die Grillmeister um mich herum trinken weiterhin meisterhaft Bier und beachten mich nicht weiter. Ich könnte platzen vor Wut!

Doch auch ohne Wut platze ich gerade; spüre, wie sich meine Haut dehnt, die dünne Fettschicht unter ihr zu brodeln beginnt. Nein. So kampflos werde ich mich nicht aufgeben. Kurz bevor ich endgültig von Brustbein bis Oberschenkel längs aufplatze, entleere ich meine Blase volles Rohr in die Holzkohle. Es riecht, es zischt, es dampft, es stinkt und qualmt – auf dass den Grill-Ogern der Geschmack an mir schnell vergehe. Dann gleite ich in das komatöse Reich seligen Schlummers und werde erst wieder wach, als im Park friedliche Stille eingekehrt ist. Es ist dunkle Nacht: Nur karge Reste erlöschender Glut glimmen neben zirpenden Grillen, und ich habe einen Sonnenbrand.

Vatertag

Frank Sorge

Ich hatte ein faustisches Gefühl und schon einen Kaffee im Bauch, an Christi Himmelfahrt. Schlecht gelaunt und mit den üblichen Dämonen lustlos Rommé spielend, saß ich am Küchentisch, und plötzlich läuteten von überall her die Glocken. Über zwanzig Minuten ging das so. In Berlin-Mitte!

Dabei dachte ich, die Kirchen im Umkreis wären alle leer und kaputt wie die kleine Elisabeth von Schinkel gegenüber der Ackerhalle, oder längst vom Partyvolk überrannt wie die Zionskirche, die ich mir letztens anschauen wollte, aber nicht reingelassen wurde, weil ich nicht zum Filmteam gehörte, das, so die offizielle Version, hier gerade drehte. Mir sah es eher nach einer schummrig rot beleuchteten Tanz- und Kopulierorgie zu lauter elektronischer Musik aus. Alkohol wurde jedenfalls in rauen Mengen ausgeschenkt, manch aufgestelltes Dixie-Klo wackelte verdächtig, und aus den geöffneten Portalen drang Qualm.

Immerhin schien der Himmelfahrtsglockenterror am Vormittag damit vorbei ... Hausmeister nahmen Kassetten aus den Rekordern und machten Feierabend. Echte Glocken gibt es ja kaum noch, und in den Türmen sind große Lautsprecher drin und ein Kassettenrekorder, den auch jedes überalterte Gemeindekirchenratsmitglied bedienen kann, wenn der Hausmeister krank feiert. Hab ich mal gehört.

Ist nicht Berlin die Hauptstadt des Atheismus, kleine ungläubige Diözesen wie Chemnitz mal ausgeklammert? Und warum bimmelt es jetzt schon wieder? Ist nicht der ganze evangelische Norden seit Jahrhunderten religiös ausgetrocknet und spirituelles Ödland geworden? Von der DDR ganz zu schweigen. Hat uns nicht Luther frühzeitig auf einen lebendigen Atheismus vorbereitet? Prophezeite nicht unlängst ein Bischof im Tagesspiegel, die Kirche werde absehbar eine Randgruppenexistenz zwischen vielen anderen Angeboten führen, und das sei doch nicht schlimm? Man müsse sich nur drauf einstellen und vielleicht neue Netzwerke mit Bienenzüchtern und Briefmarkensammlern errichten?

Dann ging auch das zweite Läuten vorüber, und es kehrte wieder himmlische Himmelfahrtsruhe in meinem Hinterhof ein ...

In ganz Brandenburg zogen derweil marodierende Männergrüppchen durch die Dörfer und tranken jede Landgaststätte und jeden Truckerimbiss leer. Frauen, die nicht rechtzeitig nach Mallorca geflohen waren, verließen erst nach Einbruch der Dunkelheit die Häuser, wenn alle männlichen Körperfunktionen totgetrunken waren und man nur noch Gefahr lief, von einem debilen Herrentagsausflügler auf dem Fahrrad mit lustigen Zweigen dran umgenietet zu werden. Aber von den Brandenburgern hörte ich ja nichts, und die Gottesdienste sollten jetzt endgültig vorbei sein. Aufblaspfarrer, Kassettenrekorder und Besucherdummies schon vom Hausmeister in die Sakristei geräumt, während die wenigen real anwesenden Rentner nach Hause schlenderten. So in Gedanken, wurde ich kurz nach Elf noch ein drittes Mal von Glockengeläut aufgeschreckt. Waren das die zugezogenen Katholiken? Ich stellte das Radio lauter.

Die Kirche ist alt geworden, konstatierte ich an meinem Küchentisch und mischte das Rommé-Blatt. Da helfen weder Technogottesdienste noch CVJM oder teure Splattermovies von reichen Neukatholiken mit Hirnschwamm. Hatte der Film *Passion Christi* doch die meisten Zuschauer in der arabischen Welt, wobei wahrscheinlich seine Grausamkeit und der latente Antisemitismus für mehr Besucher sorgten als die frohe Botschaft der Vergebung und Gottes Ankunft auf Erden. Der hat sich doch längst einen anderen Planeten gesucht, vielleicht einen, wo kindlich kreative blaue Männergrüppchen auf Trommeln hauen, sich mit blauer Farbe übergießen und *Teletubbie*-Ton mit ihrem Publikum pflegen, anstatt einen herrentagsüblichen, intellektuellen Plausch über verchromte Motorräder zu halten. Mit an Altersdemenz grenzender Begeisterung hat sich

Gott auf dem Planeten der blauen Männer niedergelassen und spielt dort Papa Schlumpf. Ist doch denkbar! Währenddessen müssen hier in Deutschland ein paar Hausmeister die Stellung halten, zur richtigen Zeit auf Kassettenrekorder drücken, und alljährlich durchwandern Herrentagspilgergrüppchen mit lustigen Zweigen an der Mütze das Land und bauen gläserne Kräuterbitterpyramiden.

Und vielleicht ist ja mal einer unter ihnen, der sich vor die anderen stellt und eine Underbergpredigt hält. Er wird aus Chemnitz kommen, wo einer alten Prophezeiung nach der erste Europakanzler geboren wird, und er wird an der Müritz Fische fangen, in der Oder getauft und wandert darauf predigend und heilend in Brandenburg umher. Bis zu seiner Ankunft in Berlin, wo die Medien, Bienenzüchtervereine und andere ihn geißeln und auspeitschen. Ein Hausmeister wird ihn an einen Glockenturm schlagen, alle Kassettenrekorder der Stadt werden wehklagen, und in den letzten, lebendigen Zuckungen des menschgewordenen Gottes, der die europäische Hoffnung nach Frieden und Fahrradwegen durch die Uckermark getragen hat, wird dieser Mensch – die Leute haben ihm einen grünen Zweig aus Spott an die blutige Mütze geheftet –, wird der ausrufen: »Mein Gott, mein Gott, warum verlässt du mich schon wieder? Du Sack!«

Aber der hört nicht, weil er in schlichter Dreieinigkeit von Vadder Abraham, Papa Schlumpf und der *Blue Man Group* eine infantile Technoscheibe der neu gestylten Mainzelmännchen aufnimmt. Oder mit sich selbst Kicker spielt, oder Fernsehen guckt. Aber auf irgendeinem anderen Planeten, da sind wir uns an meinem Küchentisch einig. Und wenn man wüsste wo, könnte man ihm die übrig gebliebenen Glocken nachsenden.

Gladys

Heiko Werning

Als ich in den Innenhof trete, wundere ich mich über die Versammlung von fünf superlässig aussehenden Gestalten, die dort gestikulierend im Kreis stehen. Woran erinnern die mich bloß? Natürlich – der Berliner *Tatort*. Ich bin ja ein großer Fan, aber die Berliner! Jedesmal schämt man sich in Grund und Boden, hier gestrandet zu sein, und die ganze Republik guckt zu. Diese bescheuerten Kommissare! Diese albernen Lederjacken! Diese Pseudo-Übernächtigungs-Drei-Tage-Bärte! Und jetzt stehen fünf von der Sorte in meinem Innenhof und stapfen hinter mir die Treppe hoch. Als ich in meine Wohnung gehe, warten sie, bis ich die Tür zugemacht habe, dann bollern sie vehement und lautstark gegen die Wohnungstür meiner Nachbarin, der drogensüchtigen Prostiutierten Gladys.

»Hey, mach uff, Polizei!« Polter, polter. »Los, mach uff, oder wir brechen die Tür auf.« Kaum 30 Sekunden sind vergangen, da hört man die erste Lederjacke gegen die Tür krachen. Mein Gott! Glauben die echten Polizisten, sie müssten so sein, weil das schließlich im Fernsehen so läuft? Um glaubwürdig zu bleiben? Angewidert gehe ich zum Telefon und wähle erstmals im Leben die 110. Freizeichen. Verdammt viele Freizeichen. Und wenn es wirklich mal einen Notfall gäbe? Freizeichen. In der Zwischenzeit hat Gladys wohl die Tür geöffnet, denn das Wummern hat jäh ein Ende.

»Ja, hier der Notruf. Was gibt's denn?« Ich zögere kurz, doch dann will es raus: »Kommen Sie schnell! Da versuchen gerade Leute in die Wohnung meiner Nachbarin einzudringen.«

»Wollen die einbrechen?«

»Naja, immerhin scheinen sie die Tür aufzubrechen.«

»Na dann, okay. Wo isses denn?«

»Seestraße 22, Hinterhaus, 3. Stock«

»Gut, ich gebe mal Revier 15 Bescheid, gehn Sie ja nicht aus der Wohnung.«

Ich lege auf, denke, schön, das war die gute Tat für heute, dann kann ich ja beruhigt Fernsehen anmachen, da klingelt es. Eine der Lederjacken steht vor der Tür: »Tag, wir machen 'ne Durchsuchung bei ihrer Nachbarin und brauchen einen unabhängigen Zeugen. Kommen Sie mit!«

Ich sehe ihn irritiert an, beschließe aber, mich einfach zu fügen: »Gut, ich muss mir nur kurz die Schuhe anziehen.« Während ich mich umdrehe, spüre ich plötzlich eine Hand in meinem Nacken, und schon werde ich kräftig gegen die Wand gedrückt: »Was hast du da gerade gesagt? Arschloch?« Ich ahne schon, die Jungs hatten einen schweren Tag, vielleicht haben sie aber auch wirklich nur zuviele Krimis geguckt. Wissen die Schöpfer von Schimanski eigentlich, was sie da angerichtet haben? Ich sage, dass ich nur die Schuhe anziehen wollte, der Superbulle lässt mich widerwillig los, und anschließend folge ich ihm in die Nachbarwohnung.

Gladys sitzt apathisch am Tisch und nickt mir müde zu. Sie zittert leicht, vor ihr eine halbvolle Flasche Schnaps. Durch die Tür sehe ich, dass die Badewanne voll ist. Bisher hatten Gladys' Selbstmordvorversuche noch nie ernsthafte Folgen. »Ich habe den Fön nicht gefunden«, sagt sie entschuldigend. Ich nicke.

Das weitere Prozedere ist mir bekannt, ich bin schließlich nicht zum ersten Mal Wohnungsdurchsuchungszeuge. Es ist immer dasselbe: Eine Horde Polizisten zerpflückt die gesamte Bude; Kissen werden abgezogen, Bücher aus dem Schrank werden mehr oder weniger sanft zu kleinen Bergen auf dem Boden gestapelt, Schubladeninhalte auf dem Tisch verteilt, sämtliche Nuttenkostüme landen nach eingehendem Abtasten und ein bis zwei anzüglichen Witzchen auf einem großen Haufen.

Gladys ist etwa 1,80 m groß und wiegt vielleicht noch 60 kg. Man muss wirklich nicht die Broschüren des Bundesgesundheitsministeriums gelesen haben, um zu sehen, dass sie sämtliche Symptome des letzten AIDS-Stadiums spazieren trägt, Flecken inklusive. Ihre Arme sind derart demonstrativ zerstochen, dass selbst Grundschüler sie als Drogensüchtige identifizieren könnten – aber eben auch Berliner Polizisten, die daher quasi zu den Stammbesuchern der Seestraße 22 zählen. Saubere Ermittlungsleistung. Dabei ist Gladys so pleite, dass sie niemals Stoff auf Vorrat hat. Und selbst wenn sie mal was fänden – so wie ich die Dinge einschätze, würde Gladys die Hauptverhandlung kaum mehr erleben. Oder gibt es Schnelljustiz für solche Fälle?

»Ich hab' die Fische noch nicht gefüttert«, flüstert Gladys mir mit zitternder Stimme zu. Ich werfe einen Blick in das Aquarium. Ich bin da kein Fachmann, aber die meisten der Tiere sehen nicht viel besser aus als ihre Besitzerin. Ich nicke, hole die Futterdose aus dem Schrank – und habe plötzlich eine Pistole vor der Nase. Der Typ, der mich aus meiner Wohnung geholt hat, grunzt: »Hey, hey, junger Mann, Sie werden ja wohl keine Beweismittel vernichten wollen?« Ich gebe ihm das *Tetra-Min*. Das Futter wird in eine Plastiktüte überführt, fein säuberlich beschriftet, und der Typ raunzt mich an: »Wenn wir da auch nur die Spur von irgendwas drin finden, haben wir dich am Arsch, du Klugscheißer.« Dabei hatte ich doch noch gar nichts gesagt.

Es klingelt. Einer der Kripo-Helden geht zur Gegensprechanlage. »Ja?« Knisternd und knatternd hört man es von der Seestraße: »Guten Tag, bei Ihnen wurde ein Einbruch gemeldet.« Die Fahnder sehen sich ratlos an: »Ja???«

»Ja, das müssen wir überprüfen«, rauscht es aus dem Lautsprecher, »wenn Sie uns dann bitte mal reinlassen würden?«

Die Kripo-Beamten sind offenbar ähnlich fassungslos wie ich, der erste sympathische Zug. Gladys sitzt weiter abwesend da. Der Typ an der Tür drückt den Türöffner. Die anderen ziehen ihre Pistolen unter dem Ledermantel hervor. Ich beschließe, einen flammenden Beschwerdebrief an die ARD zu schicken. Die Jungs warten. Ich rücke mit meinem Stuhl hinter den Türrahmen, um nicht von einem Querschläger erwischt zu werden. Draußen im Flur geht das

Licht an. Schritte stapfen die Treppe herauf. Jetzt klingelt es.

Alles Weitere geht ziemlich schnell. Der Typ an der Sprechanlage reißt die Tür auf, gleichzeitig hüpfen seine drei Kollegen in strategisch wichtige Positionen, einer wirft sich sofort zu Boden. Alle halten ihre Knarren mit zwei Händen und ausgestreckten Armen. Vor der Tür stehen zwei Streifenpolizisten in grüner Uniform mit weißer Mütze. Sie werden sehr schnell sehr bleich. »Äh, guten Tag, uns wurde hier ein Einbruch gemeldet ...«, bringt der eine hervor. »Wir sind von Revier 15, Wedding, und uns wurde ein Einbruch gemeldet. Ist alles in Ordnung?«

Ist alles in Ordnung? Ich lasse den Blick über die Szenerie schweifen. Gladys sieht teilnahmslos auf das Geschehen und wippt dabei leicht mit dem ganzen Oberkörper. Ein Neonfisch taumelt in verdächtiger Querlage durch das Becken, ein anderer treibt kieloben. Der zweite Streifenpolizist nimmt ganz langsam die Hände hoch. Mein Wohnungsabholer reißt seine Waffe theatralisch noch ein wenig weiter nach vorne. Ich rücke noch ein bißchen weiter hinter den Türrahmen. »Ist hier alles in Ordung?«, fragt Streife 1 noch einmal. Meinem Fischfutterbeschlagnahmer zucken die Hände. Wahrscheinlich überlegt er, ob er die beiden jetzt einfach umnieten soll. Es fällt ihm wohl schwer, diesem Impuls nicht nachzugeben. Der mutmaßliche Boss der Eingreiftruppe kramt aus seiner Lederjacke einen Ausweis, murmelt: »Kripo, wir hatten den Einsatz hier gemeldet, was macht ihr denn hier!«

»Uns wurde ein Einbruch gemeldet ...«

Mein persönlicher Leibbulle raunt: »Das haben wir schon gehört. Wir machen hier unsere Arbeit, also haltet uns nicht weiter auf!« Er schlägt die Tür zu. »Revier 15!«, raunt er.

Dann wühlen sie wortlos weiter in Gladys' Schränken, aber so recht scheint es ihnen jetzt keinen Spaß mehr zu machen. Eine Viertelstunde später geben sie auf und wollen, dass ich unterschreibe, dass sie nichts kaputt gemacht haben. Ich protestierte zaghaft und wende ein, dass sie immerhin die Wohnung komplett verwüstet hätten, mein Leibbulle packt mich schon wieder am Kragen und brüllt mich an: »Darum geht es nicht! Wir haben nichts beschädigt! Unterschreib hier!« Und er ergänzt drohend: »Und wehe, wir finden irgendwas in dieser Dose!« Gladys fragt, ob da noch mehr kommen würden, nur für den Fall, dass es gleich wieder klingele, ob sie dann aufmachen solle. Die Beamten murmeln Unfreundliches vor sich hin und ziehen davon. Ich hole aus meiner Wohnung ein paar Hundeflocken, die ich noch von der letzten Urlaubsvertretung beim Nachbarn unter mir habe, und biete sie den Fischen an. Ein Neon schafft es noch, einen Krümel zu verspeisen. Ich lasse das Wasser aus Gladys' Wanne und nehme den Fön aus ihrem Schrank. Den stecke ich sicherheitshalber ein und leihe ihr noch 30 Euro, damit sie zum Bahnhof Zoo kann. Für heute würde wohl Ruhe sein.

Andrea will kochen

Nils Heinrich

Neulich war ich mal wieder gezwungen, Andrea zu besuchen. Wir sind zum Essen bei ihr verabredet. Sie wohnt am Hermannplatz in Neukölln. Wenn man dort aus der U-Bahn kommt, läuft einem als Erstes entweder ein Polizist über den Weg oder aber ein Mensch, der stehen bleibt, sich ranbeugt und »Haschisch, Haschisch« flüstert. Außerdem ist es am Hermannplatz immer grau. Selbst wenn die Sonne scheint, ist es auf diesem Platz grau. Denn der Hermannplatz ist ein Berliner Platz, der wie jeder Berliner meistens scheiße drauf ist. Wenn die Sonne scheint, ruft der Hermannplatz ihr zu: »Verpiss dich! Lass mich in Ruhe! Wat kiekste mir an? Willste 'n paar uffe Fresse?« Daher liegt selbst bei wolkenlosem Himmel immer ein dunkler, grauer Schatten über dem Hermannplatz, der die Sonne vor dem unansehnlichen Anblick dieses brutalen Stückes Großstadt schützt. Da die Sonne bekanntlich nicht über ein Geruchsorgan verfügt, bleibt ihr auch das olfaktorische Erscheinungsbild des Hermannplatzes erspart. Der Hermannplatz riecht ständig nach Pisse. Selbst bei Regen. Und selbst, wenn er mal nicht nach Pisse riecht, braucht man den Hermannplatz nur angucken, und es entsteht tief drinnen in der Nase sofort eine Art Pawlow'scher Pisse-Reflex, und es riecht wieder nach Pisse. Wendet man die Nase leicht zur Seite, weiß man warum. Der Pissegeruch am Hermannplatz kommt aus einer der größten öffentlichen Toiletten Berlins. Diese wiederum besteht aus sämtlichen Hauseingängen und Toreinfahrten der Hauszeile gegenüber dem *Karstadt*-Warenhaus. Es sind Männer wie du und ich, die dort, im Stehen konzentriert auf die Türspalte der Haustüren zielend, ihr Wasser abschlagen. Und diese Männer kommen aus der Mitte der Gesellschaft, wie Gerti beobachtet hat. Gerti ist aus Hamburg, war ein Wochenende lang bei

Andrea zu Besuch und hat schnell rausgefunden, warum es nicht nur auf dem Hermannplatz nach Pisse riecht, sondern auch im Eingang des Hauses, in dem Andrea wohnt. »Ey, stell dir vor, da ist eben einer in aller Seelenruhe aus seinem BMW gestiegen, hat die Tür zugeschlossen, ist zur Einfahrt vom Haus gegangen und hat vor meinen Augen in den Hauseingang gepisst. Es ist ja nicht so, dass ich das nicht kenne. Bei mir in Hamburg, in der Schanzenstraße, ist das ein normales Bild. Wenn sich da die Junkies nicht mehr in den Hauseingängen ihren Stoff aufkochen oder gegen die Häuser pinkeln, dann muss die Welt schwer aus den Fugen geraten sein. Aber, das sind ja auch Junkies. Doch hier in Berlin, da pissen die BMW-Fahrer an die Wände! Das ist doch krank!«

Nee, dit is nich krank, dit is Berlin! Hermannplatz! Hilft nichts, muss man durch, in das Haus, durch den Flur, der vom Geruch her ein Teil der Berliner Kanalisation sein könnte. Dann kommt man in den Flur vom Gartenhaus, und an der Stelle, wo an der Wand der Hinweis steht »Hylia is häslich!« biegt man leicht nach rechts ab und steigt die Treppen empor in den vierten Stock, wo Andreas kleine Butze ist. Alle Türen in diesem Haus sind schon mal aufgebrochen worden. Das sieht man am gesplitterten Holz in Höhe des Türschlosses und an den Löchern, die einst für die Halterungen der Vorhängeschlösser gebohrt wurden, bevor diese auch aufgebrochen wurden. In Andreas Wohnung lohnt es sich nicht, einzubrechen. Das einzig wertvolle Inventar der Küche ist eine halbvolle Flasche Weißwein, die ihre Metamorphose zu Weinessig fast abgeschlossen hat und auf dem Herd steht, welcher von einer hundertprozentigen Fettabdeckung überzogen ist. Fett ist übrigens auch das, wonach es in der ganzen Küche riecht. Kein Wunder, denn nicht nur der Herd, sondern auch die Spüle, der Tisch, die Stühle und das *Sten*-Regal sind mit Fett überzogen. Altes Fett, mittelaltes Fett, fast noch flüssiges Fett. Andrea besitzt nämlich nur eine Bratpfanne ohne Deckel, in der sie prinzipiell mit viel Öl und bei größter Hitze ihre Nahrung aushärten lässt. Die Fettfontänen, die dabei aus der Pfanne schießen, gleichen in Form und Hitze der Lavaexplosion, die man vor einigen Jahren beim Ausbruch des Vulkans Popocatepetl im Fernsehen bewundern konnte. Und das Fett kommt überall hin. Hält man sich einfach mal so in Andreas Küche auf, sollte man sich nicht direkt unter die nackte Glühlampe stellen, die im Zentrum der Küche an der Decke baumelt. Denn die sich erwärmende Glühlampe bringt das dick an ihr haftende Fett zum Schmelzen. Pro Minute kommen da fünf Fetttropfen runter. Hochgerechnet auf Stunden und Tage ist das eine Menge Fett. Daher ist es nicht verwunderlich, dass direkt unter der Glühlampe ein kleiner, sieben Zentimeter hoher Fettstalagmit aufragt, wie man ihn in steinerner Form aus jeder Tropfsteinhöhle kennt. Und weil das Ding direkt unter der Glühlampe gewachsen ist, ist es für einen cleveren Menschen eigentlich unmöglich, zum Ziel der von der Glühlampe platschenden Fetttropfen zu werden. Denn wo der Fettstalagmit schon ist, kann man sich ja nicht mehr hinstellen. Es soll allerdings schon Leute gegeben haben, die sich voller Neugier über diesen Stalagmiten beugen mussten, um auszurufen: »Was ist das denn? Andrea, du alte Sau! Mach doch mal sauber!« Und platsch, hatten diese Leute einen Tropfen Fett im Nacken. Wer sich daraufhin mit dem schreckhaften Ausruf »Was war das denn?« der Glühlampe zuwandte, hatte dann auch schon den nächsten Fetttropfen im Auge. Andreas Küche ist also unglaublich versifft.

Wenn Andrea mal Appetit auf Schmalzbrot hat, kann sie einfach mit einer Scheibe Brot ihre Küchenmöbel abwischen und das Brot dann essen. Hat sie natürlich noch nie gemacht, denn auf Putzen hat sie keinen Bock.

Hatte ich schon erwähnt, dass es in der Küche auch bei eingeschaltetem Licht stockdunkel ist?

Durch das Fenster scheint keine Sonne, das Haus steht zu nah am Herrmannplatz. Außerdem sind die Scheiben beidseitig mit blickdichter Patina aus Berlinschmutz von außen und Fett von innen überzogen. Hell wird es in der Küche nur, wenn Andrea den Kühlschrank öffnet. Das tut sie jetzt und löst unter lautem Ächzen eine 3-Liter-Flasche Rapsöl von dem bierdeckelgroßen braunen Sirupfleck, der mal eine Colapfütze war. »So, und jetzt brutzel ich uns mal was Feines! Oder ...« Sie überlegt. »Oder wollen wir den Pizzadienst anrufen? Außer Öl hab ich gar nichts im Haus, fällt mir gerade ein. Hab's nicht geschafft, einkaufen zu gehen. Bin hier in der Küche ausgerutscht und ohnmächtig geworden. Und als du geklingelt hast, bin ich aufgewacht. Ach, lass uns einfach essen gehen.«

Punk

Volker Surmann

Im Hinterhaus, da wohnt ein Punk. Viel merkt man von ihm nicht. Irgendwie muss ihn das gestört haben, denn kürzlich wurde über zehn Tage hinweg unser Innenhof täglich mit lauter Punk-Musik beschallt. Beim bunten Nachbarn indes stand ein Fenster weit offen, hinter dem eine hörbar monströse Stereoanlage mit der Zuverlässigkeit eines einsetzenden Berufsverkehrs allmorgendlich ihren Dienst tat. Sie tat das um exakt acht Uhr morgens.

Zuerst hatte ich gedacht, der Punk hat sich einen Radiowecker gebastelt, so genau setzte die Rundumbeschallung um acht Uhr ein. Aber anderseits: Was ist denn das für'n Punk, der morgens um acht aufsteht? – Aber vielleicht hatte er einen wichtigen Termin und wollte nicht zu spät kommen, mutmaßte ich. Um exakt 8.30 Uhr hörte die Musik auch wieder auf, und ich hatte die Sache bald vergessen. Bis zum nächsten Morgen um acht Uhr.

Diesmal hielt ich dem Hinterhauspunk zu gute, dass er vielleicht einen Job gefunden hatte, was ja in schweren Zeiten gar nicht so einfach ist – vor allem für Punks. Aber vielleicht war er ja ein begnadeter Webdesigner, ein buchhalterisches Finanzgenie, das kinderliebste Käpt'n-Blaubär-Double der Stadt, vielleicht ein einzigartiger Jeanshosen-Zerschleißer oder kreativer Szenefrisör und ging neuerdings einer lukrativen Berufstätigkeit nach, zu der man aber regelmäßig und pünktlich erscheinen musste. Irgendetwas gut Bezahltes musste der Hinterhauspunk jedenfalls mal gemacht haben, denn eine Stereoanlage, die in der Lage war, einen gesamten Innenhof von wirklich nicht kleinem Ausmaß zu beschallen, klaut man nicht eben mal bei *Aldi*.

Da ich dem arbeitenden Broterwerb mit aufgeschlossener Sympathie gegenüber stehe, blieb ich weiterhin auf tolerantem Level genervt. Doch am vierten Tag beim fünften Song wuchsen Zweifel; am Wochenende verwarf ich meine sozialromantische Theorie vollends. Was wäre das für ein Job, bei dem man auch samstags und sonntags um acht Uhr aufstehen müsste, und was wäre das für ein Punk, der einen solchen Job annähme?

Damit schien mir klar: Unser Hinterhauspunk machte gerade Urlaub. Vielleicht waren irgendwo, in Hannover, Hattingen oder Hawaii, gerade Chaostage, wer weiß. Der Punk war weg, er hatte seine aufgemotzte Stereoanlage mit einer Zeitschaltuhr gekoppelt, und wir hatten dafür den Punk. Täglich. Pünktlich. Punk acht Uhr. »It's just a punk rock song", schmetterten *Bad Religion* fröhlich und täglich in einen Innenhof mit bester Akustik.

Aber war das denn Punk? Eine gesamte Nachbarschaft allmorgendlich zu terrorisieren, während man selbst seine bunten Boots auf den Sandstrand von Hawaii legte? Hieß Punk nicht angeschnauzt zu werden vom wütenden bürgerlichen Mob (z. B. von mir) und diesem dann Bier über den Latz zu kippen? – Ich fand das Bild eines Punks jämmerlich, der erst draußen vorm *Obi* Kohle schnorrt, um sich dann drinnen bei der Auswahl einer Zeitschaltuhr fachberaten zu lassen.

Der tägliche Punkrocksong stürzte meine in tiefstem Grunde alternative Seele vor ungeahnte Zwiespälte, denn was sollte ich machen gegen den täglichen »punk rock song« im Hinterhof? In bürgerlich-braver Selbstverleugnung die Polizei anrufen? Die kleinkarierte Hausverwaltung einschalten? Eine basisdemokratische Bürgerinitiative ins Leben rufen? Und wenn ihm etwas passiert war? Man liest ja oft von Menschen, die monatelang tot in ihrer Wohnung verschimmeln. Was, wenn sich der Punk an warmem Bier verschluckt hatte, ihm das Wasser in die Augen schoss, er stolperte, auf seinen Hund trat, der ihm dann verwirrt die Kehle durchbiss, und im Fallen hatte es unser Punk noch mit letzter Kraft geschafft, seine Stereoanlage anzustellen – *Bad Religion* als Hilfeschrei eines einsam Verblutenden? Oder ein ritueller Selbstmord? Phänomenaler Abgang eines manisch-depressiven Punkrockers, der uns sein kulturelles Vermächtnis nun tagtäglich um die Ohren brüllte, »just a punk rock song«? Je mehr ich nachdachte, desto wahrscheinlicher schienen mir derlei Varianten.

Ein paar Tage später ließ die Polizei die leere Wohnung öffnen und zog den Stecker. 200 Menschen aus den umliegenden Fenstern klatschten den Beamten Beifall – ein seltenes Ereignis in Friedrichshain.

Ein paar Tage später hing ein blütenweißer A4-Zettel im Treppenhaus, auf dem fehlerfrei und in hellblauer Filzstift-Kinderschrift zu lesen stand: »Liebe Nachbarn! Ich bitte für die Lärmbelästigungen der letzten Tage um Verzeihung. Ich war nicht da und hatte die Zeitschaltuhr vergessen. Ich bin gerne bereit, mich bei Ihnen in einem persönlichen Gespräch zu entschuldigen. Mit freundlichen Grüßen, Ihr Jan-Phillip v. Goldenstein«.

»Punk is dead«, sagte einst Harald Schmidt, nachdem er in Böblingen nachts um zwei Uhr einen Punk an einer roten Ampel hat warten sehen. Das fiel mir ein, als ich letzte Nacht vor der Klingel des jungen Herrn von Goldenstein stand und den 2-Komponenten-Kleber zusammenrührte.

Kiezsäufer

Frank Sorge

Irgendwann wache ich auf und bin froh, dass ich meine Wohnung noch wieder erkenne. Meine Uhr im Flur zeigt halb neun. In der einen oder anderen Weise unrealistisch. Wenn ich etwas weiß, dann dass es schon hell war, als ich schlafen gegangen bin. Ist wohl stehen geblieben, das alte Ding, denn ich kann nicht erst zwei oder drei Stunden geschlafen haben. Fünfzehn Stunden scheinen auch zu lang, und es ist auch nicht gestern. Gestern war definitiv schon. Wenn ich auch noch Schwierigkeiten habe, das anhand eindeutiger Erinnerungen zu überprüfen. Mein Gesicht im Spiegel ist verquollen und skeptisch

»Was war gestern? Wo war gestern? Na mal raus mit der Sprache!«, fordere ich mein Spiegelbild auf, aber das weiß auch nicht weiter.

»Wahrscheinlich habe ich zu viel getrunken«, erinnere ich mich an ein paar Grundregeln menschlicher Körpermechanik mit den Variablen »Gehirn« und »Ethanol«: »Aber was?«

Auf der Suche nach Hinweisen durchstöbere ich die Wohnung. In meinen Hosentaschen finde ich ein paar Kronkorken, auf einer zerknüllten Quittung steht was von *Berlinern*. Langsam kann ich die Geografie meines Daseins wieder zusammenpuzzeln. Der Kühlschrank löst das erste Rätsel. Er ist von unten bis oben voller Bierflaschen. Ein Stück Bierschinken ist in eine Ecke gedrückt, aber es ist abgelaufen. »Alibi-Essen«, fällt mir die korrekte Bezeichnung wieder ein. Also habe ich wohl zu viel Bier getrunken, aber seit wann und wie lange schon?

Ich unterdrücke den Impuls, eine der Flaschen zu öffnen. Es gilt ein Rätsel zu lösen, da muss ich klar bleiben und darf keine Beweisstücke entfernen, daher weite ich die Suche aus und gehe nach draußen. Die Brunnenstraße ist leer gefegt. Weder das Jahr, der Wochentag oder der Monat sind erkennbar. Es ist nicht warm, nicht kalt, und es ist grau.

Langsam bekomme ich es mit der Angst zu tun. Für einen Traum erscheint mir alles zu real, aber sicher kann man sich da nie sein. Der *Edeka*-Markt nebenan hat geöffnet, und ich betrete ihn. Man grüßt mich, aber ich erkenne niemanden. Eine Welle aus Hunger und Ekel, Trübsinn und Verzweiflung überrollt mich. Der ganze Markt scheint nur mit Bierprodukten ausgestattet.

Kastenbier, Dosenbier und lagerfähiges Bier in Tetra-Paks. Im Kühlregal stehen Frischbier, Vollbier im Schlauch, Joghurts mit Biergeschmack, Bierpudding. Einen Moment stehe ich vor bunten Paketen Bierschnitte, aber echten Hunger habe ich nicht. In breiten, niedrigen Särgen gibt es Tiefkühlbier, daneben eine Palette mit losen Biereiern in Setzpappen. Am Knabberzeug eile ich vorbei an »*Pringels* Beer flavored«, dann finde ich kleine Quetschtüten für Hund und Katze mit Bierfleisch in delikatem Schaum in den Regalen. Angewidert stolpere ich weiter zum Obst und Gemüse. Biersiche und Bierbeeren sind im Angebot. An der Kasse wirbt die *Schöller-Schultheiss*-Gruppe mit Biereis im Schokomantel mit Likörkern. Die ausliegenden Tageszeitungen titeln: »20. Berliner Bierathlon«.

Ich dränge durch die Kasse.

»Wollen Sie heute nichts, Herr Sorge?«, spricht mich die Verkäuferin an, und ich bleibe verdutzt stehen. Sie kommt mir bekannt vor. Sie ist vielleicht Mitte vierzig oder älter, aber mir ist, als hätte ich sie noch als Schülerin hier Regale einräumen sehen.

»Ja, eine *Gauloise* bitte«, sage ich und wühle nach Geld.

»*Gauloise Blau* oder alkoholfrei?«

»Mit!«, sage ich. Geld kann ich nicht finden.

»Ist schon gut«, sagt sie, »wir kennen Sie ja, ich schreib es auf.«

Ich greife die Schachtel, bedanke mich und schwanke nach draußen. Irgendetwas ist schief gelaufen, weiß ich jetzt. Vielleicht ist es schon Jahrzehnte her, vielleicht nur Wochen. Meine Wohnung erkenne ich, aber wo sind die Menschen, die zu mir gehören? Gab es mal welche? Und warum kann ich mich nicht an ihre Gesichter erinnern? Oder ihre Namen?

So sehr ich mich auch anstrenge, ist es fast so, als wäre nie etwas dagewesen, nie etwas oder jemand wichtig. Das Gefühl ist beruhigend, fast ein Nirwana, wenn da nicht dieser plötzliche Zweifel wäre. Das Nagetier.

Den alten Mann treibt es den Bierschweiß auf die Stirn, er lässt sich eine Zigarette von einem Passanten anzünden, raucht, reibt sich versonnen mit der schuppigen Hand über die ungewaschene, fleckige Glatze und schlurft die paar Meter zu seiner Wohnung. Immer noch im Unklaren, was passiert ist, aber ohne Lust, auch nur noch einen Tropfen zu trinken.

Eine Reportage über die Kiezisten

Robert Rescue

Alle Welt weiß etwas über Sozialisten, Kommunisten, Juristen und Formalisten. Wenige dagegen wissen von der sozialen Gruppe der Kiezisten. Gemeinhin glaubt man sie in Großstädten zu finden, weil die Vielzahl an Straßen dort die Menschen zwingt, ihr Konsum- und Freizeitverhalten auf wenige Straßen, oder womöglich nur auf die, in der sie leben, zu beschränken.

Im Folgenden wird einigen Bewohnern der Lychener-, Schliemann- und Dunckerstraße in Berlin besondere Aufmerksamkeit zuteil. Dieses Areal ausgeprägter Kiezisten wird im Volksmund auch mit dem Kürzel »LSD« bezeichnet, was jedoch an dieser Stelle den Bewohnern in keiner Weise als Motiv ihres Verhaltens unterstellt werden sollte.

Das Ehepaar Erich und Frieda Müller stellt eine eigenwillige Form kiezistischer Lebensart dar. Ihre Welt ist im Falle der Aufnahme von Geschehnissen, insbesondere von weltgeschichtlichen, nur auf die Straße, in der sie wohnen, beschränkt.

»Haben Sie von der Wende etwas mitbekommen?«

»Ja. Auf einmal gab es neues Geld, und Erich Honecker war nicht mehr so oft im Fernsehen.«

»Ich meine räumlich. Haben Sie an Demonstrationen teilgenommen?«

»Nein, wieso. In unserer Straße gab es keine Demonstration.«

»Aber bestimmt gab und gibt es Anwohner, die in irgendeiner Form an der Wende Anteil genommen haben?«

»Das glauben wir nicht. Und wenn doch, dann waren es sicherlich nicht so viele, dass man behaupten könnte, die Wende hätte hier in der Lychener ›ihren Anteil‹ gehabt. Meine Frau und ich haben mit dieser Wende nichts zu tun. Wir waren zu Hause und haben ferngeschaut.«

Die Wohnungstür wird zugeknallt.

Auf dem Helmholtzplatz, der im Zentrum der drei Straßen liegt, spielen ein paar Kinder Lynchjustiz. Sie umringen einen einzelnen Jungen, den sie zugleich auf einen Holzstuhl hoch zu schieben versuchen. An einem Spielgerät hängt ein Seil mit einer Schlaufe.

»Was spielt ihr da für ein originelles Spiel?«

»Wir spielen hier nicht, Alter. Der Erik wird jetzt aufgehangen, klar.«

»Und warum wollt ihr das tun?«

»Wir haben ihn beobachtet, wir er in einem *Kaiser's Chupa-Chups*-Lollys geklaut hat.«

»Aber deswegen braucht ihr ihn doch nicht gleich aufzuhängen.«

»Doch, Alter, klar. Schließlich lag die Kaufhalle in einem anderen Bezirk. Der Erik hat seine Grenze überschritten und deswegen hängen wir sie ihm jetzt höher, haha.«

Kurz darauf baumelt ein regloser Kinderkörper an der Eisenkonstruktion der Schaukel.

Es muss unterschieden werden zwischen orthodoxen Kiezisten und solchen, die eine gewisse Offenheit gegenüber anderen Bereichen Berlins haben.

Die ultrakonservativen Hardcore-Kiezisten benötigen keinen Stadtplan und könnten sich allenfalls mit der Theorie anfreunden, die den Begriff »Großstadt Berlin« als eine Ansammlung von unendlich vielen, kleinen Straßenzügen beschreibt, die eng beieinander liegen und die sie nicht kennen lernen wollen. Der Schluss dieser Theorie bezieht sich zunächst auf die ihnen benachbarten Stadtviertel. Den Meldungen der Medien wird nur geglaubt, wenn sich die Geschehnisse in ihrem Kiez ereigneten. Informationen aus anderen Straßen oder Bezirken Berlins werden unter Vorbehalt angenommen. Nachrichten aus Deutschland und der Welt gelten als phantasievolle Spinnereien der Redakteure.

Ein krasses Beispiel für einen orthodoxen Kiezisten ist der 85-jährige Paul Weber. Zusammen mit seiner Frau ist er als das »MHD-Paar« bekannt.

»Herr Weber, wann haben Sie das letzte Mal Ihre Wohnung verlassen?«

»Das war, als die Russen einmarschiert sind.«

»Sie meinen sicherlich Tschetschenien, um es zeitlich umschreiben zu wollen?«

»Nein, hier in Berlin einmarschiert sind.«

»Nun ja, das ist natürlich schon sehr orthodox. Wie erledigen Sie Ihre Einkäufe?«

»Das macht alles meine Frau Wilhelmine. Wir achten darauf, nur Lebensmittel einzukaufen, die noch ein halbes oder besser ein ganzes Jahr Mindesthaltbarkeitsdatum haben. Dann muss sie nicht so oft zur Kaufhalle.«

»Wie ist es mit dem Arzt?«

»Hausbesuche.«

»Bank?«

»Wilhelmine.«

»Freundeskreis?«

»Nur hier in der Duncker.«

»Urlaub?«

»Brauchen wir nicht.«

»Herr Weber, ich danke Ihnen für das Gespräch.«

Ein Geheimnis verrät der 24-jährige Andreas Müller im vertraulichen Gespräch am Dönerstand Schliemann- / Ecke Danziger Straße. An der Grenze seines Kiezes, sozusagen.

»Also, ich … ich meine … nun, äh … ich … und das erfährt dann auch keiner?«

»Nein.«

»Also ... das war so ... ich bin ... ich bin mal drüben ... drüben gewesen. Auf ... auf der anderen Seite ... von... von der Danziger. In einer ... in einer Straße, die hieß Schrendzki oder so ähnlich. Habe da in einer ... in einer Kneipe ein Bier getrunken.«

»Wurden Sie dabei beobachtet? Beim Übertritt, meine ich.«

»Ich hoffe nicht, nein. Glaube ich nicht.«

»Wie war das da drüben?«

»Nun ja, ich weiß nicht ... irgendwie ... irgendwie wie hier auch. Ich ... ich hatte immer gedacht, da ... da draußen wäre alles anders ... eine andere Welt, verstehen Sie?«

Im Gegensatz zu Paul Weber steht Simone Voltax. Früher eine bekennende Kiezistin, bemüht sie sich heute um eine entgegengesetzte Lebensweise. Im Ringen darum, keine kiezistischen Gewohnheiten anzunehmen oder gar die eigene Straße als Mittelpunkt der Welt anzusehen, ist sie zu jedem Opfer bereit.

»Ich bin jeden Tag mindestens zwei Stunden unterwegs, um einzukaufen.«

»Was heißt das?«

»Ich kann Ihnen nur so viel sagen: Jedes wiederholte Einkaufen im gleichen Supermarkt macht Sie schon zum Kiezisten. Deshalb fahre ich mit dem Wohnmobil durch Berlin, um jeden Tag in einem anderen Laden meine Besorgungen zu erledigen. Gerade war ich in einem *TIP*-Markt in Schöneberg.«

»Wo schlafen Sie?«

»Der erste Schritt zum Kiezisten ist der, eine Wohnung zu besitzen, die mehr oder weniger täglich aufgesucht wird. Ich habe ein Wohnmobil. Jeden Abend parke ich an einer anderen Stelle. Ich lebe ein Leben auf Wanderschaft, denn was einstmals die Sesshaftigkeit war, ist heute das Kiezistentum. Immer neue Orte, niemals die gleiche Kneipe, nie derselbe Supermarkt. Ich habe nicht einmal Freunde im LSD-Viertel. Wenn ich mal wieder hier in der Duncker bin, stelle ich mir vor, ich wäre woanders. Ich bin die Anti-Kiezistin.«

Supermärkte oder Kaufhallen. Die beiden Einkaufsmöglichkeiten in der Schliemann- und Raumerstraße werden durch Randalierende abgebrannt. Dadurch verlieren viele Kiezisten ihre Versorgungsquellen. Auf den Straßen stehen sie und debattieren erregt, wo sie nun einkaufen sollen. Ketzerische Gedanken werden geäußert, die nach den Standorten anderer Konsumgelegenheiten fragen. Gewohnte Wege existieren nicht mehr. Lösungen bieten sich nicht an, Resignation liegt in der Luft. *Spar*-Mitarbeiter stehen in den rauchenden Trümmern und lassen die »DER VERKAUF GEHT WEITER«-Flagge zu Boden fallen.

Wenig später finden sich Flugblätter einer so genannten Anti-Kaufhallen-Terrorgruppe. Diese hat es sich zum Ziel gesetzt, alle Supermärkte der Welt in die Luft zu jagen und anschließend eine Tante-Emma-Konsumkultur wiederherzustellen. Ein verhungerter Hüne mit Dreitagebart und Kippe im Mundwinkel erläutert die Gründe für dieses Vorhaben:

»Einkaufen in Supermarkt oder Kaufhalle ist unpersönlich und unmenschlich. Die Leute reden nicht miteinander, lernen sich nicht kennen, schieben nur ihre Wagen durch die Kasse und fertig. Die Stimmung ist mies, und aus den Boxen kommt nur Musik zum Wegschmeißen. Besser wäre es doch, die Leute kaufen in kleinen, übersichtlichen Geschäften ein, rempeln sich mit ihren Einkaufswagen an, hier ein »Sorry«, da ein »Entschuldigung«, und schon kommen sich die Menschen näher. Sie können Freunde fürs Leben werden oder heiraten. Das Angebot ist überschaubarer, und jede neue Begegnung zwischen Menschen kann mit der Diskussion darüber beginnen, ob man nun Schokolade halbbitter oder Nuss kauft.«

»Haben Sie noch mehr an Argumenten?«

»Nun ja, also ... äh ... das Verkaufspersonal ist in vielem offener. Schon bald kann man auf die Ebene der direkten Anrede mit dem Vornamen wechseln, kann einen kleinen Plausch halten, sich austauschen über aktuelle Entwicklungen im Leben, und prompt ist der Einkauf ein Erlebnis, das geprägt wird durch den zwischenmenschlichen Kontakt und der Wahrnehmung, die jeder einzelne durch das

Verkaufspersonal erfährt. Das ist in einem Supermarkt oder einer Kaufhalle nicht möglich. Deshalb sprengen wir sie in die Luft.«

Auffällig ist das Gebaren von zugezogenen Studenten. Bei ihnen stellt sich schon bald die Verhaltensweise ein, die Schrippen aus der Bäckerei in der eigenen Straße oder um die Ecke zu kaufen, obwohl irgendwer ihnen gesagt hat, dass die Bäckerei drei Straßen weiter billiger ist und sämtliche Backwaren weitaus leckerer schmecken. Am Ende der Wandlung zum Kiezisten steht die Verdrängung der eigenen Biographie und die Annahme einer neuen, die sich zusammenfassen lässt zu der Behauptung, schon immer hier gelebt zu haben und nie woanders leben zu werden.

Ein weiterer Kiezist ist der 28-jährige Matthias Meier. Er war aus persönlichen Gründen, die zumindest jeder empfindsame Mensch nachvollziehen kann, gezwungen, sein gesamtes Aufenthalts- und Handlungsgebiet auf die Schliemann- und Dunckerstraße zu verkleinern. Herr Matthias Meier hat in seinem Leben schon viele Partnerschaften gehabt. Alle diese Beziehungen besaßen auch ein paar glückliche Momente, die meist mit irgendwelchen Kneipen, Straßen, Galerien, Konzerten, Straßenfesten oder auch Supermärkten zu tun hatten. Herr Meier ist sehr sensitiv und daher psychisch sehr gefährdet, was Orte angeht, mit denen er eine persönliche und schöne Erinnerung verknüpft. Da er also viele Lebensabschnittsgefährten in fast allen Bezirken Berlins besaß und mit diesen viel unternommen hat, kann er sich nur noch in diesen beiden Straßen aufhalten. In fast allen anderen Straßen, Kneipen und anderen Einrichtungen der Hauptstadt kann er sich nicht mehr bewegen, da er sonst von der Last der Erinnerungen überwältigt und depressiv wird.

»Herr Meier, war diese Zusammenfassung korrekt?«

»440 52 83, 440 52 83...«

Was zum Schluss aus all den Kiezisten geworden ist?

Das Ehepaar Erich und Frieda Müller glaubt mittlerweile, eine besondere Rolle bei der Wende gespielt zu haben, eben weil sie passiv waren.

Der kleine Erik ruht in Frieden.

Paul Weber und seine Wilhelmine werden Opfer eines Irrtums der Kaufhalle, die sich im Mindesthaltbarkeitsdatum für eine Milchsorte um ein Jahr vertan hat.

Andreas Müller sitzt vor dem Dönerstand auf einer Holzbank und blickt sehnsüchtig zur anderen Seite der Danziger Straße, so als sei dort das gelobte Land und ihm unerreichbar.

Simone Voltax verliert in der Dunckerstraße alle vier Räder ihres Wohnmobils.

Die zugezogenen Studenten verlieren ihren Erbteil.

Matthias Meier hat Ina aus der Schliemannstraße kennen gelernt. Er versucht zurzeit, sich in sie zu verlieben, indem er ihre Telefonnummer auswendig lernt.

Die Konsumenten der *Spar*-Märkte sind aufgrund ihres kiezistischen Denkens verhungert.

Die Mitarbeiter dagegen haben allesamt neue Jobs, aber woanders, bekommen.

Die Aktionen der Anti-Kaufhallen-Terrorgruppe haben sich verlagert.

Unser Kiez soll schöner werden

Heiko Werning

Natürlich ist es nicht ohne Bedeutung, wo man wohnt. Im Allgemeinen wird diese Frage aber überbewertet. Ich wohne im Wedding, weil ich da mal eine freie Wohnung bekommen habe. Das war's. Hätte ebenso gut auch jeder andere Teil der Stadt sein können. Und ich wohne in Berlin, weil ich da hinmusste. Sicher wäre mein Leben ein anderes, hätte es mich stattdessen nach Bayreuth, Stuttgart oder Kiel verschlagen. Aber es wäre nicht unbedingt schlechter. Man passt sich den äußeren Gegebenheiten ja an, und überall kann es auf seine Weise interessant sein. Der großstädtische Snobismus gegenüber Kleinstädten ist ebenso verachtenswürdig wie die Glorifizierung des Dorflebens durch Landleute.

Nennen wir ihn doch einfach Sven. Sven sieht aus wie einer dieser jungen, trendigen Leute, die von Westdeutschland nach Prenzlauer Berg ziehen. Sven ist aber ein junger, trendiger Leut, der von Westdeutschland nach Wedding zieht. »Ganz bewusst«, wie er betont, »ich hätte natürlich auch nach Prenzlauer Berg oder Mitte gehen können, aber das wäre mir zu einfach gewesen.« Zu einfach? Was soll das denn? Wohnen als Extremsportart? Der Kiez als Survival-Training?

Sven sucht die Herausforderung. Und zwar keineswegs die Herausforderung, sich hier einzufügen, nein, er will den Kiez nach seinen Vorstellungen formen. Er hat sich der Aufgabe gestellt, den Wedding in das Mitte von morgen zu machen. Daher hat er sich sofort irgendeiner Bürgerinitative angeschlossen. Vollgepumpt mit Senatsgeldern versuchen hier Leute, die in voller Absicht erst vor kurzem hergekommen sind, die Gegend mal ordentlich aufzuräumen. Zum Beispiel mit Straßenfesten. Mit antialkoholischen Straßenfesten, versteht sich. Straßenfeste mit multikulturellem Trallala, auf denen esoterisch angehauchte Frauen um Stände mit Räucherstäbchen hüpfen und von guten Vibrations schwärmen. »Gute Vibrationen könnte ich dir auch anders verpassen, Schnecke!«, grölt ein Prolet von gegenüber, und ich bin ihm sehr dankbar. Nach meiner Einschätzung sind die Besucher dieses Festes entweder verrückt oder aus den Nachbarbezirken. Die Bevölkerungsmehrheit des Wedding jedenfalls, also die Leute, die nicht von Multikultur reden, sondern die Multikultur sind, die bewegt das Spektakel nämlich sichtbar gar nicht, aus ihren Funk-Clubs »nur für Mitglieder«, den Tee-Stuben, An- und Verkaufsläden und Falafelschmieden sind sie so nicht herauszulocken. Und die Weddinger Trinker postieren sich zwei Straßen weiter, missmutig darüber, ihren Stammplatz an einen Theodor-W.-Adorno-Tauschring verloren zu haben. Wenn die wüssten. Bald darauf, so wird sich herausstellen, werden sie nämlich die Bänke auf dem Platz gleich ganz verloren haben. »Auf massive Beschwerden der Anwohner hin«, so teilt das Bezirksamt in einem Aushang mit, habe man »die Bänke entfernt und das Grün zurechtgeschnitten«, um es den Trinkern so ungemütlich wie möglich zu machen. Man sei sich »dessen bewusst«, so das Bezirksamt, »dass das soziale Problem des Alkoholismus durch diese Maßnahme nicht gelöst werden« könne, aber den Anwohnern seien »die Zustände einfach nicht mehr zuzumuten.« Vermutlich betrachtet man es als humanitäre Geste, die Leute nur zu vergraulen, statt sie gleich zu deportieren.

»Frühstückst du gerne?«, fragt Sven mich. Was soll man auf eine solche Frage antworten? »Nee, ach, Frühstück, weißte, das ist nicht so mein Ding, ich steh mehr so auf Abendessen«, oder: »Frühstücken? Bist du wahnsinnig? Das ist ja ekelhaft!« Also knurre ich irgendwas. »Das ist gut«, freut er sich, »dann komm doch einfach demnächst zu unserem Kiezfrühstück. Wir setzen uns auf die Straße und frühstücken da.« Ich aber habe genug Geld, um mir eine Wohnung leisten zu können, und praktischerweise ist da alles drin: Küche, Esstisch, sogar eine Kaffeemaschine. Ich muss nicht auf offener Straße frühstücken. Und Sven kenne ich gar nicht richtig, ich frühstücke lieber mit meiner Geliebten als mit Kiezaktivisten. Sven aber will mich überzeugen: »Jeder bringt etwas Leckeres mit, und dann frühstücken wir. Immer an einer anderen Stelle im Kiez, auf dem Bürgersteig oder einem Platz. Je mehr Leute mitmachen, desto besser. Wir machen den Wedding wieder wohnlich.« Noch ehe ich ihn fragen kann, ob er dann demnächst nicht auch einfach auf der Straße schlafen wolle, dass würde den Wedding doch erst richtig wohnlich machen, und dass es andererseits doch bereits genug Leute gebe, die die Straße zu ihrem Ess-, Schlaf- und Wohnzimmer, sogar zu ihrer Abstellkammer und zum Klo machen, fügt er an: »Kaffee statt Bier! Brötchen statt Bratwurst! Wir zeigen, dass wir uns nicht aus dem öffentlichen Raum verdrängen lassen.«

Verdrängen lassen? Er will mit seinen Kieztätern über die Weddinger Bürgersteige rollen wie weiland die Rote Armee durch den Prager Frühling, und dann spricht er davon, die Trinker wollten ihn verdrängen? Meine Erfahrung mit Alkoholikern ist eine andere: Die wollen niemand verdrängen, die wollen trinken. Viel trinken. Zu jeder Tageszeit trinken. Die verdrängen höchstens ihre Erinnerung, anschließend ihre grauen Zellen aus dem Kopf und abschließend ihr Blut aus den Oesophagus-Varizen oder die Zellen aus der Leber, und dann sind sie tot. Das Leben gibt einem viele Rätsel auf. Alkoholismus gehört nicht dazu.

Und überhaupt: Wer verdrängt hier denn wen? Wer hat denn diese Leute mit Sozialtick hierher gebeten? Die Weddinger Stammtischbesatzungen von *Zum Süffel* oder im *See-Tank*? Die Omas, die morgens durch den *Reichelt* flanieren und im Café neben dem *Alhambra* ihren Eierlikör schlürfen? Die Fladenbrotbäcker? Die islamistischen Schläfer? Wir haben doch wunderbare Stadtviertel geschaffen für solche Leute: In Mitte ist noch ein Zimmer frei, im »Prenzlberg« wartet man auf dich, und jetzt wird doch auch Friedrichshain geräumt. Aber nein: zu einfach. Sie wollen in den Wedding.

Sven wird delirös: Ob ich wüsste, wie das wäre, wenn man morgens aus dem Haus trete und im Gebüsch liegt irgendein Säufer in seinem Erbrochenen? Ich blicke ihn ratlos an. Ich wohne hier seit 15 Jahren – natürlich weiß ich das.

Was glaubt er? Dass die Säufer zu trinken aufhören, wenn man ihnen die Parkbank unter dem Hintern wegzieht? Dass die Welt besser wird, wenn sie sich demnächst in ihrer Wohnung die Hucke volllaufen lassen? Dass sie sich eher ins soziale Leben integrieren, indem man sie wegscheucht? Und außerdem: Wenn ich auf offener Straße von völlig Unbeteiligten zum Frühstück genötigt würde, wenn man begönne, mir an jeder Ecke Duftkerzen unter die Nase zu reiben oder Gesprächskreise um mich herum zu gründen, wenn man mir mit Bürgerinitativen käme und singende, sich an den Händen haltende Menschenketten Ringelreihen tanzend über meinen Platz zögen – da würde ich auch lieber trinken.

Aber, bei allem Wind, den Sven und Konsorten produzieren, bei einem bin ich mir doch ziemlich sicher: Der Wedding ist stärker. Und den Weddinger interessiert es herzlich wenig, wer da welche Projekte durchpeitschen will. Er zuckt mit den Schultern, dreht sich um und bestellt ein weiteres *Schultheiss*. Oder einen Ayran. »Kiek ma an, da sitzen welche uffe Straße und machen angajiertes Frühstücken«, sagen sie ihrem Tresennachbarn, »na denn juten Appetit, wa.« Da kann Sven auf dem Bürgersteig herumfuchteln, hüpfen und hampeln, wie er will. Es kümmert einfach niemand. Für mich hat das etwas sehr Beruhigendes.

Da, wo die Mode herkommt

Nils Heinrich

Mode ist nicht das, was andere am Reißbrett entwerfen. Mode ist das, was man anhat, wenn hinter einem die Haustür ins Schloss fällt.

Eines der beliebtesten Kleidungsstücke im Berliner Wedding ist die Jogginghose. Gefertigt aus Ballonseide, Chemiefaser oder Baumwolle und koloriert in den verschiedensten Gefahr signalisierenden Farben, schmückt das variabel einsetzbare Beinkleid so manchen Ureinwohner des liebevoll versifften Stadtteils. Jogginghosen sind die praktischsten Hosen der Welt: Man kann sie überall tragen. Auf der Parkbank, im Arbeitsamt, bei *Lidl* und auch im Bett. Sie sitzen perfekt und halten alles warm. Wer im Wedding stylisch ist, trägt Jogginghose. Überhaupt: Der Wedding ist die Gebärmutter eigentlich jedes Modetrends.

Während der 90er-Jahre wurde die Lüge verbreitet, die 80er seien vorbei und tot.

Das war falsch. Ein Historiker der Humboldt-Universität, der eigentlich auf die A9 wollte und sich in den Wedding verfahren hatte, machte die überraschende Entdeckung, dass sich die 80er hierhin, in den Wedding, zurückgezogen hatten und sich in ihrem kleinen Reservat seitdem gar lustig austoben.

Hier gibt es noch den Wolfgang-Petry-Haarschnitt, die Menschen tragen Freundschaftsbänder am Handgelenk und gestandene Mannsbilder führen am frühen Nachmittag ihren Don-Johnson-Nackenspoiler »extra lang« spazieren. Und wenn hier einer Minipli trägt, dann richtig: auch im Intimbereich.

Als Äquivalent dazu baumeln an der Rückseite kurzhaariger Frauen original Angelika-Beer-Zündschnüre, und langhaarige Frauen beweisen, dass man auch als Mensch eine Hundefrisur tragen kann. Der Wedding ist außerdem ein letztes Schutzreservat für den Schnauzbart, auch Schenkelbürste genannt, dessen Tragen außerhalb des Weddings ja zuletzt nur älteren türkischen Mitbürgern sowie Großmüttern in den fünf neuen Ländern vorbehalten war.

Es wird ja immer behauptet, dass man in Berlin tragen kann, was einem gerade in den Sinn kommt, und das juckt dann angeblich keinen Sack. Diese Aussage kann ich nicht ohne Weiteres im Raum stehen lassen. Zum Beispiel könnte ich als Erwachsener niemals das Innere der Hackeschen Höfe mit einem gelben *Teletubbie*-T-Shirt betreten, dessen *Teletubbie*-Aufdruck man unter den angetrockneten Resten von sechs Mittagsmahlzeiten nicht mehr erkennen kann. Hätte ich dazu außerdem eine dunkelblaue Jogginghose aus dem VEB *Mikrofaserwerk Premnitz* an, deren Schmutzanhaftungen den Eindruck vermitteln, als ob damit einmal auf voller Länge der komplette Hundedreck von der Müllerstraße gewischt worden sei, dann wäre das Betreten der Hackeschen Höfe ein komplettes Unding. Sicherheitsbeauftragte des Berliner Innensenators würden mich dort in Empfang nehmen und in Abschiebehaft Richtung Wedding verwahren, um die Touristen aus Bayern und Ostfriesland vor dem Anblick eines Berliners zu schützen.

Im Wedding dagegen würde mir so was nicht passieren. Da betrete ich im Outfit des freien, ja arbeitsfreien Durchschnittsweddingers ein Restaurant und werde dort sogar noch bedient. Wobei hier jede Eckkneipe als Restaurant durchgeht, die das aus Schulle und Doppelkorn bestehende Gedeck »Agenda 2010« kredenzt.

Der Grund für das reichliche Vorhandensein modischer Kleidung im Wedding ist Folgender:

Bis 1989 haben im Landeanflug auf Tegel befindliche Flugzeuge immer wieder Pakete abgeworfen, die Alttextilien aus westdeutschen Kleidercontainern enthielten. Sinn und Zweck der Aktion »Volksaufstand durch Augenkrebs« war, die DDR von innen zu zersetzen. Doch nicht ein einziger der an der Aktion beteiligten Piloten schaffte es, seine Ladung noch über Pankow auszuklinken. Die Weddinger sind dankbar dafür.

Nicht jeder kann seine Kleidung so tragen wie ein Weddinger. Will man sich im T-Shirt und der Jogginghose authentisch bewegen, bedarf es der richtigen Grazie sowie einer durch jede Bewegung ausgedrückte gesunde Abneigung gegen alkoholfreie Getränke und geregelte Arbeitszeiten. Belebenden Akzenten und kleinen Ausbrüchen aus seinen eigenen Trendvorgaben zeigt sich der Weddinger durchaus nicht verschlossen. So wird an Tagen mit frischerem Klima gern mal die flotte, schwarzbraune Zuhälter-Lederjacke mit den schönen Fransen übergestreift. Voraussetzung: Sie muss aus Elefantenhodenleder gefertigt sein. Dazu passen Sandalen, die man nur in Verbindung mit Tennissocken tragen sollte. Hat man dann noch eine Bundfaltenjeans zur Hand – Voila! Hochziehen, bis die Hasenpfote sichtbar wird, Pullover und Lederjacke da rein gesteckt und raus. Die Müllerstraße ist dein Laufsteg! Ach was: Der Laufsteg der Welt!

Geh nie auf Lesetour, wenn dir nie Leute auf den Anrufbeantworter sprechen

Frank Sorge

»Scheiße, wie scheiße sieht's denn hier scheiße aus?«

Niemand außer mir hat einen Schlüssel zu der Wohnung, die ich vor drei Tagen für ein paar Lesungen in Westfalen verlassen habe. Wenn nicht jemand besonders sanft eingebrochen und die Blumen auch nicht gegossen, nicht aufgeräumt, abgewaschen, gesaugt, Fenster geputzt, sortiert, staubgewischt, nicht mal den Müll weggebracht hat, nachdem er alle wertvolle Fracht meiner Wohnung verschleppt und gewinnbringend versetzt hat, werde ich es wohl selbst gewesen sein.

Nach einigen Tagen Abstand zu den Katastrophen, die man so hinterlässt, ist das wohl so. Sie bekommen Zähne. Und bellen, wenn Schuhe im Flur schaben. Mein Boiler und die Öfen sind kalt, und ich könnte nur mit Eiswasser duschen, um auf dem Weg zum Kleiderschrank schockzugefrieren. Ernst Jünger soll ja jeden Morgen kalt gebadet haben. Ist ganz schön alt geworden, der Jünger!

Was ich jetzt brauche, ist Wärme, innere und äußere. Also heize ich an, drehe den Boiler auf und mache mir einen Kaffee. Leider ist die Milch schlecht und flockt aus. Also schnell aufschäumen und so tun, als hätte ich es nicht gesehen! Schließlich widme ich mich der verheißungsvoll blinkenden »4« auf dem Anrufbeantworter, die mich lehrt, dass die meisten Menschen immer noch nicht gelernt haben, rechtzeitig vor der Ansage aufzulegen. Es tutet ein paarmal liebevoll. Ich weiß noch, dass ich fünf Euro mehr für diese Maschine bezahlt habe, weil man auf ihr statt zehn etwa vierzig Minuten raufsprechen kann. Aber das muss ich wohl selbst irgendwann ausprobieren. Da es eine digitale Gesamtaufnahmezeit ist, könnte ich auch eine vierzigminütige Ansage aufnehmen, die damit endet, dass ich sage: »Für dich, lieber Anrufer, bleibt jetzt leider keine Zeit mehr, mir eine Nachricht nach dem Piepton zu sprechen ... aber das hättest du ja sowieso nicht getan!!!«

Im Grunde bin ich nur verdammt müde, ausgelaugt und ohne Idee, wie ich mich noch aufmuntern kann. Aus lauter Furcht vor Hausarbeit und der Realität im Allgemeinen habe ich sogar diesen Text begonnen und bin ohne Hoffnung, ihn zufriedenstellend zu beenden.

Ich blättere also lieber durch die Fernsehzeitung aus dem Briefkasten, obwohl seit dem Frühjahr auf meinem Fernseher nur Ameisen durch den Schnee tapsen, wenn ich ihn anschalte. Berlin sendet jetzt digital.

Aber vorhin im Radio wurde gesagt, es gäbe im Fernsehen heute eine Bundesliga-Quizshow mit Prominenten, und ich will die Auswahl überprüfen. Es waren Margarethe Schreinemakers, noch jemand und Mike Krüger. Leider kann ich die Show nicht finden, um definitiv alle Fürsten der TV-Finsternis in ihrer Dreieinigkeit benennen zu können und was Margarethe und Mike mit der Bundesliga zu tun haben, hätte mich auch interessiert. Irgendwann kaufe ich mir doch so ein DVBDings! Ich glaube ja, es war Kai Pflaume. Aber als ich so durch das restliche Programm spähe, gäbe es ausreichend andere Kandidaten, auf jeden Fall eine ganze »Armee der Finsternis«.

Ich lege mich also ins Bett, was den Mitteilungswert dieser Geschichte so richtig gegen Null gehen lässt. Ich kann schon mal vorwegnehmen, dass nichts mehr passieren wird und nur noch eine Reihe Alltagsbeobachtungen ohne Belang kommen werden. Morgen, beschließe ich, mache ich einen Wirtschaftstag, das heißt: waschen, spülen, saugen, Rechnungen bezahlen, aufräumen, einkaufen und so was.

An eine Pointe für diesen Text ist auch nicht zu denken. Nachdem ein Vorlesekollege drei Tage lang im Auto über Pointen geredet hat, habe ich keine Lust mehr auf Pointen. Pointen. Pointen. Pointen. Wenn ich es oft genug wiederhole, klingt es hoffentlich bald wie ein Schimpfwort. Vielleicht sollte ich es sächseln: »Bö-Enten, Bö-Enten, Bö-Enten!« Ja, besser! Es ging immer darum, dass man das als Job machen kann. Zum Beispiel Sitcomdrehbücher zu pointieren, aber ich dachte die ganze Zeit nur: »Wo liegt der nächste Stein, den ich für eine Handvoll Euro auf Baustelle X (alternativ: »Si«) von A (»Sy«) nach B (»Phos«) schleppen kann?« (»Ach die Geschichte kenn ich«, sagt der dumme Jens in meiner Spontansitcom, »das ist doch die mit dem Holzpferd!« »Nein Jens«, sagt der schlaue Piet, »das war Diogenes ...« – Gelächter vom Band – nein, ich kann das nicht!)

Ich bekomme langsam Hunger, aber mein Kühlregal bietet nur Pizzabaguettes, und wenn das auch manchmal in Ordnung ist, haben die schlimmsten Pizzabaguettes meines Lebens, von Heiko Werning noch in der vorigen Nacht bierselig zubereitet – 12 Minuten in der Mikrowelle, weil er nicht wusste, wie der Backofen seiner Mutter zu bedienen ist –, Schäden an Leib und Seele hinterlassen. Wir hätten gleich unsere Mägen 12 Minuten in der Mikrowelle verdörren lassen sollen. Ohne Magen im Bauch lebt man nicht mehr lange, aber jetzt würde ich eine ganze Woche leiden müssen, ehe ein Darmverschluss mein Ende bedeutet. Dann kann ich auch wieder mit dem Rauchen anfangen.

Mittlerweile glaube ich, meine Wohnung wird nie wieder warm. Heiß duschen kann ich wieder, aber dann müsste ich nackt in meinen Wohnraum zurück, und Mammuts im ewigen Eis sieht man auch nicht an, ob sie vor dem Gefrieren noch mal heiß geduscht haben. Die Münsteraner Zeitung titelte in der Sparte Karneval heute »18 111 Jahre schwanger«, weil ein paar Forscher ein Ungeborenes aus einem Muttermammut geschnitten haben. Warum auf dieser Seite sonst nur Fotos von pappnasigen Karnevalsgesellschaften zu sehen waren, verschließt sich jeder Erklärung.

So! Gleich ist das Maß für die Länge einer Sorg'schen Geschichte erreicht, und ich muss sagen: Das war ja wieder erfolgreich. Vielleicht sollte ich Volker bitten, die Geschichte durchzupointieren. Als ich ihn am Samstag zwei Stunden lang beim Spaziergang durch Bielefeld damit genervt habe, dass diese seine Heimatstadt gar nicht existiert und wir nur durch einen raffinierten Aufbau von Filmkulissen laufen würden, entgegnete er gereizt, Bielefeld müsse doch immer dafür herhalten, wenn man nichts Sinnvolles zu erzählen hat. »Genau darum geht's ja«, sagte ich zu Volker. Um das Sinnlose. »Für einen *Karstadt*, einen *Kaufhof*, einen Bahnhof und ein Leineweber-Denkmal muss man nicht gleich eine ganze Stadt erfinden.«

»Das hat keine Pointe«, erwiderte er säuerlich.

»Bö-Ente«, sagte ich, und dann: »Richtig so!«

Hotel Rupf

Volker Surmann

Natürlich heißt das Hotel Rupf nicht Hotel Rupf. Und natürlich liegt es nicht dort, wo ich es in diesem Text ansiedle. Doch es existiert, und zwar in einem der unzähligen Orte rund um Frankfurt, von denen die meisten auf »heim« enden.

Das Hotel Rupf in Kelsterhohenheusenheim ist das beste Hotel des Ortes. Sagt der Hotelier, bevor er stockt und nachlegt, bis auf, dass es ein wenig laut sei. Aber in dem zweiten Hotel des Ortes sei es noch lauter, dafür sei man hier sehr zentral.

Das Hotel Rupf liegt in der zweiten Etage eines Altbaus, es gibt einen Fahrstuhl, der so gerade eine Reisetasche und einen Hund fasst, schwerlich jedoch noch Eigentümer des Hundes oder das Herrchen der Reisetasche. Also schicke ich mein Gepäck per Fahrstuhl nach oben und nehme selbst die Treppe, weil alle Versuche, mein Gepäck an die Leine zu nehmen und mich von ihm durch die Gegend ziehen zu lassen, bislang leider kläglich scheiterten. Für den Hund ist es sicherlich auch besser, den Fahrstuhl zu nehmen, weil er wahrscheinlich im Vorhof zum chinesischen Restaurant im ersten Stock auf den Blumenteppich pinkeln würde, der selbst in mir den entsprechenden Wunsch aufkeimen ließ. Übrigens habe ich gar keinen Hund, es ist der Labrador der Veranstalterin, die mich und einen Bühnenkollegen ins Hotel führt. Im Gegensatz zu ihm spielt der Hund in dieser Geschichte keine Rolle. Schicken wir den Hund also ins chinesische Restaurant und geben dem Kollegen den Namen Marko Vlunners.

Marko ist als Erster begeistert vom Hotel Rupf. Das Treppenhaus ist tapeziert in Mustern, die meine Augen nicht mehr gesehen haben, seit die gute Stube meiner verstorbenen Oma im Jahr 1981 neu tapeziert wurde. Ornamental-verschlungene Schnörkel-Ornamente schlingeln sich verschnörkelnd zierend um weiteren ornamentalvertandelten Schmuck-Zierrat. Kurzum: Die Tapete war in etwa so überladen wie diese Beschreibung und dazu noch goldocker-waldgrün.

Übersteht man diesen Augenschmaus ohne visuelles Sodbrennen und ohne vor Verzückung niederzufallen und wie Marko die Tapete fußleistenaufwärts mit einer liebkosenden Zunge abzutasten, öffnet sich hinter einer schmucklosen Doppelflügeltür ein blütenreiner Indian Summer. Eine Fototapete mit einem »Der Mann aus den Bergen«-Szenario weitet im halbrunden Foyer des Hotels unsere Augen. Zwei stilechte Fünfzigerjahre-Couchsesselchen stehen lustvoll vor ihr in den Wald drapiert, ein winziges Nierentischchen verflüchtigt sich perspektivisch in einem hölzernen Steg, der gemütlich im See schlummert. Gerahmt wird dieses mobiliare Stilleben von rosé-leuchtenden malaysischen, kunstseidenen Blumengestecken in Schulkindgröße. Noch bevor man uns unsere Zimmerschlüssel aushändigt, spielen Marko und ich in diesem phänomenalen Sitzgruppen-Ensemble Staatsbesuch in Phnom Penh.

Gegen Mitternacht und halbangetrunkenen Kopfes kehren Marko und ich zurück in das Hotel, verirren uns in den Frühstücksraum und staunen: Der kleine Saal wird von einem Teppich eingenommen. Punkt. Dieser Satz braucht keinen Nebensatz, denn der Teppich ist raumfüllend. Wäre er ein Wein, spräche man von einem hervorragenden 1974er mit dekadentypischer Farbe und Musterung mit intensiver und komplexer Note, sehr würzigen Tönen und einer üppigen, charmanten Blüte im Drauf- und Drübergang. Beharrlich im Abgang, die verschlungene Musterung umspielt geschmeidig den Fuß, passt äußerst gut zu Wildgerichten, streng riechendem Käse, klebrigem Dessert oder Labrador süßsauer.

Kurz gesagt: Der Teppich ist grün mit subtropischer Schlingpflanzenmusterung, aus dem an beiden Flanken des Raumes tatsächlich Schlingpflanzen gesprossen sind, die sich bis zur Zimmerdecke erheben und deren Blätter neugierig hinunter zu den Frühstückstischen blicken. Plötzlich bin ich mir nicht mehr sicher, wer in diesem Raum was frühstücken wird.

Uns erinnert dieser Teppich an jenen Fußboden, von dem sich Johnny Depp in *Fear and Loathing in Las Vegas* im Mescalin-Rausch verschlungen fühlt, was uns animiert, diese grandiose Filmsequenz nachzuspielen, was bedeutet, mit wirr wedelnden Handbewegungen unkoordiniert durch den Raum zu staksen und in etwa so breitbeinig zu gehen wie ein Cowboy, der von boshaften Indianern zu einem Tagesritt auf dem Sattelknauf gezwungen wurde.

Genau in diesem Moment spricht uns der Hotelier an, der heimlich aus dem Fußboden gewachsen sein muss und es offenbar nicht für verwunderlich hält, dass zwei erwachsene Menschen in einer Mischung aus Monty Pythons *Silly Walks*, schwerer Alkoholschräglage und einer ernsten Halbseitenspastik kichernd über seinen Teppich torkeln. Er scheint diesen Anblick gewohnt zu sein.

»Entschuldigung, wann würden Sie gerne frühstücken?«, flüstert der Hotelier ungerührt und freundlich und sieht dabei aus wie ein Herbergsvater. Wir sagen: »So spät es geht.« Der Herbergsvater lächelt, sagt »halb zehn«, wünscht uns eine angenehme Nachtruhe und löst sich wieder in den Farben von Teppich und Fototapete auf.

Marko meint, der Hotelier gehöre zu der Sorte Mensch, die schon in der Schule immer gehänselt wurden. Ein zurückhaltender Mann um die vierzig, der immer ein schüchtern-freundliches Lächeln lächelt und von daher hervorragend zwischen China-Restaurant und Phnom-Penh-Ensemble passt. Ein Mann, der sich unauffällig kleidet, unauffällig bewegt, unauffällig aus dem Teppich gleitet, bis er plötzlich hinter einem ist und man in der Aura seiner Komplexe steht, die ihn wie Bodyguards begleiten und eine namenlose Beklemmung verbreiten. Unser Herbergsvater sieht also aus wie einer der Menschen, von denen es nachher immer heißt, sie seien völlig unauffällig, zurückhaltend, aber stets freundlich und tierlieb gewesen, bis halt ... – und das habe ja niemand ahnen können!

Ich male mir aus, wie unserer Herbergsvater in seinen Ruhetags-Nächten am Frankfurter Hauptbahnhof minderjährige Strichjungen mit vatikanischen Euromünzen lockt, um sie dann im Chinarestaurant im ersten Stock— stammt nicht dieser Kannibale, der seinen Lover aufgegessen hat, auch aus Hessen? Und wieso gab es in diesem Hotel noch freie Zimmer, wo doch gerade Buchmesse ist? Und warum riecht es im Erdgeschoss des Hauses auffallend streng nach medizinischen Lösungsmitteln?

In alkoholvernebelter Panik stürzen wir in unsere Zimmer. Ich schließe doppelt ab, rücke den kleinen Schreibtisch vor die Tür, verkeile an ihn das Sofa mit dem 1986er-Portamöbel-Dekor und rücke den Schrank davor. Das muss reichen. Die ganze Nacht über tue ich kein Auge zu, lausche angestrengt-verängstigt den Geräuschen im Flur – was durch Tür, Tisch, Sofa und Schrank gar nicht so einfach ist – und schlafe erst ein, als mich von draußen schon das Donnern der ersten LKWs weckt.

Beim Frühstück begegne ich meinem völlig übernächtigten Kollegen und einem gut gelaunten Herrn Rupf. Er packt uns lächelnd Lunchpakete, von denen wir nicht zu kosten wagen, und bestellt uns lächelnd ein Taxi, das wir aus Furcht vor heimtückischer Entführung nicht besteigen werden. Wir stürzen die Treppe hinab; der Herbergsvater steht vor der Phnom-Penh-Tapete und winkt uns hinterher. Er lächelt. – Wir wollen nicht wissen, woher er seine Fröhlichkeit nimmt.

Vorstadtdialoge mit mir selbst (auf Montage notiert)

Frank Sorge

1

Mal wieder Messebau in Hannover und meine Verdauung funktioniert schlecht.

Ich habe heute früh eingeschoben: 4 Brötchenhälften mit Butter, Rührei, gebratenem Speck. 10 Tassen Kaffee getrunken. Später vier belegte Brote, 2 Mal mit Schinken, einmal Käse und einmal aufgeschnittener Boulette von gestern. Mittags Chili con Carne, anderthalb Portionen. Abends eine Tüte Kartoffelsnacks, drei Bier dazu und Pistazien. Aber in der Umgebung unseres Hotels, in Sarstedt bei Hannover, Gewerbegebiet Nord, Tell-/Ecke Wilhelmstraße, hört niemand meine Schreie.

2

Hinter jedem erleuchteten Gardinenfenster nach 23 Uhr vermute ich eine Orgie. So ruhig ist es hier.

3

Der Dönerimbiss *Diana* in Sarstedt hat einen eigenen Gastraum mit plastikbezogenen Tischen und einer Zapfanlage hinter einem Spanplattentresen. Der Döner wird auf einem Teller serviert an den Tisch gebracht. Wir geben sogar Trinkgeld.

Hinter uns sitzt ein Rudel junger Russen und unterhält sich über Krafträume und Körperfitness.

Sonst ist die kleine Fußgängerzone am Mittwochabend wie ausgestorben.

Sonst ist die kleine Fußgängerzone am Donnerstagabend wie ausgestorben.

Sonst ist die kleine Fußgängerzone am Freitagabend wie ausgestorben.

Sonst ist die kleine Fußgängerzone am Samstagabend wie ausgestorben.

4

Am Sonntagabend ist im besten Restaurant Sarstedts, einem spanischen Restaurant mit dem Namen *Am Holztor,* ein Kegelklub am Feiern.

Die alten, dicken, rotwangigen Herren versuchen den ganzen Abend, sich eine der jungen spanischen Kellnerinnen auf den Schoß zu zerren. Die bleiben freundlich, verabschieden sich später langwierig, sagen sogar: »Kommen Sie bald wieder!«, und winken den alten betrunkenen Säcken hinterher. Gäste müssen gepflegt werden in Sarstedt.

Uns fragen sie alle zehn Minuten, ob alles in Ordnung sei. Fünf Messemonteure gucken nach zwei Wochen Montage, weit weg von zu Haus, die nette Spanierin an, nicken, schlucken, lächeln gequält, beißen in den Tisch und starren ihr auf den Hintern, als sie zum Tresen zurückschlendert.

5

Prostituierte sehen wir nicht in Sarstedt.

»Natürlich gibt es welche«, belehrt uns Heinz, unser Hotelwirt, Barkeeper und Billardangstgegner: »Soll ich für euch anrufen, Jungs, oder was?« Er greift das Telefon.

»Alle weiterführenden Kenntnisse kann ich euch auf die Schnelle aber nicht vermitteln.«

»Was?« Heinz nuschelt stark.

»Ficken müsst ihr schon selber!«

Wir lehnen sein väterliches Angebot ab. Heinz schmunzelt. Mit Hotelgästen kennt er sich aus.

Auch sonst scheint ihm die Welt kein Rätsel mehr.

6

Er ist Pole, deutschstämmig, in den Ruhrpott gekommen und war Bergarbeiter. Jetzt hat er das Hotel *Messeblick* gebaut.

Fast 30 Kilometer vom Messegelände entfernt, verhindert allein die Erdkrümmung, auch nur die leuchtende Spitze des Hermesturms sehen zu können, gebe ich am Tresen zu bedenken.

»Doch, doch. Aus Zimmer 305 im Dach, bei günstiger Witterung geht das ...«, sagt Heinz, schmunzelt und zapft noch ein Bier.

7

Neben dem *Messeblick* im Gewerbegebiet Nord steht eine Diskothek, und wenn man nachts nur die Musik hören will, kann man sich als Hotelgast den Eintritt sparen.

Die Monteure sammeln sich also am Wochenende im Kifferzimmer, um besser in den Schlaf zu kommen. In Zimmer 207 entsteht eine dicke Haschisch-Dampfqualle, aus der wir am Fenster zusehen, wie die Autos am Samstagabend vorfahren.

»Dis sind ja alles Russen!«, kommentiert Daniel rotäugig, »voll die Russenkaschemme. Ey Alter, dis is ne Russendisko. Ey wir haben auch so ne Russendisko in Aachen, ne? Voll krass.«

»Wir haben auch eine Russendisko in Berlin!«, sage ich arglos.

Nicht alle Diskobesucher haben es noch in der Nacht nach Hause geschafft. Am Morgen wandelt ein graugesichtiger Russe mit erhobenen Armen wie ein Zombie über den Parkplatz und bedrängt einen Schwarzen, der panisch in ein Telefon spricht und einen Besen vor sich schwenkt, um sich den Russen vom Leib zu halten. Wir sind nicht weiter beunruhigt, bis der Russe den Besenstiel über den Kopf gezogen bekommt, sich aber von der Attacke völlig unbeeindruckt zeigt. Allerdings wechselt er jetzt die Richtung und kommt auf uns zu. Wir flüchten gerade noch rechtzeitig in unseren Wagen, und Daniel betätigt die Zentralverriegelung. Der Russe rüttelt an der Fahrertür und nuschelt gruselige Zombie-Laute aus den schorfigen Lippen, als wir losfahren ...

Die nächsten sechs Tage flüstern wir uns nachts vor dem Einschlafen in unseren Ehebetten zu: »Bald ist wieder Russendisko, und dann kommen sie, um uns zu holen ...«

8

Drei Lügen über meine Messemontage:

1. Hannover ist eine schöne Stadt.
2. Ich habe alles ordentlich und sicher verschraubt.
3. Ich habe weniger Werkzeug als vorher.

9

Der Parkplatz zwischen *Aldi, MiniMal Express* und *MiniMal Getränkemarkt* ist Schauplatz großer Attraktionen.

Am Freitag baut ein Grieche seinen Stand auf, und wir bespaßen den ganzen Samstag die Kollegen mit Knoblauch-Chili-Oliven, die wir in rauen Mengen vom Händler beziehen.

Montags kommt der Hähnchenwagen.

Aber wir leiden bereits unter der Vögelgrippe.

10

Ein paar Tage bevor wir abreisen, fährt Heinz in den Urlaub. Skifahren. Frau, Tochter, Schwager und Neffe haben bereits Wetten laufen, was er sich dieses Mal bricht, verknackst oder staucht. Ich setze zwei Euro auf einen verstauchten Knöchel.

Seine Frau verabschiedet uns.

»Bis in drei Wochen«, schaut sie in die Buchungen.

»Heinz freut sich schon!«, sagt sie.

Wir uns erst!

Was ist mit Leroy Terror?

Robert Rescue

Seit 1987 ist Leroy Terror das Zugpferd der alljährlich im Mai in Berlin stattfindenden Krawalle zum Tag der Arbeit. Seinen bürgerlichen Namen kennen nur wenige. Bei der Presse und Polizei ist Leroy Terror für spektakuläre Aktionen berühmt. So hat er 1994 beispielsweise an alle Haushalte in Kreuzberg gefälschte Schreiben der jeweiligen Hausverwaltungen verschickt und mitgeteilt, dass für die nächsten sechs Monate keine Miete zu zahlen sei. Einige Jahre später nahm er den »Vasallen des Staatsschutzes« (Leroy Terror) den Handlungsbedarf, als er sämtliche Maidemonstrationen unter das Motto »Für den Staat, für die Polizei« stellte. Für die Sicherheitskräfte stellt sich inzwischen jedes Jahr die Frage, was Leroy Terror dieses Mal plant und wie sie seine Absichten vereiteln können. Verhaften können und wollen sie ihn nicht. Zum einen würde dies einen unkontrollierbaren Bürgerkrieg seitens der linken Gruppen auslösen, zum anderen ginge dem Staatsschutz der wesentliche Reiz verloren, welcher ihnen der selbst ernannte »Superterrorist« jedes Jahr bereitet.

Die Vorbereitungen zu den Kundgebungen des Jahres 2004 verlaufen anders als erwartet. Der seit Jahren regelmäßig mit dem Preis »Bester Kämpfer der Antifa« ausgezeichnete Leroy Terror gibt am 30. April während eines Plenums bekannt, dass er am morgigen Tag möglicherweise erst »später« erscheinen wird. Diese Nachricht schockiert sogleich die linke Front und später die gespannte Polizeiführung. Als Grund gibt der an diesem Abend wortkarge Leroy Terror eine »Unpässlichkeit« an, die er trotz Zuredens nicht näher erklären möchte. Dem nervösen Polizeipräsidenten gegenüber erklärt Terror am Telefon, es gebe Dinge, die müssten erledigt werden, gleich »ob es einem in den Kram passt oder nicht«.

I

»Ich freue mich wahnsinnig auf Potsdam, mein Junge. Du nicht auch?«

Kopfnicken.

»Ich habe jedes Buch, jeden Zeitungsartikel über die Geschichte der Preußenkönige gelesen, geradezu verschlungen. Ich kann es kaum erwarten, all die Bauten zu sehen, und die Stadt vor allem.«

Leroy Terror sitzt in einer überfüllten S-Bahn in Richtung Potsdam. Er ist eingekeilt von einer Vielzahl Fahrräder und dazwischen Kinderwagen.

Er fragt sich vehement, warum all diese bürgerlichen Leute, diese vom kapitalistischen System Verblendeten, hinaus ins Grüne fahren, anstatt in der Innenstadt gegen den Staat und seine unmenschliche Sozialpolitik zu demonstrieren. Er denkt an Hartz IV, an den Krieg im Irak, an die Übermacht der USA und andere Dinge, gegen die es lohnt, zu demonstrieren und, besser noch, ordnungszersetzende Aktionen zu unternehmen. Währenddessen schaut Leroy Terror zu der Frau ihm gegenüber und bemüht sich zu lächeln. Eine etwa 60-jährige Frau mit eng an den Körper gehaltener Handtasche, die aufmerksame Blicke zu der links und rechts vorbei fließenden Innenstadt wirft. Sie reden in der S-Bahn nicht viel miteinander. Das haben sie zu genüge schon am gestrigen Abend in der Pizzeria *San Marco* getan. Gestern hatte Leroy Terror gehofft, dass niemand hereinkommen würde, der ihn kennt. Dasselbe hofft er heute.

Berlin hatte seine Mutter bisher noch nicht besucht. In den gelegentlichen Telefonaten und wenigen Besuchen bei ihr hat er eine Existenz glaubhaft gemacht, die er während ihres zweitägigen Aufenthaltes irgendwie aufrechterhalten will. Er ist nicht der Außendienstleiter einer weltweit operierenden Telefon-Aktiengesellschaft, sondern ein Sozialhilfeempfänger ohne Aussicht auf überhaupt einen Job. Ein Mensch mit null Bock auf geregelte Zeiten, der Argwohn gegen den Staat hegt, der sich für linksalternativ bis zu den Fußsohlen hält, der einmal im Jahr vermummt außergewöhnliche

Aktionen gegen die Regierung und ihre Polizei ausführt und dafür von allen Beteiligten geachtet wird.

Auf der anderen Seite ist Leroy Terror ein Mann, der seiner Mutter ein guter Sohn sein will, der keinen Ärger machen will, der will, dass die Frau, die ihn geboren hat, stolz auf ihn ist, auch wenn das, was sie stolz machen soll, schlichtweg erfunden ist.

Am Vortag hat er seine Wohnung gesäubert. Er hat seine Freundin, eine feministische Mitfrau im »Aktionsbündnis gegen die Unterdrückung der Frauen« nach Hause geschickt und ihr deutlich gemacht, dass er die nächsten Tage nicht erreichbar sei. Alle Hinweise auf die terroristische Existenz, wie Handfeuerwaffen, Kampfparolen-Transparente, Springerstiefel und Sprengsätze hat er in den Keller geräumt. Dennoch hat seine Mutter die Wohnung mit bedenklicher Miene abgenommen.

»Junge, ich sehe schon, dass du dir Mühe gibst. Aber ein paar Reinigungen im Jahr könnte deine Wohnung schon vertragen. Was ist das denn da für ein Poster? Ist das nicht dieser Südamerikaner, der eine bessere Welt wollte? Den hängen sich doch alle jungen Leute in die Wohnung.«

364 Tage im Jahr trägt Leroy Terror seine langen Rastas offen und schmückt sich mit diversen Piercings im Gesicht, heute hat er die Haarpracht zum Zopf gebunden und den Schmuck unter Schmerz aus dem Gesicht gerissen und versteckt.

364 Tage im Jahr trägt Leroy Terror eine verranzte Lederjacke und eine zerrissene Jeans, für heute und morgen hat er sich von einem Vertrauten Leinenweste und Baumwollhose geliehen.

364 Tage im Jahr plant er seine Aktionen gegen den Staat und seine Polizei, die er am 365. Tag ausführt. Leroy Terror liebt seine Mutter. Er freut sich über ihren Besuch. Seine Liebe und Freude wäre jedoch hunderttausendfach größer, wenn sie an jedem anderen Tag im Jahr zu Besuch gekommen wäre.

An der S-Bahn-Station Nikolassee stellt sich Leroy Terror die Frage, ob er es womöglich bis 18 Uhr doch noch zum Oranienplatz schaffen könnte. Er kann seine Genossen und Fans einfach nicht im Stich lassen. Sie würden es ihm nicht verzeihen.

2

MAIDEMO OHNE LEROY TERROR?, schreibt die Presse am Morgen des 1. Mai unter einem Foto von ihm. Das ist die aktuelle Einschätzung der Lage, sowohl von Seiten der Linken als auch der Polizei. Resignation breitet sich unter den Beteiligten aus. Niemand kann sich vorstellen, die »Maifestspiele« ohne diese Galionsfigur der Protestierenden, dem Intimfeind der Polizei und dem Rätsel für die Presse, zu veranstalten. Die Zeitungen sind seit Jahren ohne Erfolg dahinter her, seinen bürgerlichen Namen herauszufinden oder ihn wenigstens zu einer »Bekenntnisse eines Revolutionärs«-Serie zu bewegen.

3

»Ich habe gehört, dass heute in Berlin Krawalle von Chaoten sind. Scheußlich, was die jedes Jahr anrichten. Weißt du da Näheres, mein Sohn?«

»Nein, Mutti.«

»Es sind asoziale Leute, die da Fensterscheiben einwerfen und für Störungen der öffentlichen Ordnung verantwortlich sind. Ich will hoffen, dass du dich mit denen nicht abgibst, oder?«

»Ähm... nein, Mutti.«

»Jan-Karl, ist das nicht herrlich! Wir sind in Potsdam.«

»Ja, Mutti.« Isolde Karzmann und ihr Sohn Jan-Karl Karzmann steigen am S-Bahnhof Potsdam-Stadt aus und quetschen sich durch ein Gewühl von Wochenendausflüglern bis zur Straßenbahn. Anschließend fahren beide bis Schloss Charlottenhof. Jetzt stehen sie vor einer großen Tafel mit einer schematischen Ansicht der Parkanlage von Sanssouci.

»Darauf, Jan-Karl, freue ich mich schon seit Jahren! Das wird ein tolles Erlebnis für uns beide. Ich möchte alle Gebäude sehen, alle

Wege begehen und ausgiebig die Fauna begutachten.«

Leroy Terror ahnt nichts Gutes. Starr blickt er auf die Karte, die ihm schon in diesem Maßstab gigantisch vorkommt. Der Scheißpark ist voller Schlösser, Wege und Leute. Potsdam fand er schon immer blöd, und für die Prunkbauten feudalistischer Menschenschinder, die nur Krieg und Eroberung im Sinn hatten, bringt er weder Verständnis noch Interesse auf. Er weiß, dass die Absicht seiner Mutter Stunden in Anspruch nehmen wird. Sie ist Bauhistorikerin in Rente und interessiert sich in ihrer Freizeit für Botanik.

»Aber bevor wir uns in das Abenteuer wagen, Jan-Karl, wollen wir uns stärken. Es ist Mittagszeit.«

Seine Mutter schlägt den Weg zu einem nahe gelegenen Biergarten ein. Leroy Terror kriegt das Kotzen. Die Örtlichkeit wird von lauten Boxen mit Schlagermusik beschallt. Die Tischdecken sind rosafarben, und das kulinarische Angebot des Tages ist Eisbein mit Erbsenpürree. Alles Dinge, die der Superterrorist seit jeher verabscheut und die zum Teil dazu beigetragen haben, wogegen er heute ist und was er inzwischen nicht mehr isst.

Aber der Ruf seiner Mutter zwingt ihn zu folgen.

Mit einem Mal biegt ein Potsdamer Bullen-Bus um die Ecke und fährt seelenruhig vorbei. Leroy Terror bleibt stehen und folgt der gemächlichen Fahrt mit aufgerissenen Augen. Seine Gesichtszüge wandeln sich zu einer unmenschlichen Fratze, während seine Mutter an einem der Tische Platz nimmt. Leroy Terror muss ihnen etwas hinterher schmeißen, er kann einfach nicht anders. Er riskiert die gegenüber seiner Mutter aufgebaute Identität als anständiger Bürger mit Karrierechancen, der Recht und Ordnung achtet. Sein Blick geht zu Boden. Nirgendwo liegt ein Pflasterstein oder ähnlich Großes. Nach kurzem konzentrierten Blick entdeckt er einen Kieselstein. Er packt ihn eilig und schmeißt ihn in Richtung des sich entfernenden Autos. Der Stein prallt am Nummernschild ab. Mehr passiert nicht.

Die Polizisten haben ihn selbst weder erkannt, noch nehmen sie den Angriff auf ihr Gefährt wahr. In Brandenburg kennen mich die

Bullenschweine nicht oder sie können nicht glauben, dass ich heute hier bin, erkennt Leroy Terror und betritt mit gesenktem Kopf den Biergarten.

4

Der Vertreter des Polizeipräsidenten tritt auf einen der Menschen vor ihm zu. Es ist etwa 17.30 Uhr. Um 18 Uhr beginnt die offizielle Maidemo am Oranienplatz in Kreuzberg.

»Sind Sie hier verantwortlich?«, fragt Kommissar Rex.

»Kann man so sagen, Bullensau«, antwortet ihm ein langhaariger Angetrunkener, der eine schwarz-rote Antifaflagge unterm Arm trägt.

»Es gibt Gerüchte, die besagen, Leroy Terror wäre heute nicht zugegen. Wissen Sie da Genaueres?«

Die Miene des Revolutionärs verdüstert sich.

»Fick dich, Scheißbulle. Er wird noch rechtzeitig genug auftauchen, um dir in den Arsch zu treten. Dieses Jahr werden wir euch noch mehr fertig machen als letztes Jahr.«

»Jaja, ich verstehe.« Kommissar Rex macht deutlich, dass er der Drohung seines Gegenübers keinerlei Bedeutung zumisst. »Es ist wichtig, dass er anwesend ist, verstehen Sie? Die Motivation der Beamten hängt wesentlich von seinem Erscheinen ab. Euch paar lächerliche Vogelscheuchen weglaufen zu sehen, macht keinem von uns irgendwelchen Spaß. Wir brauchen einen richtigen Gegner, einen, der uns herausfordert, einen vom Kaliber eines Leroy Terror. Sehen Sie zu, dass er in einer halben Stunde hier ist. Habe ich mich klar ausgedrückt?«

Der Langhaarige tritt von einem Bein aufs andere. »Er wird schon rechtzeitig hier sein, um euch zu erledigen, glaub mir, Bullenschwein.«

5

»Junge, du willst doch bestimmt noch einen Nachtisch?”

»Ich bin satt, Mutti. Das Schweinesteak *Wiener Art* war köstlich, und die Bratkartoffeln stopfen ziemlich.«

»Keine Widerrede, Jan-Karl. Du weißt, dass es in unserer Familie Tradition ist, nach dem Mittagessen noch einen Nachtisch zu genießen. Der Erdbeereisbecher sieht toll aus. Du magst doch Erdbeereis, oder?«

Eine halbe Stunde später schleppt sich Leroy Terror im Schlepptau seiner Mutter in die Parkanlage. Seit Jahren hat er sich aufgrund seiner finanziellen Lage nur von Tiefkühlpizzen, Dönern und Billigschokolade ernährt. Jetzt hat er Nahrungsmittel zu sich genommen, die sein Magen kaum zu vertragen scheint. Er fühlt sich, als hätte er gekifft. Am liebsten würde er in den nächsten, gepflegten Busch kotzen, doch das würde ihm seine Mutter als Naturliebhaberin nicht verzeihen.

Die Wege durch die Parkanlage ziehen sich hin. Die Mutter von Jan-Karl Karzmann bleibt an jeder Statue, jedem exotischen Baum, jedem Brunnen stehen und erklärt ihrem wortkarg gewordenen Sohn, um was genau es sich handelt. Anfangs kommen ihnen noch wenige Ausflügler entgegen. Nach einer Stunde erreichen sie die Gebäudekomplexe um das Neue Palais herum. Dort drängen sich Fußgänger und Radfahrer aus aller Herren Länder. Japanische und amerikanische Touristen lassen sich vor den monumentalen Treppen ablichten. Leroy Terror handelt aus Vorsicht. Er schlägt den Kragen der Weste hoch, um nicht in die Linsen der Kameras zu geraten. Seiner Mutter gegenüber erklärt er, er könne sich auf andere Weise bei dem Wind keine Zigarette anzünden.

Eine geraume Weile später steht Leroy Terror vor dem Blickfang des ganzen Parks, dem Schloß Sanssouci. Sein vor wenigen Wochen begonnenes Lauftraining als Vorbereitung auf den Bewegungsmarathon am Kampftag bewahrt ihn vor Muskelschmerzen. Seine Mutter ist hin und weg von der Architektur des Schlosses. Er findet alles scheiße, vor allem die ganzen Touris und das ständige Anhalten und Schauen vor irgendwelchen Statuen mit halbnackten Göttern und adligem Gesocks. Sein Blick fällt auf die Uhr. Es ist 15.00 Uhr. Wenn alles gut geht, kann er es bis 18.00 Uhr zum Oranienplatz schaffen. Am S-Bahnhof hat er Plakate für die Demo kleben gesehen. Ein darüber geklebter Zettel teilte mit, dass ab 16.00 Uhr für die Potsdamer Sympathisanten Abfahrt ist. Für die Brandenburger Mitkämpfer wäre es sicherlich eine unglaubliche Motivation, so denkt Leroy Terror, wenn ich mit in die Eierpfeile einsteige. Die Kampfklamotten hat er im Rucksack mit dabei. Einige Sekunden lang träumt er davon, bevor ihn die Realität wieder unbarmherzig einholt.

»Junge, ich steige jetzt hoch zum Schloss und schaue es mir an. Danach die Grabstätte von Friedrich dem Großen. Du magst mich begleiten, oder nicht?«

Leroy Terror überlegt, was er sagen soll. Angesichts des monumentalen Treppenaufgangs wagt er den Aufstand vor der Mutter, wissend um die mütterliche Fürsorge ob einer erlogenen Sportverletzung. »Ich habe seit dem letzten Tennismatch Beschwerden am Knie, Mutti. Ich denke, es wäre besser, wenn ich hier unten bleibe und auf dich warte.« Gespannt beobachtet er ihre Reaktion. Sie nickt langsam, aber ihre Augen sprechen eine andere Sprache. »Na gut, Junge. Wenn du nicht möchtest.« Ihre Worte sinken wie Blei in das Schuldbewusstsein des Sohnes, als er mit ansehen muss, wie seine Mutter den beschwerlichen Treppenaufstieg beginnt. Die Zeit der Zweifel währt nur kurz. Gleich darauf dämmert der 1. Mai, die Bedeutung des Tages, sein Fernbleiben vom Geschehen und sein Hiersein in Potsdam in sein Gedächtnis. Wie kann ich von hier aus aktiv werden?, denkt sich Leroy Terror.

Nach kurzem Nachdenken beginnt er, vorsichtig in den Taschen der Weste zu wühlen. Eher unbewusst hatte er die Taschen mit Gegenständen gefüllt, die dem Erscheinungsbild eines karrierebewussten Außendienstleiters widersprechen. Gegenüber seiner Mutter hatte er die ausgebeulten Taschen mit Hinweisen auf übervolle

Portmonees, Handys und Terminplaner erklärt, die er immer bei sich führen müsse. Jetzt tastet er nach einem Molotow-Cocktail sowie drei Splitter-Handgranaten. Eine davon hätte er vorhin gegen den Potsdamer Bullen-Bus einsetzen können, doch eine Erklärung gegenüber seiner Mutter hätte er schuldig bleiben müssen. Er lässt die Gegenstände, wo sie sind. Ein paar von den Parkbesuchern zur Hölle zu schicken, bringt nicht viel.

Leroy Terror steckt in der Klemme. Seine Mutter eilt nun die Treppen hoch wie eine Furie. Sie ist besessen vom Anblick des Schlosses. Sein Blick fällt auf die entfernte Buschumfriedung, hinter der sich das Grab des alten Fritz befindet. Wenn es hier so etwas wie eine Abschussrampe gäbe, dann würde er den Sarkophag ausbuddeln, draufllegen und nach Kreuzberg schießen. Im Geiste sieht er schon die Schlagzeile: LEROY TERROR IN AKTION!! SARKOPHAG VOM ALTEN FRITZ ZERFETZT BULLENWANNE!!! Natürlich würde es in der realen Berichterstattung anders heißen: SCHEUßLICH! TERROR MISSBRAUCHT SARKOPHAG VOM ALTEN FRITZ ZUR MUTWILLIGEN BESCHÄDIGUNG EINES POLIZEI-EINSATZWAGENS. Ein Grinsen entlockt ihm die Vorstellung, dass Skelett des Preußenkönigs würde sich bei dem Aufprall aus dem Sarkophag lösen und in obszöner Stellung eine Polizistin anfallen.

Leroy Terror fühlt sich besser, als er sich in den Vorstellungen verliert und nicht daran denkt, wo er sich befindet. Er muss nach Berlin, sobald wie möglich. Alle brauchen ihn, die Antifa, die Polizei und die Presse.

Der Joint, den er in Abwesenheit seiner Mutter gebaut hat, verglimmt zwischen den Fingern.

6

Der Polizeibeamte Manfred Werners steht zusammen mit zwölf Kollegen am Alexanderplatz und achtet darauf, dass keine Demonstration entsteht. Er befindet sich nahe am Brunnen und wird Zeuge, wie das Feindbild Nr. 1 der Polizei von der S-Bahn kommend den Platz erreicht. Manfred Werners ist neu im Polizeidienst. Tagelang hat er nicht schlafen können, wach gehalten von den Erzählungen seiner Kameraden über die Untaten des Leroy Terror. Insgeheim hat er sich in die Vorstellung verstiegen, dem Terroristen heute Auge in Auge gegenüberzustehen und ihm mit dem Schlagstock eins überzubügeln. Jetzt sieht er einen ordentlich gekleideten Mittdreißiger, der Arm in Arm eine alte Frau führt, die sich staunend die Gebäude anschaut. Augenscheinlich besteht keine Gefahr für die Beamten, doch bei einem so heimtückischen Menschen wie Leroy Terror muss man auf alles gefasst sein. Er könnte ja überall sein, jede Maskerade annehmen, und sei es die eines ordentlich gekleideten Mittdreißigers, der eine alte Dame über den Alexanderplatz führt. Es ist 20.00 Uhr. Seit zwei Stunden herrscht Ausnahmezustand in Kreuzberg. Manfred Werners sprintet zum nächsten Einsatzwagen und löst Großalarm aus.

7

Die Nachricht über das Eintreffen von Leroy Terror erreicht Kreuzberg. Augenblicklich kehrt Stille ein. Die Demonstranten lassen die Pflastersteine fallen, die Knüppel der Einsatzbeamten stocken. Die Antifa steht der Übermacht der Polizei stumm gegenüber. Die Linken hoffen auf das baldige Erscheinen ihres Idols. Die Beamten auch. Die Pressevertreter machen sich bereit, zum Alexanderplatz aufzubrechen.

8

Auf Anordnung des Innensenators gibt die Einsatzleitung den Weg frei für 30 Mannschaftswagen, vier Wasserwerfer und zwei Spezialeinheiten. Die zwölf Kollegen am Alex sind nicht aufzuhalten. Mit aufgesetzten Helmen und griffbereitem Schlagstock stürmen sie Leroy Terror entgegen. Bei ihm angekommen, verteilen sie sich kreisförmig, umtänzeln ihn geradezu und begleiten den Weg des gebeugt laufenden Terroristen. Dabei murmeln sie Beschimpfungen, die ihren Feind dazu verleiten sollen, eine aggressive Handlung zu begehen, die ihnen wiederum das Recht gibt, ihn niederzuknüppeln.

Doch Leroy Terror lässt sich nicht aufstacheln. Der heutige Tag, mit stundenlangem Wandern durch den Park Sanssouci, mit der anschließenden Besichtigung von Potsdam, hat ihn mürbe gemacht. Nach Kreuzberg wird er es heute nicht mehr schaffen. Seiner Mutter hat der Tag offenbar keine Kräfte geraubt. Sie verwundert sich über den Kriegstanz der Polizisten.

»Jan-Karl, weißt du, was das soll? Was machen die da? Kennen die dich etwa? Hast du was ausgefressen, los antworte, Junge?«

Leroy Terror schüttelt den Kopf. Für diesen 1. Mai, für dieses Jahr ist ihm alles gleichgültig geworden.

»Die Sicherheitskräfte sehen in jedem heute eine Gefahr«, bringt er müde hervor. »Ignoriere sie einfach.«

Terror ist bald so weit, seine wahre Existenz offen zu legen. Nur der in seinen Augen peinliche Moment, in dem die Bullen erfahren, dass Leroy Terror eigentlich Jan-Karl Karzmann heißt, bewahrt ihn vor dem Outing. Alles, nur das nicht. Mutter und Sohn erreichen die Straßenbahnhaltestelle. Mittlerweile sind die angeforderten Einsatzkräfte angekommen. Der ganze Platz ist voller Polizisten, Wasserwerfern und Spezialeinheiten. Sie getrauen sich nicht, Leroy Terror festzusetzen. Er zeigt keinen Ansatz von staatsfeindlicher Aktivität. Die alte Frau neben ihm, so muss Kommissar Rex vermuten, ist seine Mutter. Das kann er kaum glauben, denn bislang war er davon überzeugt, dass ein Hurensohn wie Leroy Terror gar keine Mutter haben kann. Auf jeden Fall vermutet er in ihr eine weitaus größere kriminelle Energie als bei ihrem Sohn. Zwei vom gleichen Schlag bedeutet für die Polizeiführung Alarmstufe Rot. Der Innensenator berät sich mit dem Regierenden Bürgermeister. Der Senator schlägt vor, Leroy Terror dadurch zu terroristischen Aktionen zu bewegen, indem man seine Mutter beleidigt. Das lehnt der Regierende ab. Er sieht in der Anwesenheit der Mama einen resozialisierenden Effekt und ordnet an, den weiteren Weg von Terror im Auge zu behalten, aber nicht einzugreifen.

Der Sohn bringt die Mutter zum Hotel. Auf dem Weg werden sie von der Polizei begleitet. Die Tram ist bis auf die beiden leer. Passanten werden davon abgehalten, die Straßenbahn zu betreten. Isolde Karzmann bleibt misstrauisch. Nur mit Mühe gelingt es ihrem Sohn, die Bedenken auszuräumen. Zufrieden gibt sie sich erst mit dem Hinweis, er sei in der Firma ein wichtiger Manager, der Tag und Nacht beschützt werden müsse und besonders am 1. Mai.

Leroy Terror kehrt nach Hause zurück. Er schaltet den Fernseher ein. Die Bilder von brennenden Autos und eingeschlagenen Fensterscheiben lassen ihn traurig werden. Auf den Gesichtern von Demonstranten und Polizisten glaubt er eine traurige Miene zu erkennen, die nur mit seinem Fernbleiben zu tun haben kann. Die Aktionen beider Seiten wirken lustlos, gar gelangweilt.

Nächstes Jahr, so beschließt Leroy Terror, werde ich alles tun, damit Mutter nicht auf den Gedanken kommt, mich am 1. Mai in Berlin zu besuchen. Alles, selbst wenn das bedeutet, dass ich vorher zu ihr fahren werde.

Bis dahin, so versucht er sich zu trösten, habe ich genügend Zeit, mir neue Terroranschläge auszudenken. Es wird auf jeden Fall, so schwört sich der Terrorist, alles in den Schatten stellen.

Bevor er vor laufendem Fernseher einschläft, erinnert er sich nochmals an die Idee mit dem Sarkophag des Alten Fritz.

Nicht ausgeschlossen, so verlieren sich Leroy Terrors Gedanken, dass ich irgendwas mit dem nächstes Jahr wahr mache.

Die verpasste Chance

Heiko Werning

Eines Tages klingelte das Telefon. Eine alte Klassenkameradin hatte in Berlin zu tun und wollte bei mir übernachten. Sie war eindeutig die attraktivste, best aussehende, tollste Frau meines Jahrgangs gewesen. Klar kannst du bei mir übernachten, sagte ich, stieß einen Seufzer zum Himmel und wartete. Mir war klar, dass ich sie nie kriegen könnte.

Als sie ankam, atmete ich tief durch. Sie war noch umwerfender, als ich sie in Erinnerung hatte. Wir gingen abends in die Kneipe, und ich erkundigte mich ausgiebig nach dem Stand ihres Studiums und all diesem Zeug und tat so uninteressiert wie eben möglich an ihrem Körper. Junge, du hast keine Chance, mach dich nicht lächerlich, außerdem: Du akzeptierst sie in ihrer Persönlichkeit, du interessiert dich für sie als Mensch, was sie denkt, ihre Pläne, ihre Meinung, du nimmst sie gar nicht wahr, diese ... diese unglaublichen Brüste ... Es wurde ein mühsamer Abend.

Später bei mir bot ich ihr das Zimmer meines Mitbewohners an, der gerade verreist war. »Ach nee, ich bin ja hier, um dich zu besuchen, dann schlafe ich doch auch in deinem Zimmer.« Aha ... Cool bleiben. So sind sie eben heute, junge selbstbewusste Frauen. Die schlafen auch mal bei einem Freund im Zimmer, da muss man sich gar nichts bei denken. Ganz natürlich eben.

»Klar, ich habe noch eine Matratze«. Ich kramte sie hinter meinem Schrank hervor. Als ich mich umdrehte, hatte sie sich schon bis auf den Slip ausgezogen. Oh Gott, bloß nicht hingucken, tu so, als sei alles völlig normal, du spinnst, da ist doch gar nichts bei, klar, sie zieht sich halt aus, wenn sie ins Bett geht, und jetzt reckt sie sich noch ein wenig und bewegt sich so seltsam, ach was, das ist doch ganz natürlich. Wir leben doch schließlich Ende des 20.

Jahrhunderts, was soll da schon sein? Das ist ihr gutes Recht, dabei nicht gleich auf das Sexuelle reduziert zu weden. Also: bloß nicht hingucken! Ich kam mir ein bisschen vor, als würde ich jemand kennen lernen, der keine Arme und keine Beine hat, und ich würde ihm zur Begrüßung sagen: »Ach, Sie haben aber einen hübschen Pullover an.«

So selbstverständlich wie möglich reichte ich ihr Kissen und Schlafsack, bereitete alles, und fragte sie, ob sie noch etwas brauche. Sie kramte in ihrem Rucksack, zog eine Arzneimittelschachtel daraus hervor und sagte: »Ja, ein Glas Wasser wäre super, um die Zeit nehme ich immer meine Pille.« Sie drückte die Tablette aus dem Tablettchen, ließ sie auf ihrer Handfläche hin- und herrollen und schaute mich erwartungsvoll an. Ich holte Luft. »Ah ja, Wasser, na klar – dann hol ich mal was ...«

Fast hatte ich den Eindruck, sie blickte mich fassungslos an, als ich mich schnell an ihr vorbeidrückte. Als ich wiederkam, lag sie schon in ihrem Schlafsack. »Danke, ich hab sie schon so runtergeschluckt«, murmelte sie. Ich sagte: »Na dann, gute Nacht«, machte das Licht aus und legte mich in mein Bett.

Kein Auge tat ich zu in dieser Nacht und dachte die ganze Zeit konzentriert: Das ist alles total normal, sie will gar nichts von dir, du hättest nie eine Chance, sie ist einfach nur eine Klassenkameradin, die bei dir übernachtet, – okay, nicht im Gästezimmer – und sie präsentiert dir ihren Busen – und sie steht nackt vor dir – und sie schluckt demonstrativ ihre Pille ... Ich Idiot.

Als es morgens wieder hell wurde, döste ich erschöpft und zermürbt doch noch ein, und als ich mittags erwachte, war sie schon verschwunden, ohne Abschiedsgruß. Nur die Pillen-Verpackung hatte sie auf ihr Kopfkissen gelegt. Ich habe sie nie wieder gesehen. Unlängst hörte ich von einem Freund, sie lebe jetzt in Süddeutschland, sei verheiratet und habe zwei Kinder.

Es sind solche Erlebnisse, die einen zum Melancholiker werden lassen.

Ich hasse Weihnachtsmärkte

Nils Heinrich

Sonntagnachmittag, ich liege schön im Bett und riskiere einen Blick in Richtung Fenster. Oh Ungemach, ojemine, verfluchter Mist: Die Sonne scheint! Die Sonne, die gelbe Sau, sie scheint! Frech und fröhlich guckt sie in mein Zimmer rein, als wolle sie sagen: »Hallooooooooo! Es ist Sonntag! Mein Tag!! Ich bin sooo fröhlich heute!! Sooo frööööhlich! Warum bin ich so fröhlich??? Weil heute mein Tag ist, mein Namenstag! Sonntag! Ich bin voller Energie! Los, steh auf, lass uns was machen!!«

Verdammte Sonne! Kann dieser blöde Tag nicht genauso traumhaft grau sein wie Samstag, Freitag und Donnerstag? Muss heute unbedingt die Sonne scheinen? Weiß sie denn nicht, dass der Sonntag vom Deutschen Gewerkschaftsbund erfunden wurde, damit die Menschen den ganzen Tag entspannt an der Matratze horchen können? Nein, weiß sie nicht.

Die Sonne will, dass man rauskommt, zum Spielen oder so. Und Andrea will das auch, Andrea, meine alte Bekannte, die jetzt am Telefon ist. Sie will auf den Weihnachtsmarkt! Am liebsten auch noch auf den auf dem Gendarmenmarkt. Der soll ja soooo schön sein.

Ach bööah, ach nee, ach Mann!!! Na gut.

Kurze Zeit später laufe ich in Richtung U-Bahn durch unseren Wedding, an Schaufenstern vorbei, die es hier mit vier verschiedenen Aufschriften gibt. Sorte eins: »Ladenlokal zu vermieten«. Sorte zwei: »Räumungsverkauf wegen Geschäftsaufgabe«. Sorte drei: *Schlecker*. Und an Sorte vier steht: »Frohes Fest!« Jedes vierte Schaufenster wünscht »Frohes Fest!« Auch der *Leder- und Indianerbedarf* in der Seestraße wünscht »Frohes Fest«, das *Dänische Bettenlager* wünscht »Fröhes Fäst«, und sogar die Spezialisten im Unter-die-Erde-bringen, das Bestattungshaus *Ahorn und Grieneisen*, wünschen

»Frohe Weihnachten«. Die machen das bestimmt nicht ohne Hintergedanken, die wissen doch am besten, dass zu Weihnachten die Selbstmordrate in die Höhe schießt und sie, kurz bevor das Jahr den Abgang macht, noch mal ordentlich Erde und Geld schaufeln. *Ahorn und Grieneisen* sollten besser »Bis die Tage!« an ihr Fenster schreiben.

Ich kriege eine U-Bahn, die an diesem Sonntagnachmittag voller besetzt ist als wochentags zur Feierabendzeit. Viele Menschen scheinen Bekannte vom Schlage Andreas zu haben oder zu sein. Dann sind wir auf dem Gendarmenmarkt: Der Weihnachtsmarkt dort ist in der guten alten Tradition des antifaschistischen Schutzwalls abgeschottet. Ein Schutzwall in der Farbe Rot schützt das besinnliche Innenleben vor unbefugten Blicken, von außen ähnelt das eingemauerte Areal dem *Big-Brother*-Container. Drei Eingänge hat der Gendarmenweihnachtsmarkt, und vor jedem Eingang steht eine mindestens 150 Meter lange leninmausoleumartige Schlange aus reichen Blödianen, denen es nichts ausmacht, bei minus drei Grad rund 40 Minuten schockzufrosten, damit sie endlich voller Freude einen Euro Eintritt für einen Weihnachtsmarkt entrichten dürfen, auf dem sie Bratwürste für zehn Euro futtern und Glühwein für 20 Euro schlürfen und die langsam aufsteigende Sackkälte Kontrolle über den Körper erlangen lassen.

Nicht mein Fall: zu teuer, zu kalt, zu voll, zu weihnachtlich.

Andrea will sich anstellen. Ich schnauze sie an, dass sie das bleiben lassen soll.

Ich will weg hier. Ich setze meinen Willen durch.

Anderer Weihnachtsmarkt. Alexanderplatz. Während die Behämmerten den Gendarmenmarkt für sich haben, ist hier das Revier derer, denen in den Kopf geschissen wurde. Der debile Bodensatz der Ostberliner Insassen säuft Kopfschmerz mit Schuss und kauft und mampft Crêpes. Crêpe, das ist die moderne Plage eines jeden betonierten Platzes, auf dem Buden stehen. Crêpes werden aus Zeugs gemacht, das nach Babykotze aussieht. Crêpes haben was Paradoxes. Würde Gott dich fragen: »Willst Du Krebs?«, dann würdest du natürlich dankend ablehnen. Fragt dich einer auf dem Weihnachtsmarkt: »Willst du Crêpes?«, kannst du nicht laut genug »Ja!« schreien. »Jaa, ich will Crêpes, am liebsten mit Nutella!!«

Crêpes mit Nutella würde ich umbenennen in Süßer Tod.

Neben Crêpes gibt's Herzverfettung, hier Schmalzkuchen genannt. Kleine Brocken mit Puderzucker obendrauf. Die Brocken schmecken so, als wären sie aus dem ehemaligen SED-Zentralorgan *Neues Deutschland* zusammengeknüllt und hätten das alte Fett aus einem ukrainischen Waffeleisen gesaugt. Wer sowas isst, hat nichts mehr zu verlieren. Der über den so genannten Schmalzkuchen neuschneeartig aufgeschüttete Puderzucker ist dafür da, dass ich mir damit die Jacke einsaue. Ich sehe aus, als hätte mich die Bergrettung gerade aus einer Schneelawine rausgezogen. Andrea leckt an meiner Jacke und sagt, ich sei süß.

Dann gibt's Grünkohl mit Pinkel und extrascharfem Senf. Der Grünkohl sieht zwar aus, als hätte ein Hund einen Adventskranz ausgekackt, ist aber lecker, lecker, lecker. Am Nebentisch diskutieren zwei Plattenbaubewohner, ob es »Adventskranz« oder »Adsventskranz« heißt. Dabei spucken sie Grünkohl in den späten Nachmittag, jeder, der vorbeiläuft, kriegt was davon ab. An meiner Jacke bleiben die Grünkohlbröckchen zum Glück nicht kleben, dafür sorgt die Panade aus Puderzucker. Meine Laune ähnelt der eines Amokläufers, der gerade feststellt, dass alle seine Waffen Ladehemmung haben.

Wir laufen an der Eisbahn vorbei, und hier wird es richtig gefährlich, darum laufen wir sehr schnell: Aus den großen Lautsprecherboxen, die einst SED-Parteitage im Palast der Republik beschallten, tönt es blechern und antiweihnachtlich: »Wir woll'n die Eisbärn seh'n, ohohohoho!« Es sind die untotesten Ostdeutschen, die es gibt, die *Puhdys*, die hier kasernenhofmäßig rumschnarren. Ja, auch davor sind damals viele über Ungarn in die *Puhdys*-freie Zone zwischen Garmisch und Flensburg geflohen. Was den Ärmsten aber nichts genutzt hat. Denn die *Puhdys* sind wie der Antisemitismus. Sie werden immer da sein.

Zum 50. Mal tritt mir jemand auf die Füße, diesmal isses ein Weihnachtsmann. Tut zwar nicht weh, denn die Füße sind komplett vereist, aber meine Schuhe ähneln jetzt in Farbe und Schmutzbehaftung einem Fußabtreter. Sie sind ebenso hin wie meine Laune. Ich habe böse Gedanken, in denen ich mir ausmale, wie ich den Weihnachtsmann besinnlich foltere, seinen Bart in Schmalz frittiere, ihm extrascharfen Senf in die Nasenlöcher schmiere, seine Augen wie Weihnachtsplätzchen aussteche, mit rotem Zuckerguss kandiere und ihm die Dinger wieder einsetze, nachdem ich ihm eine rotierende Weihnachtspyramide verkehrt herum in die Fontanelle gerammt habe. Dazu lasse ich André Rieu rückwärts laufen, sodass der Weihnachtskarpfen, der in seinem Hintern steckt, Walzer tanzt! Ich hasse Weihnachtsmärkte!

Rixdorfer Weihnachtsmarkt

Frank Sorge

Als ich mal wieder Geld brauchte.

Die türkischen Jungs hielten direkt auf mich und meinen Marktstand zu. Es war zwölf Uhr mittags, ich hatte meinen Stand gerade aufgebaut und erst einen Glühwein getrunken.

Ich verkaufte das Schlimmste, was man auf einem Weihnachtsmarkt verkaufen kann, ausgenommen Glühwein und selbst gestrickte Engelspuppen mit Schlaufe im Schädel. Ich verkaufte neudeutsch: Leuchtartikel, altdeutsch: Tinnef. Zeug, was kein Mensch braucht und für das nie jemand Geld für ausgeben sollte.

Ich verkaufte Glasfaserlampen, blinkende Weihnachtsmannmützen, Blitzerdiodenketten zum Umhängen, rot puckernde Herzen zum Anpinnen, *Sailor-Moon*-Zauberstäbe und Herzen, Sterne, Monde, Delfine aus Plastikgranulat mit einer Glühbirne drin. Ich verkaufte Haarreifen mit Elchgeweih, die gerne dem Freund oder Mann auf den Kopf gedrückt werden, damit er blöd wie ein Elch aussieht. Alles leuchtet und wird mit billigen Batterien betrieben. Es gab viele Gründe, warum ich das gemacht habe. Mit den Artikeln selbst hatten sie alle nichts zu tun. Oder nur indem ich sie *trotzdem* verkaufte.

Der Richardplatz ist das alte Herz Berlin-Neuköllns. Der Dorfkern eines mit 300.000 Menschen bewohnten Berliner Mietskasernenmolochs aus Hinter- und Gewerbehöfen, Ofenheizungen, Eckkneipen, wie Ufos gelandeten Sozialneubausiedlungen, Dönerimbissen und dem längeren Ende der Sonnenallee. Meiner Heimat.

Die türkischen Jugendlichen traten schubsend an meine Auslage. Sie kommen gewöhnlich in Grüppchen und sie kommen immer wieder. Sie wollen nie etwas kaufen, natürlich nicht – so wenig wie ich selbst würde. Sie wollen einfach nur Stress machen, Aufmerksamkeit und vielleicht was klauen, wenn sich die Gelegenheit ergibt. Sie grabbeln alles an, stecken sich Blinklichter in die Nase, sie pöbeln andere Kunden an, verschrecken Omas mit Enkeln und intolerante Altneuköllner. Sie sind die Ersten am Stand und die Letzten. Einmal angefangen, hören sie nicht auf. Sie nerven.

Es war zwölf Uhr mittags und ich nippte am zweiten Glühwein. Die Jugendlichen drängelten, fingerten, grabschten und versuchten, Gelegenheiten zu erzeugen, irgendwas in die Tasche zu stecken.

»Ey Verkäufer«, sagte der Wortführer, er war höchstens 13, »isch kenn disch vom letzten Jahr!«

Und wirklich, ich erkannte ihn auch.

»Hey, ich kenne dich auch«, sagte ich, »du hast mich eine Stunde lang genervt, letztes Jahr, bis ich dir hier so einen Blinker geschenkt habe.«

»Ja hastdu«, sagte er, »war voll korrekt, aber da war isch ja noch klein, Mann. Ist doch voll der Scheiß hier. Ist doch für Kinder, Mann!«

»Und warum seid ihr dann hier?«

Er starrte mich an, gab seinen Kumpels ein Zeichen, sie kramten ein, zwei Kleinartikel aus den Taschen und legten sie wieder zurück.

»Ey, der ist korrekt, Leute, lasst uns weiter gehn, ist doch Kinderkram.«

Er zwinkerte mir zu, wir machten eine lässige Handshakeaction und sie zogen ab. Mein Chef kam von hinten heran und legte mir eine Hand auf die Schulter. »Souverän!«, sagte er.

»Der Trick ist, du musst sie mögen. Irgendwie.«

»Ich hab uns noch Glühwein mitgebracht, ist ja arschkalt hier!«

Ich kippte den ausgekühlten Zweiten, den ich noch in der Hand hatte, und nahm dankend den Dritten entgegen. 12.30 Uhr.

Zu dieser Zeit wurden die Buden noch dekoriert und kaum ein normaler Mensch besuchte den Markt. Der Wind pfiff durch ein Häusernadelöhr von der Karl-Marx-Straße auf den Richardplatz und riss ein paar Stände um.

»Das wird ein Scheißtag!«, sagte ich zu meinem Chef.

Er lächelte wissend, und zwei Plastikbecher stießen klackernd aufeinander.

Der Dönerimbiss gegenüber öffnete gerade, und das Fleisch hing noch braun und gegrillt von gestern da. Zwei Kiezsäufer, die er gestern Abend mit eingeschlossen haben musste, so unmittelbar waren sie da, standen am Glastresen und orderten Bierdosen und kleine Flaschen Korn. Der Verkäufer stellte den Grill an und schnitt die alte Kruste runter. Er hat sie später untergemischt.

Dann endlich kam Achim. Achim verkaufte den gleichen Scheiß wie wir, war also Leidensgenosse. Im Gegensatz zu uns lebte er irgendwie davon, plus Sozialhilfe, nehme ich an, und eigentlich verkaufte er seit zwanzig Jahren Schnürsenkel und Pflaster vor dem Postamt Neukölln. Er war ein wankendes Wrack, kuriose Ideen glommen in den verquollenen Augen, und ich war der Junge, bei dem er in Rixdorf beim Weihnachtsmarkt immer Zigaretten schnorrte.

»Hey Junge«, wir schüttelten Hände, er wühlte ein paar Cent aus der Hose. »Hast du vielleicht, ich bin noch nicht dazu gekommen, eigentlich rauche ich kaum, aber hast du vielleicht so einen Lungentorpedo für mich?«

»Na klar.« Ich schüttelte die Schachtel und lehnte sein Geld ab.

»Es ist verdammt kalt und glatt hier«, sagte er, und mein Chef ging los, um Glühwein nachzuschaffen. »Aber ich hab jetzt so Schneeketten unter den Schuhen, so Dornen, weißt du?«

Er hob einen schweren Schuh und tatsächlich, unter der Sohle hatte er eine Art Schneekette angelegt.

»Da fall ich nicht mehr hin, ist total sauber!«

Da wehte auch schon der charakteristische Geruch zu mir hoch. Ich sah genauer hin und betrachtete die Hundescheiße, die er sich in die Schneeketten gelaufen hatte. Er hatte sie nicht bemerkt und fummelte weiter mit der Hand an seinem Schuh rum.

»Die gibt's bei, oh Mann, hab ich vergessen.« Jetzt rieb er sich die laufende Nase. »Solltest du dir auch holen!«

Seine Zigarette war so schnell weggezogen, dass er sie mutmaßlich erst in der Lunge richtig zu Ende rauchte.

»Hast du vielleicht noch so'n Sargnagel?«

»Na klar.« Ich reichte ihm eine einzelne Zigarette, damit er nicht meine Schachtel anpackte.

Seine Hände waren rau, braun, dunkel und ledrig. Ob Scheiße dran klebte, sah ich nicht, die Kälte hatte meine feineren Geruchsortungen betäubt.

»Danke, danke!«, sagte er und gab mir die Hand, »man sieht sich.«

Dann verschwand er im Budengetümmel, und ein Grüppchen türkischer Jugendlicher heftete sich – nicht zu dicht – an seine Fersen. Ich wusste, Achim hatte immer eine Pistole bei sich.

»Wenn mir mal so'n Schlitzauge doof kommt, auf'm Alexanderplatz«, meinte er einmal zu mir, »die Schlitzies machen da richtig Preiskampf, Mütze für Zwei Fuffzig und so, und ich steh dann da und die pissen mich an. Aber ich hab alle Unterlagen dabei, wenn die Polizei kommt.«

Dann hatte er einen Packen Papier hervorgezogen, wo noch die Wurststulle rausguckte, aber er hatte alles: Gewerbeschein, Ausweis, Ausnahmegenehmigung. »Da ist so ne Schnecke im Amt, die kann mich ganz gut leiden.« Er hatte mit der Zunge geschnalzt, gezwinkert und noch eine Zigarette geschlaucht.

Mein Chef kam jetzt mit neuem Glühwein, auch für Achim, der nicht mehr zu sehen war. Wir teilten den dritten Becher auf und tranken weiter. 13 Uhr und noch kein einziger Kunde.

Um 15 Uhr kamen dann endlich Engelchen und Schneckchen. Ich kuschelte mich an Engelchens Schulter und küsste ihren warmen Hals. Wir kannten uns schon länger. Schneckchen schaute eifersüchtig.

»Holst du uns Glühwein?«

»Na klar.«

Jetzt lief die Vorbereitung zur »Showtime«. In anderthalb Stunden würde es dunkel werden, und die Motten strömten zum Licht.

Dann machten wir das große Geschäft mit neudeutsch: Leuchtartikeln, aber ich änderte mein Vokabular zu: Leutscheiß. Wir räumten neue Kisten aus, und die Mädchen dekorierten den Stand um. Zwei Stunden später bekam ich heftig Schlagseite von einem Glühwein, der zur Hälfte mit eingeweichten Rosinen voll war, die ich wie glibberige Austern runterschluckte. Köstlich!

Der Weihnachtsmarkt hatte sich gefüllt. Familien, Stressmachergrüppchen, Säufer, Studenten und das technische Hilfswerk drängelten sich an den Waffelständen, verköstigten Glühwein, machten Stress oder regelten die Stromzufuhr. Selbstgestrickte Engelspuppen mit Schlaufen im Schädel wechselten die Besitzer. Der Richardplatz war zu einem Meer aus Lichtern geworden, in dem sich flottenweise Privatjachten, Fischkutter, Fähren, Windjammer und Neuköllner Binnenfrachter durch kanalisierte Buchten quälten. Wir waren eine gut sichtbare Leuchtboje. Kinder und Besoffene scharten sich um uns und wollten Geld loslassen.

Zur Information: Irgendwo in China – Schneckchen beharrte darauf, dass auch *H&M* mit chinesischen Asylanten auf großen Frachtern in internationalen Gewässern produziert –, irgendwo im asiatischen Raum also, hatte jemand Glasfasern in ein billiges Batteriefach gesteckt, klebte einen Schalter dran, es kam in eine Kiste, über Zwischenhändler zu meinem Chef, an unseren Stand, und ich stand jetzt da, steckte zwei Pfennigbatterien in die Hülse und stritt mich mit Neuköllner Kunden, ob sie jetzt 6 oder 5 Euro dafür ausgeben wollten.

Ich weiß, dass ich grob unverantwortlich gehandelt habe, aber es gab viele Gründe. Nicht der Geringste war, ich brauchte selbst Geld, um Weihnachtsgeschenke zu bezahlen, die auch, Schneckchen kannte sich aus oder hatte eine blühende Fantasie, auf irgendwelchen Frachtern im Ozean produziert wurden, garantiert von Chinesen. So billig, dass ich mich fragte, warum man nicht gleich die Chinesen kauft und zu Hause einlagert.

Der Wind messnerte uns die Fußnägel ab, und auch die schwulen Neuköllner kauften die Leuchtsternschnuppen nur, weil sie auch schon betrunken waren, und ganz plötzlich war es so weit: Ich hatte die Arbeit satt! Ganz abgesehen davon, dass ich schon mehr als einen Liter Glühwein gekippt hatte und das Fest noch vier Stunden laufen würde. Wollte ich nicht eigentlich Geschichten schreiben?

Und insbesondere würde ich keine Leuchtartikel mehr verkaufen, beschloss ich, Geld ist nicht alles, und dann noch die Sache mit den Chinesen. Oder wenn doch, dann nur, um Schneckchen da rauszuholen, die den Leiden des jungen Sorge noch eine schillernde Verwirrung hinzuzufügen drohte. Und war nicht ohne sie schon alles verwirrend genug?

Aus Hunger und Verzweiflung entschuldigte ich mich, betrat den Imbiss gegenüber, orderte Bier, Korn und Döner. Schneckchen sah traurig zu mir herüber, aber ich schaute weg.

Nach dem Döner war mir richtig übel, da half auch der Korn nicht mehr, aber zum Glück lief der Stand auch ohne mich. Mein Chef war glücklich, hatte Händlerglanz in den Augen, ich konnte lässig dabei stehen und mir einen Glühwein mit Schuss ausgeben lassen. Plötzlich allerdings signalisierte meine Blase, dass sie im Imbiss getaut war.

»Ich muss mal!«, sagte ich und stakste los. Ich hatte einen Weihnachtsmannmantel um, einen roten Fetzen, trug weiße Ohrenschützer, die blinkten, und ein Elchgeweih auf dem Kopf. Selbst die abgebrühtesten Neuköllner zeigten mit dem Finger auf mich und machten sich lustig.

Dixie-Klos bei Minusgraden sind das Grauen, aber ich hatte keine Wahl. Ich fand eine freie Plastikhütte und das Pinkelbecken. Während der Dixie-Innenraum von mir bunt beleuchtet wurde und die Hütte von außen wie ein gigantischer, blinkender Artikel aus Plastikgranulat zur Schau gestellt war, schiffte ich den ganzen verdammten Liter Glühwein in das Pinkelbecken an der Seite. Es hatte einen direkten Zulauf zum Hauptklo und dem Tank darunter, und ich bemerkte erst jetzt, dass der Scheißtank schon fast überlief. Es schwabberte schon unter der Klobrille durch, der verdammte Tank war voll, und meine Blase konnte ihr Ventil nicht schließen. Jeder

Schwall, den ich in das Becken gab, lief sofort seitlich von mir aus der Kloschüssel heraus und pladderte auf den Boden. Das Gemisch aus Chemie, Urin und Scheißeklumpen floss über den Dixie-Boden und umspülte meine Schuhe. Ich musste sofort raus hier, dachte ich, nur raus hier, aber meine Blase war nicht aufzuhalten. Dann endlich stürzte ich aus dem Klo, meine nassen Sohlen fanden keinen Halt und ich rutschte über das Kopfsteinpflaster und legte mich lang. Hinter mir floss die Brühe aus der Kabine, eine schwielige braune Hand wurde mir gereicht, und Achim zog mich hoch.

»Siehst du!«, sagte er. »Brauchst auch so Schneeketten unter den Schuhen.« Er hob erneut seine Sohle, wo immer noch Hundescheiße in der Kette klebte.

»Hast du noch so'n Lungentorpedo für mich?«

Ich konnte wieder stehen, rauchte und ging mit Achim zurück. Mein Chef hatte Glühwein organisiert und teilte aus. Ich schluckte ein paar Rosinen und plötzlich fiel alles zusammen, die Gropiuslerchen sangen »Jingle Bells« von der Bühne, und ich knallte zurück auf das Kopfsteinpflaster.

Engelchen und Schneckchen versuchten, mich hoch zu ziehen, mein Chef wusste nicht, wohin mit dem Glühwein, und Achim reichte mir seine Hand. Mir wurde schwarz vor Augen. Es war vorbei. Die letzten drei Sätze der »Leiden des jungen Sorge« erklangen: Man fürchtete um Schneckchens Leben. Leute vom THW trugen ihn, kein Weihnachtsmann hat ihn begleitet.

Irgendwer hatte mich in meinem Mantel und dem Elchgeweih im Urban-Krankenhaus auf ein Bett gewuchtet und schlafen lassen.

Und ich sah ein Licht am Ende der Unfallklinik, ein Heer engelhafter Krankenschwestern mit Spitzen-BHs unter aufgeknöpften Kitteln. Sie hatten blinkende Elchgeweihe auf den Köpfen, und dann war da der Gott in Weiß. Er hielt Nadel und Faden und tat sein blutiges Handwerk.

Das Licht am Ende des Tunnels blinkte dumpf und verblasste. Chinesen hatten es hergestellt, und die Batterien waren sehr billig.

YOUgend

Volker Surmann

Ich befinde mich auf der *YOU*, der größten Jugendmesse Europas.

Ein befreundeter Kollege von mir macht dort in Messe-Moderation. Ich besuche ihn, und da ich das Trauma meines 30-jährigen Geburtstags (geschweige denn das vom 31.) noch immer nicht verwunden habe, überlege ich, wenn ich schon mal da bin, mir gleich noch etwas Jugend zu besorgen. Was sollte es auf einer Jugendmesse anderes geben? Auf Buchmessen gibt's Bücher, auf Computermessen Computer und hier also Jugend – und davon kann man ja nicht genug haben. Schließlich ist man nur einmal jung. Und wenn man nicht mehr jung ist, heißt es, ist man so jung, wie man sich fühlt. Später ist man dann so jung, wie man sich macht. Am Ende so jung, wie man sich machen lässt.

Rund 80.000 Jugendliche zwischen 12 und 20 schieben sich durch die Berliner Messehallen. Ich bin beeindruckt, denn schließlich heißt es immer, die Jugend stirbt aus, die Geburtenraten sinken, die Ossis vögeln zu wenig usw. Aber offensichtlich ist es gelungen, für diese Messe noch ein paar Jugendliche zu klonen, und viele sehen auch so aus.

Ich bin der einzige Mensch jenseits der 25. Ich komme mir dadurch irgendwie pädophil vor, fühle mich entsetzlich alt. Deshalb suche ich nach Ständen, wo ich günstig Jugend kriege. Doch überall gibt's nur viel Licht oder viel Lärm oder viel beides. Papier gibt's auch viel, das scheint aber nicht so gut zu gehen, weshalb der Fußboden knistert wie ein Herbstwald, während man durch bunte Blätter watet.

Den ersten Schnee gibt's auch schon. *Nokia* hat eine Indoor-Schneepiste aus Finnland angekarrt. Wieso eine Firma, die Mobiltelefone baut, Snowboarding anbietet, verstehe ich nicht. Vielleicht hat es etwas mit Lawinen zu tun. »Beim Skifahren verschüttet? Kein Problem! *Nokia* garantiert Empfang auch in acht Metern Tiefe. Schick all deinen Freunden eine letzte SMS!«

Früher nannte man Veranstaltungen wie die *YOU* schlicht Kirmes, Rummel oder Jahrmarkt.

Die BKK verführt an ihrem Stand Kinder und Jugendliche zum Trampolinspringen in luftiger Höhe, also einer gefährlichen Trendsportart, die sie bald nicht mehr versichern wird.

Die Berliner Polizei schreibt an ihrem Stand allen Ernstes einen Wettbewerb für junge Graffitti-Sprayer aus. Das nennt man wohl Jobsicherung. Oder man will graphologische Vergleichsproben sammeln, um illegale Sprayer dingfest zu machen. Das denken offensichtlich auch die Kids, die um diesen Stand allesamt einen auffällig großen Bogen machen.

Mein Kollege moderiert am kleinsten Stand in Halle 25, und seine Stimme muss gegen *Kiss-FM*, den *Nokia*-Snowboard-Metal, den Autoscooter-Kirmestechno von nebenan und den schmierigen Moderator von *Reno*-Schuhen ankämpfen, der gerade Luftballons aufpustet und ein paar 12-jährige Mädchen öffentlich fragt, wie gut sie sich denn schon im Blasen auskennen würden. Das ist Pädagogik im Event-Zeitalter.

Nebenan erhält man am Stand der Firma *Light Attack* Lichtattacken zum Nulltarif, und ich bin beeindruckt, mit welcher Coolness einige fotosensible Teenager ihre ersten epileptischen Anfälle wegstecken.

Aus der Nachbarhalle kreischen plötzlich Tausende junger Mädchen. Dort gibt's ein paar fette Portionen Lärm im Sonderangebot. Und tatsächlich: Auf der *VIVA-BamS*-Bühne nörgelt PR Kantate gerade »Görli, görli«.

Besonders begeistert bin ich jedoch von dem riesigen Skate-Areal in Halle 23. Fette Hiphop-Sounds dröhnen aus allen Lautsprechern, ein heiserer Moderator kommentiert ganz lässig die coolen Kunststücke der jungen Inline-Skater, die Rampen hoch-, runter- und überfliegen, Kunstsaltos drehen und aus mir unerfindlichen Gründen mit überkreuzten Füßen und runden Rollen drunter gleichfalls runde Treppengeländer herunterrollen, was entgegen allen physikalischen Gesetzen erstaunlich oft funktioniert. Ich zittere mit den tollkühnen Jungs mit, denn ich weiß: Die müssen demnächst meine Rente erwirtschaften. Und das möglichst ohne Schwerbehindertenausweis.

Manche der Kids tragen Helme und sehen, je kleiner sie selbst sind, damit reichlich uncool aus und wirken etwa so souverän wie Lord Helmchen in *Spaceballs*. Richtig coole Skater fahren hingegen mit bloßem Oberkörper.

Ich ertappe mich dabei, wie ich nun eine halbe Stunde an der Bande des Skater-Paradieses stehe, um den Jungs auf die knietiefergelegten Baggys zu starren mit der Frage im Kopf, wann sie die bei ihren waghalsigen Manövern und Kunststürzen endlich mal verlieren, was aber – wieder entgegen allen physikalischen Gesetzen – erstaunlich selten geschieht. Insgeheim tippe ich auf Heftzwecken.

Ein Skater tut mir dann doch den Gefallen. Mit Anlauf schießt er die Rampe hinauf, wagt einen Überschlag, bei dem sich seine Baggy löst und der Fliehkraft gehorchend von seinem Becken entfernt, während er selbst in Boxershorts mit Mickymausmotiv über das Publikum hinwegschießt, einige voll abgedrehte Trapezkunststücke an den Hängelampen unter der Decke vollführt, kurz aus der Halle fliegt und auf einem drüben von der Indoor-Schneepiste aus Halle 25 gekaperten Snowboard mit an Lichtgeschwindigkeit grenzendem Tempo zurück zum Skate-Areal flitzt, um nach einem mehrfach elegant geschraubten Salto zeitgleich mit seiner Hose wieder den Erdboden zu erreichen und während der Landung geschickt in sie hineinzuschlüpfen und sich hernach, lässig auf einer Zigarette im Mundwinkel herumkauend, ausrollen zu lassen. Tosender Applaus brandet auf. Halle und heiserer Moderator sind komplett aus dem Häuschen: »Cool, ein fett doppelter Flicflac mit dreifach geschütteltem Rittberger und astreiner Übersprunghandluuuung!!!«

Manchmal schlagen die physikalischen Gesetzmäßigkeiten allerdings doch zu, und der ein oder andere Skaterboy legt sich volle

Fresse auf dieselbe und zerspringt in tausend Einzelteile. Balljungengleich kommen sofort gangsta-rappende Knochenfeger angerannt, binden die Baggy-Jeans des Unfallopfers an den Fußenden zu und tragen die Beutelhosenbeutel raus zur Biomülltonne. Noch bevor sie die ausgeschlagen Zähne zusammenkehren können, werden diese von einigen hartgesottenen Fans aufgesammelt, um daraus am Piercingstand in Halle 25 individuelle Schmuckstücke schmieden zu lassen. Auch mir fliegt ein juveniler Schneidezahn direkt vor die Füße. Ich hebe ihn auf und stecke ihn ein. – Nun habe ich auf der Jugendmesse *YOU* doch noch ein Stückchen Jugend gefunden.

Die Kneipe der einsamen Superhelden

Nils Heinrich

Es fing an wie immer, aber es hörte anders auf als sonst. Ich hatte mich bei meiner Freundin verabschiedet, wie immer mit den Worten »Ich geh dann mal.« Und dann ging ich mal – auf Arbeit. Ich bin Schriftsteller, naja, ich bilde mir ein, Schriftsteller zu sein, und meine Arbeit besteht darin, mit einer Baskenmütze auf dem Kopf im *Katerstübchen* unten im Haus zu sitzen, die Leute dort drin zu beobachten und das, was ich sehe und höre, aufzuschreiben. Im *Katerstübchen* kann ich das schon ab acht Uhr morgens machen.

An jenem Morgen waren nur Sigrid (75), Heinz (63) und Erwin (66) da, sie saßen zusammen an Tisch drei. Die drei sympathischen Mehlhauben pflegten Konversation miteinander. Sigrid sagte zu Heinz: »Wat bist du denn jetz eigentlich? Ein Ersatzteillager oder ein Schrottplatz? Oben nischt, unten nischt und innen dit meiste aus zweiter Hand. Mensch, mach doch mal beim Grinsen den Mund zu, da kann man sich wenigstens einbilden, du hättest noch Zähne.« Erwin nahm Heinz mit einem leidenschaftlichen »Ach ja« in Schutz, daraufhin hoben sie alle ihre Molle, stießen die Gläser aneinander und passten beim Trinken auf, dass sich das Bier nicht zu lange in der Mundhöhle aufhielt, sonst würde dort die die Haftcreme weich, und zumindest Heinz wusste, wie es ist, etwas zu verschlucken, was dabei zubeißt.

Plötzlich betrat ein Fremder die Kneipe. Aus dem draußen wild rumgleißenden Sonnenlicht tauchte er ein in die Schummerigkeit unserer Zwischenwelt, deren Durchmischung mit jeglichem Fremden eigentlich durch das permanent im Kneipenfenster hängende Schild »Geschlossene Gesellschaft« verhindert werden sollte. War es vorher schon nicht gerade laut im *Katerstübchen*, so wurde es jetzt richtig leise. Sogar die elektrische Bierkühlung unterbrach ihre Arbeit, um neugierig zu horchen, was da los war. Und die Fliegen, die dafür sorgten, dass Heinz ab und an durchblutet wurde, weil er sie von seiner Kartoffelnase scheuchen musste, setzten sich an die Wand und guckten neugierig Richtung Eingang.

Der Fremde blieb dort einen Augenblick lang stehen, wir nahmen ihn nur als riesigen Schatten war, eingerahmt vom flakhellen Gegenlicht der Sommersonne. Dann kam Bewegung in den Schatten. Langsamen Schrittes schob sich sein Körper in unser dunkles Loch, er orientierte sich kurz und kam direkt auf meinen Tisch zu. »Ist hier noch frei?«, fragte seine milde, müde Stimme. Ich bejahte, er setzte sich und bestellte ein Bier.

Das Bier kam, er sagte: »Ach ja ...«, schnell hatte er gelernt, welche Sprüche hier drin geschätzt waren, nun hob er sein frisch gezapftes großes Pils und saugte es in einem Zug in nur einer unglaublichen Sekunde komplett ein. Der dabei entstehende Luftsog, ähnlich dem Luftsog, den eine losfahrende U-Bahn im U-Bahnhof erzeugt, fauchte kurz durch die ganze Kneipe. Heinz musste seine verrutschte Zweitfrisur zurechtrücken. Suchend schaute er sich nach den Fliegen um, die plötzlich nicht mehr da waren. Der Mann neben mir machte »Ah...«. Ein Luftzug ähnlich dem einer diesmal einfahrenden U-Bahn fegte durch den Raum, die drei Fliegen schossen an mir vorbei, und Heinz murmelte erschrocken: »Wo ist mein Fiffi?«

Bewundernd musterte ich den Mann neben mir: »Aber Hallo! Sie haben ja einen Zug drauf! Mannomann, was ich im Laufe meines Lebens schon für Zeit gespart hätte mit so einem Zug! Alle Achtung!« Da lächelte er und sprach: »Danke. Vielen Dank. Sie sind der Erste, der heute freundliche Worte für mich übrig hat. Bis jetzt bin ich nur beschimpft worden. Dabei bin ich, Ihnen kann ich's ja sagen, ein Superheld und will doch eigentlich nur das Beste für die Menschen! Also, ich kämpfe darum, dass alle die saubersten Wohnungen haben, ich bin der, der Mister Milbe den Garaus macht: mit *Vorwerk*-Staubsaugern. Ja, Sie haben vielleicht schon in der Zeitung von mir gelesen: Ich bin's, *Vorwerk*-Man.« Er sah mir tief in die Augen, saugte sie praktisch aus, ja mir war, als könne er durch meine Augen in meine ungesaugte Wohnung gucken. Mir lag schon der Satz »Ich habe aber schon einen Staubsauger« auf der Zunge, da sprach er: »Für heute ist aber Feierabend. Mir reicht's. Ich will heute keinen einzigen dieser Sprüche mehr hören wie ›Ich habe aber schon einen Staubsauger!‹, ›Ich wohne hier nicht, bin nur ein Einbrecher‹, oder ›Kommen Sie morgen wieder, da bin ich nicht da‹. Mann, Mann, Mann. Haben Sie eine Ahnung, wie frustrierend das ist?« Dann bestellte er noch ein Pils und hielt den Mund. Ich sprach leise »Ach ja ...«

Von draußen schoss plötzlich das helle Dingelingelingdingdongdang einer Glocke ins *Katerstübchen,* begleitet von lauten Rufen: »Hallo hallo hallo, Pizza, Eis, Fertiggerichte, Kühlbeutel, Eiswürfel zum Dolldraufrumbeißen!«

Nach der anschließenden Minute voller Stille bellte zweimal der Hund der Wirtin, wohl um zu sagen: »Ich hab kein Geld dabei«, ansonsten war kein Mensch auf der Straße.

Einige Zeit später klingdingelingelte die Glocke erneut, und die Stimme von eben rief, nein, schrie: »Also wenn jetzt hier keiner kommt, dann könnt ihr mich alle mal am Arsch lecken, ihr geizigen Drecksäcke! Dicke Autos fahren, das könnt ihr hier im Wedding, aber für ein Eis am Stiel habt ihr keine Penunzen mehr übrig! Verdammt!« Dann fiel eine Fahrzeugtür zu, und man hörte, wie jemand die gerade zugefallene Tür mit voller Wucht trat. Im nächsten Augenblick füllte eine breite, massive Figur den Eingang des *Katerstübchens* aus. Es wurde dinkeldunkel um uns, und Heinz am Nebentisch sagte »Aua«, weil er in der Dunkelheit nichts mehr sah und sich ganz doll beim Fliegenverscheuchen gegen seine Kartoffelnase gehauen hatte. Erwin tröstete Heinz: »Ach ja ...«

Die Figur trat ein, kam an unseren Tisch, formerly known as mein Tisch, und setzte sich. *Vorwerk*-Man sagte: »Ach ja«, und orderte ein Pils. Der Massive trug ein hochrotes Gesicht mit einem wütenden Blick darin mit sich rum. Aufgeregt atmete er ein und aus, wobei sein Atem kondensierte. Kleine Eiskristalle, die eben noch Lungenaerosol waren, fielen klimpernd auf den Holztisch. Mir fröstelte. Der Rotgesichtige bestellte einen Tee, einen Eistee. »Ich hab die Schnauze so voll!«, kam es aus ihm raus, und das »voll« klang voll gerotzt. Musste der sauer sein! »Wäre ich besser Industriemechaniker geworden. Da kann man wenigstens stolz auf sich sein, wenn man abends nach Hause kommt. Und die Kinder sprechen mit einem. Aber so ...« »Wie, so? Was machen Sie denn?« »Was ich mache? Ich bin einer der Letzten einer aussterbenden Art. Einer, der nur das Gute zu den Menschen bringt, zum Beispiel die Eiscremetorte *Harlekin* für 4,95€ oder die Bifteki-Pfanne für 6,95€, aber die Menschen kommen nicht mehr runter zu mir, auf die Straße, weiß der Teufel, warum. Ja, ich bin's, *Bofrost*-Man.«

Sein tiefes Seufzen erfüllte das *Katerstübchen* mit eisiger Kälte, augenblicklich wurden meine Füße in ihren Adiletten taub. Heinz am Nebentisch zog sich seinen Fiffi über die Ohren. Die drei Fliegen fielen steif von der Wand, ihr Aufprall auf dem Boden ähnelte dem Klang sehr kleiner Eiswürfel, die in ein Glas fallen. Und dann wackelte Sigrid vom Klo zurück und brachte von dort etwas Restwärme mit.

Zwei Superhelden an einem Tisch mit mir in der Kneipe, dachte ich mir, das ist ja was. »Darf ich vorstellen: Das ist *Vorwerk*-Man. Er bringt den Menschen Staubsauger nach Hause und steht ihnen damit siegreich im ewigen Kampf Mensch gegen Mister Milbe bei.«

»Aha, nach Hause. Ich habe kein nach Hause. Ich habe nur mein *Bofrost*-Man-Mobil. Und meine Glocke. Immer unterwegs. Und immer alleine. Oh Gott, wenn ich nur daran denke ...«

»... dann muss ich auch daran denken«, vervollkommnete *Vorwerk*-Man den Satz von *Bofrost*-Man, der daraufhin einen seiner kalten Seufzer raus ließ. Im exakt gleichen Augenblick saugte *Vorwerk*-Man sein Pils leer, das von *Bofrost*-Mans sibirischer Atemluft verfolgt wurde. *Vorwerk*-Man verschluckte sich an diesem eisigen Gruß aus *Bofrost*-Mans Lunge und musste husten. Schlimm husten. Ich habe noch nie einen Menschen so schlimm husten hören und vor allem sehen. Das war nicht gerade angenehm. Aber der neben mir war ja auch kein Mensch. Das war ja ein Superheld. Die müssen ja immer übertreiben. Unglaublich, was sich alles in den Atem- und Speisewegen eines Staubsauger-Superhelden ablagert. Igitt! Glücklicherweise lenkte ein Mann in blauer Regenjacke von der riesengroßen Sauerei auf der Tischdecke ab. Er stellte drei verschnürte Pakete auf einen leeren Tisch und rief der Wirtin zu: »Hier! Die holen sich die Pakete dann hier ab, ich hab keine Lust, damit in den vierten Stock hoch zu laufen. Ist mir egal, ob die jetzt zu Hause sind.« Ah, das war er, der Hauptdarsteller aus dem täglich laufenden Film »Wenn der Postmann keinmal klingelt«.

»Faule Sau«, raunzte *Bofrost*-Man. *Vorwerk*-Man pflichtete ihm bei: »Ich könnte mir das gar nicht erlauben. Glaubst du, jemand käme hier in der Kneipe vorbei, wenn er einen Zettel im Briefkasten fände, auf dem stünde: ›Im *Katerstübchen* wird gesaugt, Sie werden es mögen‹«? »Ja, genau. Wir müssen unsere guten Dinge noch schön selbst an den Mann bringen. Ach, guck mal, wer da gerade kommt ...«

Bofrost-Man zeigte auf einen jungen Mann mit schulterlangen, gelockten Haaren und mächtigem Schnauzbart, die in starkem Kontrast zu seinem seriösen Anzug standen. »Na, wenn mir das mal nicht *Zeugen-Jehovas*-Man ist.« *Vorwerk*-Man sprang auf: »Ey, Wolle, was machst'n du hier? Komm ran, hier ist noch frei, Wolle!« Dann saß der Anzug auch schon freudestrahlend neben mir und berlinerte los: »Hallo, ick bin Wolfgang.« »Wolfgang?« »Ja, Wolfgang Petrus. Ick mach in ›An Jesus glauben‹ un so, anner Haustür. Läuft janz jut. Ick sach den Leuten imma, na, Sie armer Sünder in Ihrm Bademantel, ick seh schon, Sie sind verloren, ein Fall fürs Fegefeuer, aber ick bin Wolfgang Petrus, ich bewahre Sie vor der Hölle, Hölle, Hölle, Hölle! Ey, die ham dann vielleicht ein Schiss, sach ick dir! Die erzähln mir denn als Erstet imma, dass sie nen Fernseher ham, der nisch anjemeldet is!«

»Was? Dir erzählen die das?« Eine hoch gewachsene Gestalt mit grauem Gesicht und einer Aktentasche war soeben wie aus dem Erdboden in das *Katerstübchen* geschossen. »Mir erzählen die so was nie, ich kriege von den Leuten immer zu hören, dass sie Angst haben, vom Fernsehen verseucht zu werden, deshalb haben sie so was nicht.«

Die drei Superhelden sahen überrascht auf und riefen aus einem Hals: »*GEZ*-Man! Wenn man nie mit ihm rechnet, kommt er!« Oh Mann, jetzt wurde es aber langsam voll an unserem Tisch. Höchste Zeit, zu gehen. Sie registrierten auch gar nicht, dass ich zum Abschied dreimal auf den Tisch klopfte. Was soll's, früher oder später würde ich sicher einem von ihnen wieder begegnen.

Die Begegnung auf der Straße

Robert Rescue

»Stell dir mal vor, Mario, eben habe ich auf der Straße eine Frau getroffen, die mich mit ›Hallo, Mike‹ gegrüßt hat.«

»Das ist doch super, Mike. Endlich traut sich mal außer mir jemand zuzugeben, dich zu kennen.«

»Aber ich habe diese Frau noch nie vorher gesehen, Mario. Wie kann die so was bloß tun?«

»Und du kanntest sie wirklich nicht, Mike? Vielleicht konntest du dich nur nicht mehr an sie erinnern?«

»Ich schwöre es. Ich kenne diese Frau nicht. Noch nie gesehen oder mit ihr gequatscht. Selbst in den Filmen, die mir Paul jedes Mal mitgibt, habe ich die noch nicht gesehen.«

»Könnte es denn sein, dass das deine Schwester gewesen ist?«

»Ich habe gar keine Schwester, Mario.«

»Wer weiß? Bist du dir da ganz sicher? Vielleicht weiß sie, dass du ihr Bruder bist und hat dich deshalb gegrüßt?«

»Äh, wie meinst du das?«

»Mal angenommen, ihr seid Zwillinge und wurdet bei der Geburt getrennt. Sie wuchs woanders auf, weil deine Mutter doch kurz nach den Geburten mit diesem Wanderzirkus durchgebrannt ist und dich nicht mitgenommen hat, weil ... ach, lasse ich das. Auf jeden Fall habt ihr, unabhängig voneinander, vor ein paar Jahren den Entschluss gefasst, nach Berlin zu ziehen. Jetzt wohnt ihr zufällig im selben Kiez. Sie in der Straße um die Ecke und du hier.«

»Meinst du wirklich, Mario?«

»Nun, das wäre eine gute Erklärung, warum sie dich gegrüßt hat.«

»Ja, das klingt vernünftig. Weiß du was? Dann werde ich sie, wenn ich sie das nächste Mal sehe, auch grüßen.«

Kaffee Latte

Frank Sorge

Oft bestelle ich lieber einen Milchkaffee, um mir nicht Zunge und Hirn zu brechen bei: »Einen Latte bitte!« Es steht sowieso beides auf der Karte und unterscheidet sich nicht in Preis oder Zusammensetzung. Tatsächlich fragte mich ein Kellner vom *Rocco* am Hackeschen Markt kürzlich zurück – ich hatte »einen Latte« bestellt –, ob ich also einen Kaffee mit Latte wolle. Witzbold! »Ja, bitte!«, bestätigte ich, und die sieben jungen Frauen, mit denen ich am Tisch saß, wollten auch. Ich auch, ich auch, ich auch ...

Selber schuld! Warum gehe ich auch zum Hackeschen Markt Kaffee trinken? Mit Berliner Schnauze hatte das nichts zu tun, hätte ja auch sein können, aber der Kellner und eigentlich die meisten hier waren eher Typ »Gelsenkirchen«. Sonst hätte ich auch anders eröffnet: »Koffein mit Schaum druff, bitte, italian style!« oder »Een Mackerjato uff die Hand, bütte!« Und der Kellner hätte geantwortet: »Mach ma nich son Aufriss, wir ham nur Kaffee oder Kaffee. Wat willstn, Kaffee etwa?« Man merkt schon, das passt gar nicht und klingt bemüht. Berliner Mundart holt man sich besser an der Currybude oder in der Eckkneipe ab als am Hackeschen Markt. Wenn ich Wurst essen gehe, dann oft nur, um mal wieder drei Sätze zu berlinern. »Na, wat soll's sein?« »Hi, Curry mit Pommes, und 'n Bier bitte!« »Haste mehr Hunger oder mehr Durscht?« »Och, sowohl als auch!« »Sonst hätte ick schnell mal en Schluck aus deiner Flasche jenommen!« »Na mach doch!« »Ick darf hier nämlich nich bei der Arbeit!« »Na mach schnell heimlich!« »Ach, komm hier, Junge, drei fuffzig, bring mich nich auf dumme Jedanken!« »Du hast angefangen! Tschüssi!« »Ey, deine Wurscht!« »Oh, hätt ick fast fagessen! Danke, Schüss!« »Schüss!« Solche Dialoge passieren wirklich, wenn Berliner Kunde und Berliner Verkäufer aufeinandertreffen, dieser vor einem Jahr in Kreuzberg. Besser noch, wenn so ein mütterlicher Ton wie im *Goldenen Hahn* dabei ist. »Na, Schnäpperken? Siehst noch so blass aus!« Da kann ich dann auch nicht mehr widerstehen!

Damit mir auch der Döner wieder besser schmeckt, mache ich gerade einen Türkisch-Kurs an der Volkshochschule. Ob die Strategie aufgeht, weiß ich noch nicht, aber die Sprache ist super. So eine Art Morgenland-Französisch! Ob man in Istanbul auch schon »Latte Macchiato« sagt? Wer weiß, aber das Türkische hat erstaunlich viele englische, französische und deutsche Lehnwörter wie: taksi, realist, televizyon, tisört, sandvic, garson oder büro. Und wenn man türkisch sagen möchte: »Das ist ja interessant!«, sagt man: »Enteresan!«

Warum sitzt der Sorge eigentlich mit sieben jungen Frauen am Hackeschen Markt? Hat sich der ein oder andere vielleicht eher gefragt, und ich sag mal: Berufsgeheimnis!

Meine italienische Kaffeemaschine von *Krups* zuhause redet zum Glück nicht, weckt aber dafür regelmäßig meine Mitbewohnerin. Die Spritz-Spratz-Geräusche der Schaumdüse erreichen Frequenzen am Fingernagel-Tafel-Limit, und das ganze Gerät dröhnt und wackelt so sehr beim Kaffeelassen, dass man die wandernde Tasse bewachen muss wie einen hysterischen Lemming. Liebe Mitbewohner und Nachbarn, verzeiht, aber ich brauche meinen »Latte« am Morgen. Tatsächlich fülle ich meinen Kaffee seit einiger Zeit in große Trinkgläser von *Ikea*, die in der Türkei hergestellt werden. Der Trend hat mich also voll im Griff, und die großbäuchigen Milchkaffeepötte aus den Neunzigern verstauben im Schrank, bis sie meine Enkel vielleicht wieder cool finden. »Was wollt ihr denn mit dem Schrott?«, werde ich fragen, und sie werden »Der hat doch keine Ahnung, der alte Sack!« denken.

Alle sind zufrieden! Und auf den Karten und Tafeln der Restaurants und Cafés wird bestimmt zum zwanzigsten Mal was anderes gestanden haben als einfach nur: Kaffee.

Maximilian's Spezialitäten

Heiko Werning

Wer immer noch vom »grauen Wedding« spricht, der war noch nie an der Seestraße / Ecke Amrumer. Denn dort steht eine kleine Holzbutze, die derart leuchtend gelb angestrichen ist, dass es einem noch Stunden danach in den Augen schmerzt. *Maximilian's Spezialitäten,* prangt in knallig roten Buchstaben darauf. Dort steht einsam ein Mann hinter seiner Fritteuse und schaut die ganze Nacht auf das vergnügungssüchtige Treiben vor der Großraumdisco auf der anderen Straßenseite – der Maximilian! Nachts bilden sich lange Schlangen vor der Bretterbude. Dann spielen sich dort die merkwürdigsten Szenen ab, und gelegentlich muss sich selbst der wortkarge Imbisswirt Luft machen. Bei solcher Gelegenheit stehen wir wie zwei alte Greise kopfschüttelnd da, vereint in unserer Ablehnung der verlotterten Sitten heutzutage, und es ist eine der wenigen Gelegenheiten, wo der Maximilian vom kühl distanzierten Pommes-Profi, der alle Kunden mit derselben Missachtung und Wortlosigkeit behandelt, zum Mensch Maxi wird. »Willst du noch 'n Kaffee?«, fragt er in diesen seltenen Momenten der Vertrautheit, und ich nicke dankbar. In diese Gunst kommt natürlich nur, wer sich in langen Jahren des widerspruchslosen Verzehrs der angebotenen Spezialitäten die erforderliche Vertrauensbasis erarbeitet hat, denn es scheint Einstellungsvoraussetzung in dem Etablissment zu sein, dass niemals ein persönliches Wort an die Kunden gerichtet wird. Egal, ob Umland-Discobesucher, Wedding-Prolet oder Arzt vom Virchow-Hospital – beim Maximilian gelten nur die harten Facts: Pommes oder Currywurst, Schultheiss oder Kindl, zum Hieressen oder Mitnehmen. Nicht mehr und nicht weniger, und das Publikum nimmt es dankbar und demütig zur Kenntnis.

Anfangs, nachdem ich aus Münster in den Wedding gezogen

war, hatte ich die Bude hauptsächlich genutzt, um die Gäste aus der Heimat zu erschrecken. Allein beim Anblick der Preistafel – Bratwurst mit oder ohne Darm – wurde den Ersten schon schlecht. Ihr Entsetzen aber wurde namenlos, wenn sie eine Currywurst bestellten und mit ansehen mussten, wie der Maximilian diese in aller Seelenruhe vom Grill nahm, sie sorgsam mit dem Messer zerstückelte, um sie zu den Pommes in das blubbernde Fett zu schmeißen, sich dann eine Zigarette anzündetete, und, während er diese genussvoll und schweigend schmauchte, die Wurstteile dabei beobachtete, wie sie so richtig durchzogen, bevor er sie aus dem Sud hob, flüchtig abtropfen ließ und sie schlussendlich unter einer großen Kelle Currypulver und Ketchup begrub, bevor er das Papptablett den schreckstarren Besuchern vorknallte. Danach hatte sich im Berlin besuchenden Bekanntenkreis die Spreu vom Weizen getrennt: Die überflüssigen Gestalten kamen nach einem solchen Erlebnis nie wieder, die echten Freunde blieben und bewunderten mich dafür, dass ich es geschafft hatte, mich unter diesen lebensfeindlichen Bedingungen anzusiedeln.

So verging Jahr für Jahr. In der Zwischenzeit habe ich den besonderen Ehrenstatus erreicht, dass der Dienst habende Maximilian grüßend die Hand in seiner Bude erhebt, wenn ich vorbei schlendere. Dann geht ein Raunen durch die Menge der umstehenden Passanten. Die Neuankömmlinge aus Moabit, Westdeutschland und dem Libanon schauen neidisch zu mir, wohl wissend, dass sie noch lange und harte Jahre vor sich haben, und dass es trotz aller Bemühungen keineswegs garantiert ist, dass sie diesen sozialen Status jemals erreichen werden. Die alteingesessenen Weddinger hingegen nehmen es mit Respekt zur Kenntnis, und ihr angedeutetes zustimmendes Nicken will mir sagen: »Ja – du bist einer von uns! Recht getan!«

Und doch, mich um die allerhöchste Weihe zu bemühen, habe ich mich bis heute nicht getraut. Jedesmal blicke ich voll Ehrfurcht auf die Preistafel, wo sie in der untersten Zeile angeschlagen steht, gleichzeitig ewiges Menetekel und verlockende Prophezeiung: die

Maxilette! Lumpige zwei Euro nur, und doch gleichbedeutend mit dem Griff nach den Sternen am gesellschaftlichen Weddinger Firmament. Nie traf ich auf jemand, der sich getraut hätte, eine Maxilette zu bestellen. Nur einmal wurde ich Zeuge eines Frevels, und es beschämt mich, zugeben zu müssen, dass es ausgerechnet mein kurzzeitiger Mitbewohner Ben war, nachdem er gerade mal ein Jahr im Wedding gelebt hatte. Wir standen zusammen am Tresen, ich gab die übliche Bestellung auf, und plötzlich hörte ich Ben laut und klar formulieren: »Und für mich eine Maxilette, bitte!« Einen Moment schien der ganze Bezirk erstarrt, blieben die Autos stehen, hörten die Ratten auf zu quieken. War es wirklich nur eines der Flugzeuge, die Tegel anflogen, oder grollte es direkt vom Himmel? Ben wirkte etwas bleich, als hätte er plötzlich Angst vor der eigenen Courage bekommen. Doch dann taten alle, als sei nichts geschehen, und er erhielt die verlangte Speise.

Beherzt, wie um den bösen Spuk ein für allemal zu vertreiben, biss er hinein, und im nächsten Moment verzog er das Gesicht zu einer schrecklichen Grimasse, erfror in seinen Bewegungen, und deutlich konnte man verfolgen – wie bei einer Schlange, die ein Kaninchen verschlingt, das dann ganz allmählich durch das Innere des Schlauches gleitet –, dass das Maxilettenstück als kleiner Hubbel im Zeitlupentempo seine Kehle in Richtung Magen herunterkroch. Ein dumpfes metallenes Geräusch kündete von seiner Ankunft. Ungläubig und verschreckt wie ein Reh im Scheinwerferlicht starrte Ben auf das verhängnisvolle Brötchen, während der Maximilian ihn mit ungerührter Miene fixierte, doch mein Mitbewohner wollte nicht aufgeben. Ein zweites Mal biss er zu, versuchte zu kauen, wollte schon schlucken, doch die rasant einsetzende Grünfärbung seines Gesichts ließ Böses ahnen, und plötzlich erschütterte ihn ein Hustenanfall, der befürchten ließ, sein Innerstes werde nun nach außen geschüttelt; kleine Maxiletten-Bröckchen stoben über die Stehtische, er würgte und rang nach Luft. »Ich glaube, ihr geht jetzt besser«, sagte der Maximilian mit der ruhigen und erhabenen Stimme des unangefochtenen Herrschers, der einmal mehr seine Machtfülle demonstriert hatte. Ich brach Bens verkrampfte Hand auf, löste den Rest der Maxilette, den er wild umklammerte, sorgsam heraus und überreichte sie vorsichtig an den Maximilian, der sie wie ein Hohepriester, der seine Opfergabe erhielt, entgegen nahm. Dann stützte ich den gebrochenen Körper meines Freundes und führte ihn nach Hause in unsere Wohnung. Er traute sich nie wieder auch nur in die Nähe der Amrumer Straße.

Noch heute aber, wenn ich bei *Maximilian's Spezialitäten* vorbeigehe, hebt der König der Fritteuse im Innern seines gelben Reiches stumm grüßend die Hand, und ich weiß, dass ich hierher gehöre. Und eines Tages, ich bin sicher, werde ich ein Zeichen empfangen, dann wird es so weit sein, und feierlich werde ich eine Maxilette bestellen und Bissen für Bissen genießen können. Ich habe Zeit.

Das blaue Haus

Volker Surmann

Ist es besser, in einem hässlichen Haus zu wohnen und auf ein schönes zu schauen oder in einem schönen zu wohnen, und draußen vor dem Fenster gibt's nur einen Plattenbau mit angeschlossenem *Lidl*-Parkplatz? Über diese mieterliche Grundfrage kann man sich ähnlich lange streiten wie über halbvolle oder halbleere Gläser, oder ob es nun »das« oder »die« *Nutella* heißt.

Ich neige dazu, die Fülle oder Leere von Gläsern nach der enthaltenen Flüssigkeit zu bewerten, tendiere bei *Nutella* zum Neutrum und habe nichts dagegen, in einem teilsanierten, schlammfarbenen Altbau zu wohnen, wenn ich dafür auf das blaue Haus gegenüber blicken darf, in dessen Anblick ich mich schon bei der Wohnungsbesichtigung verliebt habe.

Nun habe ich schon in Grundschulzeiten in jedes »Meine besten Freunde«-Album meiner Klassenkameraden in der Spalte »Lieblingsfarbe« stets »blau« eingetragen und würde das auch heute noch in jedes entsprechende Album meiner jetzigen Freunde schreiben, doch hier geht es um mehr als das: Blaue Häuser gibt es außerhalb des ARD-Kinderprogramms einfach viel zu selten. Vor allem richtig blaue Häuser. Und das Haus gegenüber ist richtig blau! Nicht bloß babyboywindelbleu getüncht, sondern kräftigkönigsozeanpreußischazurblau; warm und herzig strahlend, wenn die Sonne darauf scheint, dazu terrracottarote Balkone – Wahnsinn! Dieses Hausblau leuchtet einfach – und das rund um die Uhr. Selbst Menschen, die in dickstem Nebel und tiefster Nacht aus meinem Fenster schauen, sagen bewundernd: »Das blaue Haus gegenüber ist ja toll.« Und das sagen sie freundlicherweise zu mir und nicht etwa zu den Mietern gegenüber. Die hören von ihren Besuchern nur: »Nette Wohnung, aber die Gegend ist etwas schlammfarben, isn't it?«

In meiner früheren Heimat Bielefeld habe ich in einem blassgelben Mehrfamilienhaus gewohnt, das Nachbarhaus war auch gelb, das nächste war beige, die dann folgende romantisch zugewucherte Jugendstilvilla war dunkelweinrot. Dann entfernten die neuen Besitzer zuerst alle Pflanzen im Vorgarten. Danach strichen sie ihr Haus pissgelb. Zuletzt wurden die Jugendstilapplikationen waschbetonfarben abgesetzt. Als dann die Nachbarschaft begann, reihenweise in den Vorgarten zu kotzen, wurde der zugepflastert und mit Maschendraht eingezäunt.

Daraufhin bin ich wegzogen und nun der Meinung: Das blaue Haus ist ein Stück Berlin. Blaue Häuser, so was gibt's ja anderswo nicht. Anderswo gibt es Bebauungspläne, die vorschreiben, Häuser schlammfarben zu streichen – oder blassgelb. Bebauungspläne mit Kreativitätsgebot gibt es leider selten: »§ 6, Absatz 3: Fassadengestaltung. Genehmigungsfähig ist ausschließlich die Verwendung von Farbanstrichen, die auf ein kreatives Potenzial der Bauherren schließen lassen. Zuwiderhandlungen werden mit einem Ordnungsgeld bestraft.«

Im Gegenteil: In Bielefeld beispielsweise grassiert bei Fassadensanierungen derzeit eine einfallslose Gelbsucht. Die Palette umfasst dabei Schattierungen wie: Abgekochter Kanarienvogel, verblichenes Postauto, *Zewa*-Klopapiergelb, Gauda (Mittelalt), Pissgelb mit den Varianten Morgenurin, Mittelstrahl und viel Bier, spargelblass oder saucehollondaisefarben mit Klümpchen sowie gilb (dieser seltsamen Mischung aus blassgelb und beige, auch bibeldünndruckseitenpapierfarben genannt). Nur eine einzige linke Hausgemeinschaft in Bielefeld hat ihr Ecktürmchen in einer kräftigen Melange aus Sonnenblume und Reclamheft gestrichen und wird seitdem von der Nachbarschaft nicht mehr gegrüßt.

Gelb ist der ewige Kompromiss. Gelb ist bunt für Anfänger. Gelb als Fassadenfarbe ist Haus-Koloration für Möchtegerne, für Großstädter mit Provinzneurose, für Menschen, die schwarz denken, rot wählen oder Westerwelle sympathisch finden. Bestimmt wohnt Guido Westerwelle in einer natursektfarbenen Doppelhaushälfte. Gelb ist die Farbe der Farblosigkeit: Schwarzweißfotos werden gelb, wenn sie ihre Farbe verlieren.

Berlin streicht anders. Berlin hat Mut. Das blaue Haus zeugt davon. Ein paar Straßen weiter gibt es eins der wenigen frisch sanierten Häuser in beigegelb. Aber das ist ein Fellbeige, und die Fassade zieren giraffale schwarze Flecken. – Berlin hat viel Mut. Das nächstgelegene Plattenbau-Hochhaus in Lichtenberg nimmt ein blaurotgelber Riesenwurm mit schwarzweißen Augen ein, die potenzielle Terroristen eindringlich mustern. – Berlin hat sehr viel Mut. Jüngst entdeckte ich in Friedrichshain ein Haus, das ist pastellrot, pastellgrün und pastellblau, und das alles gleichzeitig. – Manchmal wird Berlin auch übermütig. Dann lieber schlammgelb in Bielefeld.

EPILOG

Hauptstadt

Zwei Tage baute ich schon an Rom, einer großen, strahlenden Metropole, Hauptstadt eines großen Weltreiches, da kommt so eine Horde Amerikaner und macht alles kaputt. Ich schalte den Computer aus und beginne meine Woche. Es ist Mittwoch, und ich schaffe es gerade noch rechtzeitig zum Spätkauf, bevor er schließt.
(Frank Sorge)

In fünf Minuten zurück

Ich war mir durchaus der Millionen Legionen von durchs Haus marodierenden schmutzigen Gedanken bewusst, als ich, meiner brennenden Gier nach Körperpflege nachgebend, dem verspäteten Handwerker mit der Bitte um Nachsicht bei ausbleibender Reaktion meinerseits nach dem Betätigen der Türklingel seinerseits folgende Notiz an der Wohnungstür widmete: »Hallo Herr Klempner, bin unter der Dusche.« Aber was sollte ich denn machen? *(Nils Heinrich)*

Freakhain (II)

Neulich sprach mich, nachdem ich gerade zwei Kilometer mit dem Fahrrad durch den Regen gefahren war, zuvor morgens nicht geduscht, nachts wild geträumt, den Vorabend lang gefeiert und den Morgen davor meine Haare mit unnötig viel Gel gestylt hatte, ein Freund an und eröffnete mir, meine neue Frisur sei total toll und passe so richtig nach Friedrichshain. *(Volker Surmann)*

Quo vadis, Sozialwesen?

Seit Neustem hängen an unserer Hauseingangstür zwei große Werbezettel: Ein Wohnungs-Entrümpelungs-Service bietet seine Dienste an, und direkt daneben verspricht das »Seniorenwohnheim Zur Abendsonne«: »Wir haben noch Plätze frei. Auch für Altersdemenz.« Darunter an beiden Zetteln diese Abreiß-Telefonnummer-Fransen. Das finde ich ja an sich schon etwas befremdlich. Was mich aber in tiefe Nachdenklichkeit stürzt, ist der Umstand, dass schon nach einer Woche an beiden Aushängen jeweils drei der

Nummernschnipsel abgerissen sind. Was denken sich meine Hausmitbewohner? Etwa: »Ach ja, gute Idee, die Wohnung müsste ja auch wirklich mal entrümpelt werden, und dann kann Omma auch gleich ins Demenzheim, wie praktisch. Da rufen wir doch gleich mal an.« Unheimlich. *(Heiko Werning)*

Eine alte Schulfreundin ruft an, um mich zum Klassentreffen einzuladen

Das Telefon klingelt.

»Hallo?«

»Ja, auch hallo. Spreche ich da mit Dietrich oder Dieter Fobbe? Hier ist Susanne Molch.«

Ich überlege, was ich sagen soll. Seit Jahren nenne ich mich Robert Rescue und führe ein Leben als Vorlesebühnenaktivist. Alle kennen mich als Robert Rescue, sogar ich selbst. Jetzt schreibe ich an diesem Text über eine alte Schulfreundin, die anruft, um mich zu einem Klassentreffen einzuladen. Da kennen mich alle unter meinem realen Namen, und wenn ich dort erzähle, dass ich jetzt ein Pseudonym trage und mein Leben als Künstler verbringe, dann ernte ich nur Unverständnis. Außerdem will ich die alle gar nicht sehen, die sind für mich, gewissermaßen, Schnee von gestern.

Keiner von denen ist Künstler, und so, wie sie meine Welt nicht verstehen, werde ich auch ihre nicht verstehen. Da hat es also absolut keinen Sinn, mich in einen Zug zu setzen und 700 Kilometer durch die Gegend zu fahren.

Ich treffe eine Entscheidung.

»Nein, da sind sie wohl falsch verbunden«, antworte ich und lege auf. *(Robert Rescue)*

Das Passfoto

Robert Rescue

Das Antlitz der Frau ragte zwischen den Papierschnitzeln, in Fetzen gerissener Pappe und zusammengeknickten Hochglanzillustrierten hervor. Glatte Gesichtszüge zeigten die Jugend ihres Lebens. Augen, die neugierig Ausschau hielten nach den Höhe- wie auch Tiefpunkten, die sie noch erwarteten.

Der festgehaltene Moment des Lächelns in einer längst vergangenen Sekunde richtete sich gegen ein Modell für Badeanzüge, ein Auto, das mit der Stoßstange grinste und einen verknitterten Hinweis, das bestellte Buch abzuholen. Dem Anblick eines begehrenden Menschen entzogen von einem Verlassenen, dessen Liebe keinen Widerhall mehr fand und der deshalb alles tilgen wollte, was er über sie wusste und was ihn an sie erinnerte.

Gelegentlich ein Zusammendrücken, wenn Neues hinzukam, was nicht mehr gebraucht wurde. Die freundliche Miene erhielt sich, unablässig in derselben Haltung der Lippen, bis gleißendes Licht fiel in das bis dahin unbeachtete Gemisch aus Weggeworfenem. Alles geriet in Bewegung, wurde durchgerüttelt, Papier und Karton vermengten sich im Tritt schneller Füße und verschwanden schließlich in einem Schlund des aus dem Sinn getilgten. Das Abbild eines Gesichtes, erst geliebt und dann verdammt, wurde dem Kreislauf überantwortet, der alles Alte, Gebrauchte, Verbrauchte aufnimmt und verwandelt in etwas Neues, Unverbrauchtes.

Der Sommer in Berlin wandelte sich zum Herbst, wurde zum Winter und schließlich zum Frühling.

Drei Mal.

Stöbernde Schritte auf einer Schicht aus Müll, stinkend und die Augen reizend. Nicht aber die des Suchers, denn sie waren gewöhnt an das Ätzende all des Abgenutzten von den anderen Menschen, dort hinter den abgrenzenden Wällen. Aufmerksame Blicke nach allen Seiten. Fand sich etwas Nützliches unter all dem Abfall? War es gar ein besonderer Tag, der seinen Glanz darin offenbarte, einen kleinen Schatz zu entdecken? Eine Glühbirne oder wenigstens eine Kerze, ein Stück Metall, vielleicht ein Fenster, das sich in die Behausung einbauen ließ?

Da lag, halb verborgen unter unbrauchbaren Glasscherben und den Resten eines üppigen Mahls, tatsächlich eine halb abgebrannte Kerze. Licht spendete sie in der warmen, duftintensiv durchdrungenen Nacht, und halten würde sie mindestens zwei davon.

Mit einem Lächeln griff der Sucher nach der Kerze, reinigte diese grob vom Schmutz und legte sie in einen abgetragenen, verblassten Bastkorb, den er in der Armbeuge trug.

Noch ein paar Meter weiter, eine lieb gewonnene Stelle, an der sich immer wieder etwas Wertvolles finden ließ. Die Hände, schmutzig bis unter die Fingernägel, tauchten hinab in ein Meer aus zerfledderten Prospekten, Notizzetteln, die keine Bedeutung mehr besaßen, und Illustrierten, deren Nachrichten alt geworden waren. Dann griffen die Finger etwas, ein kleines, viereckiges Stück Papier, und die erste, richtige Vermutung des Suchers war, dass es sich um ein Foto, bestimmt ein Passfoto handelte. Eilig wurden die Hände wieder raus gezogen, die Neugier, was für ein Gesicht ihn denn anlächeln würde, war groß. Vors Gesicht gehalten, und die Augen wurden aufgerissen. Welch ein wunderbares Antlitz, die Front einer jungen Frau schaute bruchstückhaft zwischen Dreck hervor. Eilig wischten die Finger der anderen Hand, Schmutz gegen Schmutz!, über das Bild, um das Angesicht vollständig freizulegen.

Dann war es um den Sucher geschehen. Nanu, wunderte er sich, welch ein hübsches Geschöpf hat sich den hierher verirrt? Die Beine schwenkten zum Schneidersitz, und vier Finger umklammerten das Papier, in dessen Mitte sich das schönste, verlangenswerteste Gesicht befand, das der Sucher jemals zu sehen bekommen hatte.

Bis zum Abend saß er in derselben Haltung. Die Finger schmerzten vom Festhalten. Doch seine Augen leuchteten, seit Stunden gefesselt vom Anblick, der ihn alles andere vergessen ließ, und so wie er das Foto geborgen hatte, so barg er auch seine Erinnerung.

Zwei Arbeiter kamen vorbei, hielten an und begrüßten ihn als den »sprachlosen Müller«. Sie machten Scherze über ihn, bis sie wie so oft merkten, dass er nicht darauf reagierte. Dann wandten sie sich ab zu ihrem Feierabend. Erst als die Dämmerung sich zur Dunkelheit wandelte, erhob sich die ausgemergelte Gestalt des Suchers, bewegte sich scheinbar schlafwandlerisch in Richtung der Behausung, die auf einem kleinen Hügel, fast mittig der Mülldeponie, stand. Zusammengebaut aus Weggeworfenem. Ziegel in allen Farben bildeten das Dach. Gipskartonplatten aus dem Schutt vieler Baustellen die Wände. Eine ehemals defekte Tür öffnete und schloss einwandfrei.

Drinnen legte sich der Sucher sogleich ins zusammengenagelte Bett und stellte das Foto auf das Schränkchen neben sich. Doch weil er glaubte, dass er nicht schlafen könne, wenn die Distanz so groß war, nahm er das Foto, legte es sich auf die Brust und bettete beide Hände darüber. Sofort schlief er ein, und zum ersten Mal in dem von anderen Menschen abgewendeten Dasein träumte er wieder von Zweisamkeit. Die ganze Nacht lang.

Suchende Schritte im Müll nach Dingen, die eine neue Verwendung finden konnten. Eine Hand griff hier hin und dort rein, prüfte mit geübten Augen und ließ wieder fallen. In der anderen Hand, sanft waren die Finger aneinandergelegt, das Foto. Mitgenommen wie ein Kind, das behütet werden muss. Stunden vergingen, ohne dass der Sucher etwas fand. Alles, was er in die Hand nahm, verließ diese sogleich wieder, denn nichts konnte den Wert übertreffen, den er schon in Händen hielt.

Den Abend in seiner Hütte verbrachte er damit, das Porträt an ein Glas anzulehnen, im Abstand davor zu sitzen und es anzustarren, fast so, als sei er der einzige Gläubige für seine ihm eigene Madonna. Seine Gedanken flogen hinweg in ein Land der Träume, dass nur aus ihr und ihm bestand. Sich überschlagende Vorstellungen beherrschten ihn. Er sah sich, wie er sie küsste, wie er sie streichelte und mit ihr Hand in Hand durch den Park spazierte.

Zeitgleich stieg auch die Erinnerung an sein früheres Leben in ihm auf, sodass er wieder wusste, dass das Traumland vor der Zeit der Einsamkeit schon real gewesen war. Alle Gefühle, alle Sehnsüchte, die er für die Frau auf dem Foto aufbrachte, waren ihm vertraut.

Und jetzt, wo er da so saß und das Lächeln des Abbildes seine Vergangenheit wieder auferstehen ließ, spürte er den Wunsch, diese Frau, eine von Millionen, Milliarden zu finden, um auf diese Weise die Liebe zwischen Menschen zurückzuerlangen. Er machte es sich zum Ziel, der Frau das Foto in die Hand zu drücken und ihr zu sagen, dass er wieder lieben kann, nach den Jahren im Müll, abgekehrt von den Menschen und den Gefühlen, die sie haben und von denen sie sich niemals trennen können. Das hatte er all die Zeit vergeblich zu tun versucht.

So verschloss er am nächsten Morgen die Tür, und im frühen Licht der Dämmerung verabschiedete er sich von der Behausung, weil er überzeugt war, dass seine wiedergeborene Liebe von der Frau mit offenen Armen empfangen werden würde. In welch ein Abenteuer begab er sich. Berlin war groß und gefüllt mit Menschen.

Das Foto konnte alt sein oder die Frau verzogen, doch der Sucher war besessen von dem Ziel, sie zu finden, koste es ihn alle Zeit und Kraft.

So machte er sich auf den Weg und lief die Straße entlang, hinein in die Großstadt. Die Autos brausten an ihm vorbei, und es war sicher, dass keines davon halten würde, um ihn mitzunehmen.

Nicht mit den ausgelatschten Sandalen, der zerrissenen Hose und dem Vollbart, der ihn unheimlich aussehen ließ.

In den Händen hielt er das Passfoto, und das Gesicht der Frau war die Kraft, die ihn antrieb auf seinem Weg. Stunden benötigte er, bis er die mit Autos verstopften Straßen der Innenstadt erreichte. Die Menschen, von denen er in einer Sekunde so viele sah wie in all der Zeit im Müll nicht, blickten ihn verwundert an.

Manche machten sich lustig über ihn, wollten damit sagen, dass er geringer war als sie, obwohl sie doch dasselbe durchs Leben führte wie ihn. Einige schauten ihm in die Augen und sahen das flackernde Feuer der Leidenschaft, der Sehnsucht, der Suche, welches den Dreck seines Äußeren überstrahlte, und im Geiste, so war er sicher, wünschten sie ihm viel Glück. Der Sucher erblickte andere, die so waren wie er, die aber auf ihn so wirkten, als hätten sie kein solches Ziel mehr im Leben, wie er es hatte. Das machte ihm Angst.

Im Schein der Straßenlampen, so war gewiss, würde er das Antlitz der Frau, ihre Schönheit, nicht wahrnehmen können. Daher schlug er den Weg zum nächst gelegenen Park ein, still war es dort in der Nacht, sodass er sich wieder alleine fühlen konnte unter all den Menschen. Zu viele waren es an diesem Tag für ihn gewesen, und die Erinnerung an all die Gesichter tobte in seinem Kopf.

Lange musste er das Foto der Frau betrachten, damit sie allein wieder in seinen Gedanken war. Er legte sich auf eine Bank, so wie all die Tage vorher mit dem Bild auf seiner Brust, festgehalten von beschützenden Händen, auf das niemand seinen Schatz raubte oder der Wind es ihm entreißen konnte.

Am Morgen darauf machte er sich erneut auf die Suche. Er lief durch die Straßen Berlins und hielt jedem Augenpaar das Foto entgegen. Männer wie Frauen, alte wie junge.

Doch viele schüttelten nur den Kopf und eilten an ihm vorbei. Andere streckten ihm abweisend einen Arm entgegen, so als seien sie verschreckt darüber, dass er ihre Hilfe suchte. Ganz wenige nur warfen überhaupt einen klaren, sekundenlangen Blick auf das Foto, bevor auch sie abwinkten und weiter hasteten. Der Sucher hielt an den Tischen der Cafés und Kneipen, unterbrach die Gäste in ihren

Gesprächen über Wichtiges oder Belangloses, entriss sie der Konzentration für ihre Zeitungen, störte Streitereien und Versöhnungen. Das Gesicht der Frau streckte sich anderen entgegen, erhofft wurde das Wiedererkennen, doch alle schickten ihn weg.

Am Abend begab sich der Sucher in einen Park, fand die stillste Ecke und labte sich an der Hoffnung, die Frau doch endlich zu finden.

Zwei Wochen lang.

Dann, als die Augen des Suchers vom Anblick all der anderen Menschen müde geworden waren und er nur noch reflexartig das Foto vorzeigte, gar nicht mehr erhoffend, Aufmerksamkeit zu erhalten und daraus Wiedererkennen zu ernten, da passierte es, dass ein Mann auf dem Bürgersteig anhielt. Er besah sich das Foto ganz genau, konzentrierter als all die anderen. Dann sagte, dass er die Frau gesehen habe, ein wenig anders sehe sie schon aus, aber eine Ähnlichkeit sei eindeutig auszumachen. Gerade eben, eine Straße zurück, habe er sie draußen am Tisch eines Cafés sitzen sehen. Sie sei ihm aufgefallen, weil sie so hübsch sei und dennoch dort alleine saß. Er habe sich nicht getraut, sie anzusprechen, gestand er ein.

Der Sucher bedankte sich stammelnd, denn geredet hatte er schon lange nicht mehr. Er begann zu laufen, den Weg zurück, den der Mann gekommen war. Er sah das Café vor sich auftauchen, die Proportionen wurden größer und deutlicher, und dann sah er den Tisch, er lief direkt darauf zu. Die Frau schaute hoch und erkannte ihn. Aus dem Schatten der Vergangenheit trat seine Persönlichkeit ins Licht, ungetrübt von den äußeren Veränderungen der Jahre. Ihre Augen weiteten sich vor Überraschung, und ein aufkommendes Lachen bewegte ihre Lippen. Sie sprang auf, ging ihm entgegen und rief so laut, dass es alle Gäste des Cafés hören konnten: »DU?«

Er antwortete nicht, nickte nicht einmal zur Bestätigung. Er war sich sicher. Sie fielen sich in die Arme, und die Zeit der Trennung war für beide endgültig ein Moment der Vergangenheit.

Der Kreis war geschlossen.

Jahreshoroskop

Frank Sorge

Anja ist astrologiegeil. Ich auch.

Am lustigsten ist es, in hundert Variationen zu lesen, warum Jungfrau und Zwilling so gut zusammenpassen.

»Wir passen aber gut zusammen!«, kann man dann sagen.

»Ich finde aber gar nicht, dass wir so gut zusammenpassen«, wendet sie ein, »muss an diesen verdammten Aszendenten liegen!«

An diesem Punkt steigen wir richtig ein.

»Venus im Wassermann, sprunghaft, egozentrisch, gefühlskalt. Kein Wunder, dass hier nie so richtig Wärme aufkommt.«

»Und dein Mond in den Fischen ist besser, oder was? Bei deinen ganzen Skorpionen im Horoskop muss man sowieso aufpassen, in der Wohnung deines Herzens die Schuhe auszuziehen!«

»Poetenspinner. Das muss der Herr Aszendent Widder gerade sagen. Guck dir deine Beziehungstrigone doch mal an: Saturn, Mars, Uranus. Da spielt sich doch alles in der Fantasie ab, ein Wunder, dass wir uns überhaupt anfassen!«

Bei *Beate Uhse* gab es zum Weihnachtsgeschäft das Jahres-Sex-Eroskop. Beinahe hätten wir es uns gleichzeitig geschenkt, aber Anja hatte noch kein Indianisches.

»Hier steht: Machen Sie heute mal Löwensex. Heißt das jetzt, man soll mit einem Löwen Sex haben, oder was?«, liest sie.

»Untersteh dich, diesen Florian anzurufen. Guck doch mal in die Erläuterungen!«

»Der Löwe ist dominant und verlangt Unterwürfigkeit. Schon mal Analsex probiert? Sie können Ihrem Partner auch die Augen verbinden, seien Sie sparsam mit Berührungen und lassen ihn ruhig etwas zappeln. Entscheiden Sie allein, wann es zur Vereinigung kommen soll.«

»Und wer soll jetzt was machen?«

»Steht da nicht.«

»Vorgestern Krebssex war doch gut: Trinken Sie, nehmen Sie Drogen und lassen in der 69 so richtig die Sau raus!«

»So stand das da aber nicht.«

»Aber war doch gut?«

»Ich gehe heute sowieso ins Kino, was issn morgen ... Fische ... Kuscheln, kuscheln, kuscheln! Na, ich glaub, da hab ich was anderes vor!«

»Gegen die Sterne kannst du dich nicht wehren.«

»Hau bloß ab!«

Irgendwann ist dann auch immer gut mit Astrologie.

»Wollen wir was essen?«

Wir gucken dann in das Blutgruppenkochbuch.

Ich habe A und sie 0. Laut blutgruppenspezifischer Ernährungsberatung können wir nur gemeinsam Pizza essen, wenn jeder sie völlig unterschiedlich belegt und sie den Käse weglässt. Man muss ja nicht alles glauben.

»Ich bin für Gemüse der Saison«, sagt sie.

»Kartoffeln und Rüben? Anja, es ist Winter!«

»Ja genau, oder Linsen.«

»Dann bin ich aber gegen Krebssex.«

»Ich bin sowieso im Kino.«

»Was guckst du dir an?«

»Herr der Ringe.«

»Ach wieder son Hochzeitsfilm.«

Betretenes Schweigen. Sie klatscht sich lautlos auf die Schenkel.

»Es gibt immerhin drei Hochzeiten am Schluss«, führe ich aus, »Eowyn bekommt Faramir, Aragorn Arwen und Sam heiratet Rosie.«

»Jetzt verrat doch nicht alles!«

»Du hast doch das Buch auch gelesen?«

»Denkst du, ich kann mich an irgendwas erinnern?«

Wir essen Kartoffeln mit Spinat, dann macht sie sich fertig.

»Warum denn schon so früh?« Sie lächelt.

»Frank, das ist der Herr der Ringe. Denk bitte daran, die Blumen zu gießen, Gas und Strom müssen Mitte des Monats überwiesen werden. Ach ja, und saug vielleicht mal, während ich weg bin.«

Sie packt Koffer und ich fahre sie zum Kino.

»Ich weiß, es ist eine lange Zeit«, sagt sie gefasst, »aber das muss eine Beziehung aushalten können.«

Wir küssen uns flüchtig, dann verschwindet sie im Gewühl der Eingangshalle, Kartenschalter und Menschenmassen.

Wieder zu Hause rufe ich gleich Beate an.

»Sag mal, du bist doch Löwe ... Lust auf ein Bier?«

»Hast du etwa auch diesen dämlichen Kalender?«, fragt sie zurück, »den ganzen Tag rufen bei mir schon Männer an. Ich hab schon zwei Einladungen in teure Restaurants. Willst du überbieten?«

»Nee, schon gut. Mein Jahreshoroskop sagt, meine finanziellen Aussichten für die erste Jahreshälfte seien nicht so rosig. Ich muss sparen!«

Später am Abend kommt dann Anja stirnrunzelnd nach Hause. »Ich frag mich, welches Sternzeichen Aragorn hat?«

»Der Schauspieler oder die Figur?«

Wir recherchieren.

Ich tippe auf Schütze, sie auf Steinbock für Aragorn. Der Schauspieler könnte auch ein Fisch sein, da sind wir uns einig.

Die Kalender in Mittelerde sind recht kompliziert. Ein Elbenjahr hat 52.596 Tage, heißt *ýen* und besteht aus 8.766 Wochen, die *enquie* heißen und jeweils sechs Tage lang sind.

Stünde also irgendwo: »Aragorn – Sohn von Arathorn, der Sohn Aradors, dessen Vater um Gilraen die Schöne anhielt, Tochter von Dírhael – der selbst ein Nachkomme von Aranarth war –, als sie noch viel zu jung war zur Hochzeit, doch Ivorwen, Aradors Frau, also Arathorns Mutter drängte zur Eile und so kam es, dass Arador ein Jahr später von Bergtrollen in den Finsterbergen erschlagen wurde und Arathorn verheiratet Stammesführer der Dunedaín wurde und nach gleichfalls kurzem Leben doch einen Sohn hinterließ – wurde geboren am dritten Tag der 4751ten *enquie* des 18ten *ýen* des Dritten Zeitalters«, dann hätten wir ganz schön rechnen müssen. Aussichtslos wäre diese Rechnung nicht, denn in den Anhängen steht: »Das Jahr war zweifellos genauso lang wie unseres.«

In diesen Fällen muss man sich wieder an die Hobbits halten. Deren Jahr hat zwölf Monate, jeder dreißig Tage lang und die fünf restlichen liegen irgendwo dazwischen und werden nicht mitgezählt, damit es nicht so kompliziert wird. Und siehe da, wir finden den Hinweis: Aragorn wurde 2931 geboren, am 1. März.

»Was? Aragorn ist ein Fisch?«

Wir sind entsetzt.

»Gut, er ist verschlossen und sinnlich«, konstatiert Anja nach einer kurzen Schrecksekunde, »passt eigentlich ganz gut, jetzt müssten wir nur noch den Aszendenten haben.«

Aber der ist wirklich nicht herauszufinden. Einfacher ist es beim Aragorn-Darsteller Viggo Mortensen. Die *Internet Movie Data Base* gibt bereitwillig Auskunft: 20. Oktober. Also Waage. Immerhin ist unsere Neugier gestillt.

Wir machen es uns für einen häuslichen Fische-Abend gemütlich, öffnen eine Flasche Rotwein und streicheln uns die Schuppen von den Unterarmen.

»Frank, was war die schönste und schlimmste Vorhersage, die dir ein Horoskop gemacht hat?«

»Das weiß ich genau. In meinem Geburtshoroskop steht, dass ich künstlerisch Erfolg haben werde ...«

»Und das Schlimmste?«

»Im nächsten Satz steht: aber es wird lange dauern. Wahrscheinlich sind Sie erst 50, wenn Sie das erste Mal veröffentlichen.«

»Ist doch alles Quatsch!«

»Finde ich ja auch!«

Das Ingenieurbüro

Nils Heinrich

Diese kleine Geschichte ist dem Ingenieurbüro *Czervinsky* oder so gewidmet. Das Ingenieurbüro befindet sich an einer Straßenecke in der früheren Kneipe *Löweneck*. Zu beiden Seiten der Tür lockten früher zwei große Holzschilder die Saufwilligen der Straße an. Auf die Schilder war jeweils eine große Molle gemalt, unter beiden Mollen lud die Aufschrift »Gepflegte Biere, Schnäpse« zum Sich-die-Kante geben. Dieser Slogan wurde vom neuen Mieter der Räumlichkeiten jetzt abgewandelt: Unter der linken Molle steht nun »Gepflegte Hardware« und unter der rechten »Gepflegte Software«. Die Schilder könnten nach wie vor für eine Schankwirtschaft werben. Denn in eine Kneipe, die es nicht versteht, eine blank gespülte Hardware mit einer gepflegten Sieben-Minuten-Software darin auf den Tresen zu stellen, sollte man gar nicht erst reingehen. Zwischen den beiden Mollen gibt ein Zettel an der Tür des Ingenieurbüros *Czervinsky* Auskunft über Sinn und Zweck des Büros: »EDV-Anwendungen und Systemlösungen«. Aha, dachte ich mir, als ich den Zettel zum ersten Mal sah. Systemlösungen! Mautsystem, Tarifsystem der BVG oder gleich das ganze Schweinesystem, alles wird hier drin gelöst. Die riesengroßen, jetzt sauberen Kneipenfenster sorgen für klare Sicht auf alle drei Schreibtische, die in den zwei Büroräumen stehen. Wo früher ein Tresen war, stehen jetzt Computer. Wo der Barhocker früher Besoffene abwarf, liegen jetzt Sitzbälle. Wo früher Erbrochenes lag, liegt jetzt Auslegeware. Und wo früher gegrölt wurde: »Äääääauuuohhh...ßßßwei Halbe gehen noch!«, da erklingt jetzt der Ruf: »Stanislaus, deine Berechnung ist ganz großer Mist!« Noch ist es ein wenig karg im Ingenieurbüro. Da würden noch mehr Schreibtische und Gesundheitsbälle reinpassen. Aber egal: Schön, dass es im Wedding wirtschaftlich vorangeht. Täglich überzeuge ich mich von den Fortschritten, die das Büro macht. Zuerst habe ich nur nachmittags nachgesehen, ob alles läuft. Mittlerweile gehe ich aber zweimal täglich hin. Morgens mache ich ja auch immer einen Spaziergang. Der Grund: Ich habe zu Weihachten einen Hunde-Ratgeber bekommen. Ein Kapitel darin widmet sich dem Stuhlverhalten der Tiere. Zahlreiche farbige Abbildungen illustrieren, welche Hunderasse wie stuhlt. Dank des Buches recherchiere ich morgens auf den Fußwegen im Wedding, welche Hunderassen hier so leben. Ist ein Haufen breitgetreten, versuche ich die Marke des Schuhs zu eruieren. Da habe ich als Arbeitsloser ordentlich was zu tun. Endpunkt meines Spazierganges ist dann immer das Ingenieurbüro. Tag für Tag versuche ich herauszufinden, an welchem spannenden Projekt gerade gearbeitet wird. Der Mann im kleineren Büro hat seinen Monitor leicht in Richtung Fenster gedreht. Die *Excel*-Tabellen sind gut zu erkennen. Sehr gerne sehe ich ihm dabei zu, wie er Zahlen und Buchstaben zu spannenden Projekten vermengt. Dann nicke ich anerkennend mit dem Kopf, oder ich schüttele skeptisch mit dem Kopf, einfach nur mal so. Und sind die Zeichen auf dem Monitor mal zu klein für das bloße Auge, dann hole ich mein kleines Opernglas raus. Wenn mir langweilig wird, schaue ich, was sich im großen Raum tut. Ah, ein junges Mädchen, wohl die Praktikantin, isst ein Brot. Ich schaue genau hin, wie sie abbeißt. Ich zähle, ob sie ja auch 32 Mal durchkaut. Hm, sie hat Mortadella drauf. Lecker. Bis jetzt hat sie mich nicht gesehen, jetzt blickt sie auf. Ich sage: »Guten Appetit!«, und dann noch: »Mortadella ist auch meine Lieblingswurst!« Keine Reaktion, eher ein verständnisloser, ja sehr verständnisloser Blick. Ich Dummerchen, sie kann mich ja auch nicht hören, Fensterglas ist nicht besonders schalldurchlässig. Ich schreibe es auf einen Zettel, den ich ans Fenster halte: »Mortadella ist meine Lieblingswurst!« Um das zu unterstreichen, lecke ich mir langsam mit der Zunge über die Lippen. Sie liest und guckt auf meine Zunge und dann auf ihr Brot und rennt aus dem Zimmer. Und dann kommt sie zurück mit dem Ingenieur, und der verdeckt mit einem großen Stück Pappe die Fensterscheibe. Das ist rätselhaft und nimmt mir die Sicht, also mache ich ein kleines Päuschen und gehe gegenüber zum Bäcker. So wie jeden Tag. Das fröhlich musizierende Glockenspiel an der Tür kündet von meinem Erscheinen. So wie jeden Tag. Kurz darauf erscheint ein junges Mädchen hinter dem Verkaufstresen. Die kenne ich noch nicht. Ich sage, was ich möchte: »Ein Buttercroissant, ein Schokocroissant, ein Mehrkornbrötchen, oh, bitte jedes Stück in eine separate Tüte, ja, danke …« Ich zähle das ganze Sortiment der Bäckerei auf, sage aber vor jedem Backwerk »Ich möchte …« Als ich fertig bin, liegen viele große Pyramiden aus bunten Bäckereipapiertüten auf dem Tresen. Quasi alles, was der Bäcker heute hergestellt hat. Von der anderen Seite des Haufens höre ich gedämpft das Mädchen fragen: »Noch was?« »Nee, das war's.« »Das macht dann 178 Euro 61.« Ich tue so, als würde ich ein Portmonee herauskramen, sie kann hinter dem Bergmassiv aus Teilchen, Stückchen und Brötchen nicht sehen, dass ich gar kein Portmonnee dabei habe. Jetzt gaukele ich ihr vor, mich zu erschrecken. »Ups, ich merke gerade, dass ich gar kein Geld dabei habe. Und ohne Geld kann ich ja gar nichts einkaufen. Tja, dann muss das wohl alles hier bleiben. Tut mir leid, auf Wiedersehen.« Dem Klingeln der Türglocke gelingt es nicht, das Fluchen hinter der Backwarengebirgskette zu übertönen. Und ich gehe nach gegenüber zum Ingenieurbüro. Niemand da. Ah, auf einem Schild steht, warum: »Hallo Sie, unbekannter Gaffer mit Trekkingjacke und graublauen Augen. Wir machen kurz Pause. Gehen Sie weiter, es gibt nichts zu sehen.« Die Pause sei ihnen gegönnt. Aber nicht lange. Denn ich trage mich schon länger mit Überlegungen, ins Berlin-Touristik-Geschäft einzusteigen. Ich werde Fremdenführer und biete Touren an zum Thema: »Berlin – der heimliche Aufschwung. Wo gearbeitet wird und Arbeitskräfte gesucht werden.« Die zwei größten Sehenswürdigkeiten der Tour sind das exotische Ingenieurbüro, wo man sehen kann, dass mitten im Wedding gearbeitet wird, und die Bäckerei gegenüber mit dem permanent im Schaufenster hängenden Schild: »Achtung: Bäckereifachverkäuferin gesucht! Dringend!«

Eine Hummel

Volker Surmann

Robert Rescue gewidmet (den eine Hummel schon mal zum Tanzen bringen kann)

Ich sitze auf meinem Balkon und fühle mich in meinem Liegestuhl ein wenig spießig, denn ich erfreue mich gerade der prallen Pracht meiner Balkonpflanzen. Mit väterlichem Stolz betrachte ich eine Glockenblume, die ich im letzten Jahr im Asia-Pflanzendiscount billig erstanden habe und die mein kleingärtnerisches Herz aufblühen lässt. Schon im vergangenen Sommer gedieh sie in zuverlässiger Manier, überlebte den Berliner Winter und schlug schon Ende Februar neu aus. Wie ein Hefeteig, der in der praller Sonne Schimmel ansetzt, quillt der blaue Prachtpelz jetzt über den Topfrand. Myriaden der kleinen, bunten dünnen Pflanzenglöckchen ergießen sich aus dem Balkon im dritten Stock gen Abgrund. Ich bin glücklich angesichts ihrer Schönheit und schaue einer einsamen Hummel bei der Arbeit zu.

Es ist eine extrem fette Hummel, die sich gerade im Landeanflug auf eine Glockenblumenblüte befindet. Zunächst kreist sie darüber, steuert dann ganz langsam herunter, schwebt schwerfällig direkt neben einem Blütenkelch, und irgendwie erwarte ich, dass sich gleich unter ihren Flügeln ein kleines Rolltor öffnet und eine winzige SEK-Einheit auf die Blütenblätter springt, geduckt unter dem brummenden Flügelschlag ins Innere des Blütenkelchs hastet, um die Bestäubungsoperation durchzuführen.

Aber die Hummel lässt sich am äußersten Rand des Blütenkelches auf der halbtransparenten, lila getönten Membranhaut nieder. Dies geschieht entgegen aller physikalischen Vernunft, denn die Blüte neigt sich unter dem Gewicht der Hummel gefährlich tief nach unten. Offensichtlich handelt es sich bei meiner Hummel um eine naturwissenschaftlich eher unbegabte Hummel. Ich halte den

Atem an: So eine massige Hummel auf einer so filigranen Blüte. Wenn da nicht gerade die Kuh auf dem Eis ist!

Ansonsten sind Hummeln ja sehr emsige Tiere. Viel emsiger noch als die emsigen Bienen; wobei Hummeln natürlich auch Bienentiere sind, aber unter emsigen Bienen stellt man sich gewöhnlich fleißige hübsche Honigbienchen vor und nicht die noch fleißigeren, aber unansehnlicheren Hummeln. 1000 Blüten bestäubt so eine emsige Hummel am Tag. 1000 Blüten. Das ist ungefähr mein Balkonkasten mit der Glockenblume (500 Blüten) und den fünf Männertreu (je 100 Blüten). Eine faule emsige Hummel bräuchte also nur einmal meinen Balkon hoch- und runter zu bestäuben und könnte Feierabend machen.

Ich weiß nicht, ob meine Hummel faul ist. Im Moment krallt sie sich mit aller Kraft in den Blütenkelch, der sich in steilem Winkel nach unten neigt. Dann zieht sie sich an ihren pelzigen behaarten Beinchen Ruck um Ruck nach vorne, wobei in der Glockenblume schon Alarmstufe »rot« ausgelöst und alle Hilfsenergie in die Blütenschirme umgeleitet werden muss, um die Hüllenintegrität beim Andockmanöver des massigen Raumschiffes zu wahren. – Bestäubung ist ein anstrengendes Geschäft.

Das interessiert die Hummel wenig, sie zwängt ihren Oberkörper in das Innere des Blütenkelches. Der Stempel der Blüte drückt sich dabei in ihren pelzigen Rücken und hinterlässt dort einen deutlichen Blütenstaubabdruck. Wahrscheinlich werden sie die anderen im Hummelvolk später fragen: »Boah, wat viele Stempel, wo hast du dich denn heut wieder überall rumgetrieben?«

Meine Hummel treibt sich im Moment nicht rum, sie kriecht weiter auf allen Sechsen in die enge Blüte, presst sich mit aller Kraft hinein, der Kelch dehnt sich, und dann ist sie endlich drin. Und sie bleibt drin.

Ich beschließe, die Art der Hummel zu bestimmen. Ich habe Zeit, denn so schnell wird es der dicken Hummel nicht gelingen, aus der Glockenblume wieder rückwärts auszuparken. Sie steckt nämlich fest. Ich erkenne das an den erfolglos rudernden Hinterbeinchen, die das einzige sind, was neben dem weiß bepelzten Arsch von ihr noch aus der Glockenblume herausragt, die sich wie ein Wurstdarm um den voluminösen Hummelkörper spannt. Die Hummel sieht dabei so eng bepellt aus wie der Hackl-Schorsch vor einem Start im Rennrodeln.

Mein Lexikon beschreibt 35 verschiedene Hummelarten. Ich kann wählen zwischen Baumhummel, Gartenhummel, Sand-, Gras-, Wald- und Wiesenhummel, Heidehummel, Mooshummel. Nicht zu vergessen Berghummel oder Berglandhummel. Da muss die Berghummel aber ganz schön aufpassen, nicht aus Versehen aus der Art zu schlagen und ins Bergland zu fliegen. Nicht viel leichter dürften es Feld- und Ackerhummeln haben, stets Feld und Acker zu unterscheiden. Hummeln müssen also ganz schön intelligente Tiere sein – mal von meiner Hummel abgesehen, die gerade ihre haarigen Hinterbeinchen am äußersten Rand des Blütenkelches verkeilt und mit angewinkelten Hummelknien und größter Anstrengung versucht, sich aus dem Blütenkelch herauszuhebeln. Einzige Wirkung: ein paar unschöne Dellen auf dem ehedem makellos geformten Blütenrand.

Balkonhummeln suche ich im Lexikon vergebens. Dafür gibt es noch die Dunkle und Helle Erdhummel, die Bärtige Kuckuckshummel, sogar die Umherschweifende Kuckuckshummel, die dann wahrscheinlich keinen Bart hat. Faszinierend auch die Keusche Schmarotzerhummel, die Trughummel oder die Veränderliche Hummel, die laut Lexikon so heißt, weil sie in vielen verschiedenen Farben vorkommt. Offensichtlich fielen den Hummelologen irgendwann keine weiteren Hummel-Bezeichnungen mehr ein. Vielleicht habe ich gerade so eine Resthummel in meiner Glockenblume stecken. Leider kann ich die Farbe des Bienentieres im Moment nur mit blaulila angeben.

Ich tippe deshalb auf die bislang noch unentdeckte Art der Dummen Hummel, denn es ist schon eine reife Leistung, so tief in einen Blütenkelch zu krabbeln, dass es nicht mehr vor und zurück geht und in dieser unpässlichen Situation in Ermangelung besserer

Ideen auch noch zu versuchen, einfach wegzufliegen. Ich werde Zeuge dieses Versuchs.

Aus der Glockenblumenblüte ertönen Geräusche wie bei einem Handy mit Vibrationsalarm. Die ganze Blüte erzittert, und dann ist es passiert: Ein Riss durchzieht das helle Violett, ein angeknickter Flügel der Hummel faltet sich durch die Membran und das schwerfällige Bienenvieh hebt ab. Zu seinem Pech klebt die Hälfte des Blütenkelches weiter auf ihrem gelbbraunen Hummelpelz, sodass nur ein Flügel einsatzfähig ist, wohingegen der andere noch in Glockenblumenzellophan gewickelt ist. Mit stotterndem Brummen erhebt sich die Hummel ein paar mühsame Zentimeter in die Luft, wo sie dann für einen Moment in dramatischer Schräglage liegt. Mit ihren zu kurzen Vorderbeinchen versucht sie, die restlichen Blütenfetzen von den Facettenaugen zu kratzen. Bei diesem tollkühnen Manöver sackt sie wieder ab, schlägt mehrere Male auf einigen Blüten auf, erhebt sich plump navigierend erneut, überwindet dann in einem gewagten fliegerischen Gewaltakt einige Zentimeter Luftlinie, bevor sie – als hätten Schweizer Fluglotsen geschlafen – ohne Sicht und mitten im Flug mit einer Artgenossin zusammenprallt. Während die zweite beteiligte Hummel nach der Kollision im rettenden Sinkflug zum nächsten Notlandepunkt im Männertreu gelangt, dreht sich die Dumme Hummel mit schwerem Rotorschaden in hilfloser Schräglage mehrfach um die eigene Achse und stürzt mit verzweifelt stotterndem Brummen über die Balkonbrüstung.

Dies wäre eigentlich der Moment für George »Patroni« Kennedy, der in noch jedem Airport-Film Flugzeuge ohne Pilot, ohne Trieb- und Fahrwerk, Höhenruder oder Flügel allein durch die Magie seiner rauen Synchronstimme sicher runterbracht hat: »Tower an Hummel, hier spricht Patroni! Ziehen Sie die Nase hoch, dann kommt der Arsch schon hinterher. Durchstarten, Hummel, durchstarten verdammt.« –

Doch Patroni schweigt.

Ich lehne mich über die Balkonbrüstung und werde gebannt Zeuge, wie die Hummel sich tapfer dem freien Fall entgegenstemmt.

Ich blicke ihr nach, bis ich ihr Brummen nicht mehr hören, ihren verzweifelten Kampf nicht mehr sehen kann. Dann lehne ich mich in meinem Liegestuhl zurück und sinne ihr dichterisch nach:

Oh Hummel, armes Bienentier,
es packte dich die reine Gier.
Der Blütenkelch ging nicht vorüber,
mit ihm stürzt du nun ab, kopfüber.

Ach Hummel, das ist wirklich dumm,
denn gleich bist du für immer stumm,
Kurz schweigt dann das Insektgewimmel,
denn wieder ist 'ne Hummel nun im Himmel.

Lob der Parterrewohnung

Heiko Werning

Ich verstehe ja gar nicht, was die Leute immer gegen Wohnen im Parterre haben. Ich finde das unglaublich praktisch. Das fängt beim Umzug an, setzt sich mit jedem vollen Mülleimer fort und endet noch längst nicht bei den Bierkisten. »Juchu, wir haben endlich eine Wohnung im fünften Stock gefunden, in Steglitz!«, jubeln die Freunde, »alles so hell da!« Ich aber habe Strom. Strom und Lampen. Da wird es hell genug, sobald ich den Schalter betätige, gar kein Problem. Und man ist auch nicht so wetterwehleidig, wenn man Parterre wohnt. Immer, wenn meine Mutter aus Münster anruft und wissen möchte, wie bei uns das Wetter ist, sage ich »Moment mal«, gehe zum Küchenfenster, strecke mich etwas über die Fensterbank, werfe den Kopf in den Nacken, und schon kann ich ein briefmarkengroßes Stück Himmel sehen. »Sieht ganz gut aus«, antworte ich ihr dann. Und wenn es bedeckt ist – na und? Ich seh das nicht. Das Stückchen grauer Himmel kann mich nicht deprimieren. Okay, wenn man auf seiner Steglitzer Dachterrasse steht und von bleigrauen Wolken umhüllt ist, so weit das Auge reicht, da kann man schon mal schwermütig werden. Deswegen müssen diese Dachgeschossfritzen auch ständig irgendwelche *Aktivitäten* vollführen, irgendwas *unternehmen*. Da zahlen sie schon den dreifachen Preis für ihre Wohnung, und dann können sie sich nicht einmal darin aufhalten, weil sie vor der Depression des sie umgebenden grauen Himmels in Fitnessstudios, den Grunewald oder die Gesprächsgruppe fliehen müssen.

Ich bleibe einfach in meinem Weddinger Parterre. Das ist billig und praktisch. Wenn ich erfahren möchte, was in der Welt vorgefallen ist, gucke ich abends die Nachrichten, und wenn ich zudem wissen will, wie es draußen so ist, gucke ich noch den Wetterbericht.

»Und diese großartige Aussicht«, schwärmen die Freunde. Ich habe bei ihnen mal rausgeguckt und nur ein urwaldähnliches Antennendickicht sowie jede Menge Dächer gesehen. Das Aufregendste waren ein paar verwirrte Tauben, die über die Dachrinnen stolperten. Ich gucke aus jedem meiner Fenster auf schöne große Häuserwände mit vielen Fenstern drin. Da passiert immer irgendwo was. Pro eigenem Fenster habe ich etwa 25 andere im Blick. Bei den vier Guckmöglichkeiten in meiner Wohnung macht das 100 Mal ein Top-Überraschungsprogramm. Ich brauche kein *Premiere*. Ich hab das alles auch so: mal Alltagstristesse, mal Kammerspiel, mal Action, mal Erotik. Vor allem Erotik. Wenn es abends schummerig aus der Hauswand leuchtet, sind der Fantasie Tür und Tor geöffnet. Manchmal sieht man Silhouetten, die sich hinter den Vorhängen abzeichnen, und man kann sich die tollsten Liebesszenen denken, selbst wenn die in Wirklichkeit nur gemeinsam Geschirr abspülen. Meine Freunde in der Dachgeschosswohnung gucken nachts ins schwarze Nichts und murmeln: »Herrlich! Was für eine Aussicht!« Sterne gibt es in der Großstadt aber selbst bei schönem Wetter so gut wie nicht zu sehen, und für das spannende Nachbarwohnungen-Programm müssten sie sich auf den Balkon begeben, selbst bei Eiseskälte, und sich über die Brüstung beugen. So werden sie auch nie ein derart surreales Erlebnis haben wie ich unlängst, als in immerhin sechs der gegenüberliegenden Wohnungen in ansonsten dunklen Zimmern nachts dasselbe Fernsehprogramm lief. Ein bizarres Lichtspektakel, das es mit jeder Kunstinstallation locker aufnehmen kann.

Das Schönste aber ist, dass ich von meinem Parterre-Arbeitszimmer direkt auf den Eingang des Hinterhauses schaue. Da ich ganztags daheim bin, entgeht mir nichts. Wie der Pförtner sitze ich an meinem Schreibtisch und hebe grüßend die Hand, wann immer jemand das Haus verlässt oder wiederkehrt. Das ist inzwischen natürlich auch den anderen Hausbewohnern klar. Unvergessen, als das junge Paar aus dem Dritten links mit seinem Neugeborenen aus dem Krankenhaus zurückkehrte. Bevor sie das Haus betraten, blieben sie vor meinem Schreibtischfenster stehen, kramten den neuen Hausbewohner aus seinem gut gepolsterten Körbchen und hielten ihn mir triumphierend vor die Scheibe. Ich nickte anerkennend. Meinen Segen hatten sie. Zufrieden gingen sie nach oben.

Der Alltag im Haus sieht natürlich anders aus. Die Erste morgens ist immer die Powerfrau von ganz oben. Um 8.43 Uhr stürzt sie heute zu ihrem Fahrrad. Tja, glatte fünf Minuten zu spät. »Da wirste wohl mal ein bisschen in die Pedalen treten müssen, wenn du das noch schaffen willst!«, rufe ich durch das auf Kipp stehende Fenster. Bald darauf folgt Christoph, um 9.03 Uhr eilt er aus dem Eingang. Das ist ganz gut in der Zeit. Ich empfehle ihm, mal ein neues Hemd anzuziehen, das macht so keinen guten Eindruck. Er nickt schuldbewusst. Damit ist die ernsthaft arbeitende Fraktion schon mal weg und wir sind endlich wieder unter uns im Hinterhaus.

Um 9.20 Uhr kommt Kai aus dem dritten Stock – zurück. Das ist erstaunlich. Es klingelt. Gehe zur Tür. Kai flüstert mir ins Ohr: »Falls Judith dich fragt: Ich bin gestern Abend so gegen elf nach Hause gekommen, okay?« Ich nicke bestätigend. Aha. Mal abwarten, was da so läuft. Um 11.17 Uhr kommt der Briefträger. Er winkt mich durchs Fenster zur Tür. Die Mühe, Pakete oder größere Sendungen nach oben zu tragen, macht der sich schon lange nicht mehr. Er lädt das ganze Zeug in meinem Flur ab, guckt etwas missbilligend auf das Päckchen, das dort noch steht – »Hat der Dorberg das immer noch nicht abgeholt!« – und wünscht mir einen schönen Tag. Ich gehe schnell zurück an meinen Schreibtisch, um nichts zu verpassen. Denn heute ist es mal wieder so weit: Wenn die Frau, die über mir wohnt, wieder einen neuen Liebhaber mit nach Hause gebracht hat, gucke ich morgens nämlich immer besonders erwartungsvoll aus dem Fenster. Ich möchte das Gesicht zu den Geräuschen der Nacht kennen lernen. Ist doch irgendwie persönlicher. Die beiden verlassen 11.23 Uhr Hand in Hand das Haus; sie blinzelt mir verschwörerisch zu. Ich gucke ihm verwundert hinterher. Nicht schlecht, sieht ein bisschen aus wie ein Murkel, aber dreimal hat er's geschafft gestern Nacht. Hätte man ihm so gar nicht zugetraut. Tippe, den werde ich noch das ein oder andere Mal grüßen können. Sein Vorgänger letzte Woche war morgens in aller Herrgottsfrühe, kaum dass ich mich zum Schreibtisch geschleppt hatte, pfeifend aus dem Haus getänzelt. Kam sich vermutlich vor wie der Casanova himself. Ich war drauf und dran, ihm hinterher zu brüllen: »Nur einmal! Und du warst viel zu schnell! Sie mag's gerne ausdauernder!« Er hätte sich dann womöglich umgedreht und mir verärgert zugerufen: »Erzähl doch nichts! Ihr hat's gefallen so!« Der Depp. Aber ich könnte dann meinen größten Trumph ausspielen: »Von wegen! Sie ist nicht mal gekommen! *Ich* weiß, wie es klingt, wenn sie kommt, glaub mir!« Erwartungsgemäß sah ich ihn nie wieder.

Abends besuche ich die Freunde in der Dachgeschosswohnung. Sie erzählen mir, dass sie jetzt schon drei Parteien aus ihrem Haus kennen, das sei so angenehm, alles so familiär, so wenig anonym hier draußen in Steglitz. Ich nicke. Ich weiß, dass sie Zuspruch brauchen. Sie bezahlen viel Geld für diese Wohnung. Dann fahre ich wieder nach Hause in meine Hinterhaus-Parterre-Wohnung und lege mich gleich ins Bett. Morgen muss ich wieder fit sein. Ein ereignisreicher Tag wartet auf mich.

Danksagung

Wir sind nicht nur die Autoren dieses Buches, wir sind auch die *Brauseboys* – die erste Lesebühne in Berlin mit angeschlossener Dusche. Am 20. März 2003 starteten wir zeitgleich mit dem Irakkrieg unsere eigene Offensive. In der Berliner Provinz, genau genommen im Wedding (noch genauer genommen im *Laine-Art* in der Liebenwalder Straße 39; Hofgebäude), begannen wir unsere Mission, die Grundversorgung der Bevölkerung mit umwerfendem Charme, sprühender Intelligenz, frisch geduschten Texten und teilweise extrem albernen Liedern zu sichern. Das machen wir seitdem jeden Donnerstag um 21 Uhr. Es ist nicht zuviel des Eigenlobes zu sagen, unser Feldzug war erfolgreicher als der von George W. Bush.

Größten Anteil an unserer »mission possible« hatten und haben unsere finnischen Gastgeber Jaako Laine und Teppo Jokinen, die uns und unserem Publikum eine warme Heimat in einer unwirtlich scheinenden Gegend bieten. Dieses Buch ist für euch.

Im Oktober 2004 stieß der Erfinder des Wedding, Hinark Husen, zu uns und bereichert seither unsere Abende mit seiner wunderschönen Prosa und Anwesenheit. Hinark hat die Berliner Lesebühnenkultur vor mehr als 15 Jahren mitbegründet und so viele Geschichten, dass es danach verlangte, sie in einem eigenen Buch zu versammeln: »Wenn Weddinger weinen«.

Wir danken dem *Satyr*-Team für das Wagnis, eine neue Buchreihe mit unseren Texten zu beginnen.

Ferner danken wir der gesamten Lese-, Slam- und Kleinkunstszene, die uns Frischlinge warmherzig aufgenommen hat. Wir danken unseren Freunden von der Chaussee der Enthusiasten, von den Erfolgsschriftstellern, von Frühschoppen mit und ohne Doktor, Kantinenlesen, LSD – Liebe statt Drogen, Marabühne, Mittwochsfazit, O-Ton Ute (R.I.P.), der Reformbühne Heim & Welt, dem Scheinbarslam, dem Sonntagsbrandl, den Surfpoeten und Überflüssigen. Wir danken ferner Bov Bjerg und dem *Salbader* – gedruckt und im Web das stets empfehlenswerte Zentralorgan der Berliner Lesebühnen (www.salbader.com).

Ein elementarer Bestandteil unserer Lese-Shows sind unsere wöchentlich wechselnden Lese- und Gesangsgäste. Ihnen danken wir sehr herzlich; stellvertretend seien hier genannt: Ahne, Bäumchen, Bettina Andrae, Babbra, Rüdiger Bierhorst, Daniela Böhle, Martin Betz, Thilo Bock, Martina Brandl, Katinka Buddenkotte, Coco Lores, Don Dahlmann, Falk Dietrich, Doc Schoko, Pavel Drebic, Michael Ebeling, Konrad Endler, Elis, Horst Evers, Kirsten Fuchs, Andreas Gläser, Katharina Greve, Frank Grutza, Natalja Hantke, Anny Hartmann, Bernd Jaunich, Christoph Kirschenmann, Marc-Uwe Kling, Karsten Krampitz, Ryan MacFadien, Manfred Maurenbrecher, Nichtslutz, Iris Niedermeyer, Uli Hannemann, Die Kleingeldprinzessin, Uta Köbernick, Knorkator, Sebastian Krämer, Sascha Kross, Ivo Lotion, Wello Rausch, Rigoletti, Andreas Scheffler, Sarah Schmidt, Dagmar Schönleber, Spider, Stephan Steckling, Tristan Steinweg, Lea Streisand, Volker Strübing, Udo Tiffert, Marco Tschirpke, Tube, Tobias Wallat, Robert Weber, Georg Weisfeld, Michael André Werner und Jürgen Witte.

Ein Dankeschön auch an die *Bundesagentur für Arbeit*, die diese Publikation mit allerlei freundlich zugedachten Existenzgründungszuschüssen an beteiligte Autoren förderte. Nur weiter so!

Wir danken allen Helferinnen und Helfern bei unseren Leseabenden, v. a. Carsten dafür, dass wir ihn vom Dauergast zum allzeit dienstbaren Geist befördern durften, danken ferner all unseren Freunden, Familienangehörigen, Haustieren & sonstigen Beziehungspartnern, unseren Nachbarn, Kollegen, Zeitgenossen sowie allen Bekannten & Unbekannten in Berlin, Ascheloh, Sangerhausen, Münster, Lampertheim und sonstwo dafür, dass sie unser Leben und unsere Geschichten bevölkern.

Zuletzt danken wir dem geschmackssichersten Publikum der Welt, nämlich unserem! Seid da für uns, denn wir sind da für euch.

Das Autorenkollektiv

Die Autoren

Nils Heinrich

Geboren 1971 in der Berg- und Rosenstadt Sangerhausen. Nach Zwischenstationen als Konditor, Zivildienstleistender, Fachabiturient in Hannover, Radio- sowie Fernsehredakteur in München und New-Economy-Angestellter in Berlin-Mitte Anfang des neuen Jahrtausends in den Wedding übergesiedelt. Jetzt hauptberuflicher schreibender Kleinkünstler. Liest und singt außerhalb der *Brauseboys* auf allen anderen Veranstaltungen, auf denen so etwas möglich ist, in Deutschland, Österreich und der Schweiz. Wurde 2005 Zweiter beim Wettbewerb »Hamburger Comedy Pokal«, obwohl er gar keine Comedy macht. CDs: »Mein allererstes Bootleg«, »MitSchnitte«, »Andrea hätte jetzt gesagt...«. www.holgersson.de

Robert Rescue

Robert Rescue, geboren 1969 in Lampertheim/Hessen, lebt und schreibt in Berlin seit 1993. Er leitete früher ein Projekt zur Förderung junger Literatur. 1998 gründete er die Lesebühne O-TON UTE mit, die damals noch anders hieß. 2003 folgten *DIe Brauseboys* im Wedding. Nachdem er zwei Jahre lang jeden Donnerstag vom Friedrichshain in den Wedding gefahren war, entschied er sich, dorthin zu ziehen.

Frank Sorge

1977 in Berlin-Moabit geboren. Autor, Student, Bauarbeiter und Ballonverkäufer. Am längeren Ende der Sonnenallee aufgewachsen. Schreibt auch Bühnenstücke (»Blutiger Akt«, 2001) und inszeniert sie, oder dreht Filme (»Wie Robert Rescue in den Wedding zieht«, 2005). Außerdem Schreibanstifter beim Verein *Kreatives Schreiben e.V.* www.frank-sorge.de

Volker Surmann

1972 in Halle (Westf.) geboren, mit 7 Schreibmaschineschreiben im Dreieinhalbfingersuchsystem gelernt. Mit 10 Gründung der ersten eigenen Zeitung *Lesvergnügen* (Auflage: 20 Stück). Später u.a. tätig als Kabarettist, Comedian, Kommunalpolitiker und Student diverser Geisteswissenschaften. 2002 von Ostwestfalen nach Ostberlin emigriert. Auftritte in ganz Deutschland und Österreich. Preisträger beim »Passauer Scharfrichterbeil« sowie bei den »Heilbronner Lorbeeren«. Sketch- und Gagautor für Kabarettbühnen und Fernsehcomedy, Kurztexte für die *Titanic* und Erfinder der humoristischen Gastrokolumne für das schwullesbische Hauptstadtmagazin *Siegessäule*. Schreibt auch heute noch mit dreieinhalb Fingern.
www.volkersurmann.de

Heiko Werning

Geboren 1970 in Münster, 1991 in den Wedding gezogen, dort immerhin einmal die Seite der Seestraße gewechselt. Studierter Umweltschutzmensch, Reptilienforscher und Froschbeschützer, Kriechtierredakteur und Lektor, Liederschreiber und Sänger, auch bei der *Reformbühne Heim & Welt* und *Weltstars privat,* außerdem Plattenmogul (Reptiphon). Lieder-CDs: »Das blaue Licht der Hoffnug«, »Was die Leute sagen«, außerdem mit auf der Doppel-CD »10 Jahre Reformbühne Heim & Welt«. Bücher: »Iguana á la carte«, Beiträge im Buch »10 Jahre Reformbühne«, außerdem: »Leguane«, »Wasseragamen und Segelechsen«, »Blauzungenskinke« und »Stachelleguane«.
www.heiko-werning.de

Alles, was wichtig ist (und nicht nur das) auf:
www.brauseboys.de